code name
code name

소녀 교전 중

code name
백귀
code name
화원

스파이 교실 07

《빙인》의 모니카

스파이 교실 07

《빙인》의 모니카

저자 타케마치

일러스트 토마리

SPY ROOM

the room is a specialized institution of mission impossible

code name hyozin

CONTENTS

CHARACTER PROFILE

애랑

Grete

어느 거물 정치가의 딸.
정숙한 소녀.

화원

Lily

벽지 출신의
세상 물정 모르는 소녀.

화톳불

Klaus

『등불』의 창설자이자
「세계 최강」의 스파이.

몽어

Thea

대형 신문사
사장의 외동딸.
고아한 소녀.

빙인

Monika

예술가의 딸.
불손한 소녀.

백귀

Sibylla

갱 집안에
태어난 장녀.
늠름한 소녀.

우인
Erna

전 귀족. 빈번히 사고와
조우하는 불행한 소녀.

망아
Annett

출신 불명. 기어 상실.
순진한 소녀.

초원
Sara

거리 레스토랑 셰프의 딸.
소심한 소녀.

Team Otori

개풍
Queneau

고익
Culu

비금
Vindo

우금
Pharma

상파
Vics

뜬구름
Lan

프롤로그 악몽

참극은 새벽에 벌어졌다.

장소는 펜드 연방의 수도 휴로 한편에 지어진 카샤드 인형 공방. 지상 2층, 지하 1층 구조의 벽돌 건물로, 어디서나 흔히 볼 수 있는 평범한 외관이었다.

인근 주민들은 인형 장인이 모이는 조용한 공방이라고 인지하고 있지만 그건 큰 착각이었다. 실태는 펜드 연방의 첩보 기관 CIM의 첩보 전문 부대『배리어스』의 본거지. 국내에 잠입한 스파이를 잡기 위한 거점이었다.

참극이 일어난 것은 오전 네 시. 그때 건물 안에는『등불』이라는 스파이팀 멤버 네 명과『배리어스』멤버 두 명이 있었다.『등불』은『배리어스』를 협박하여 그들이 소유한 정보를 얻어 파일을 읽고 있었다.

먼저 이변을 감지한 사람은『애랑』그레테— 사지가 가늘고 유리 세공 같은 아련함을 풍기는 빨간 머리 소녀였다.

1층 응접실에서 파일을 읽고 있던 그녀는 방 입구에 선 습격자를 알아차렸다. 그 습격자가 낯익은 상대였기에 그레테는 말을 걸었다. 그 직후, 칼날이 번뜩였다. 갑작스러운 습격에 반응하지 못하고 그레테는 의식을 잃었다.

이어서 알아차린 사람은 1층 복도에 있었던 『우인』 에르나— 정교한 인형처럼 아름다운 자그마한 금발 소녀였다.

그녀는 그레테가 쓰러지는 모습을 복도에서 목격했다. 그레테의 몸에서 새빨간 피가 퍼지는 모습과 습격자를 번갈아 보고 아연실색했다. 그리고 습격자에게 배를 걷어차였지만, 타고난 기민함으로 대미지를 최소한으로 줄여서 2층으로 달아났다.

에르나가 2층으로 도망칠 수 있었던 것은 복도에 『몽어』 티아 — 굴곡진 몸매의 고아한 흑발 소녀 — 가 나타난 덕분이었다.

티아는 에르나가 걷어차이는 광경을 목격했다. 순간적으로 몸을 물렸지만, 습격자에게 간단히 제압당해 깔렸다. 바닥에 나자빠진 상태로 「왜 네가……」 하고 신음하며 한동안 저항했으나, 이윽고 단도에 맞아 오른팔이 부러지며 크게 다쳤다.

그러는 사이에 『배리어스』의 보스는 부하 한 명과 함께 참극을 인식했다.

『조종자』 아멜리— 눈 밑에 다크서클이 짙게 진 고스로리 복장의 여성이었다.

그녀는 영문도 모른 채 목격한 현장을 관찰하는 것 말고는 아무것도 할 수 없었다.

습격자 외에 양어깨에 큰 흉터가 있는 소녀를 본 것 같기도 하지만 확실하게 인식하지는 못했다. 어딘가에서 만난 적 있는 듯한 느낌도 받았다. 그러나 그 직후 스쳐 지나간 모니카에게 얻어맞으면서, 그 느낌은 기억 저편으로 사라졌다.

갑자기 2층으로 에르나가 뛰어 올라와서 『망아』 아네트 — 커다란 안대로 왼쪽 눈을 덮고 회분홍 머리를 난잡하게 묶은 소녀 — 는 무기를 들었다.

아네트는 2층 안쪽에 있는 공방에서 곧이어 찾아온 습격자와 대치했다. 특기인 폭탄을 이용해 저항하면서 카샤드 인형 공방에 불이 났다.

그러나 습격자 앞에서 아네트는 무력했다.

폭탄이 걷어차여 돌아오며 뒤에 있던 에르나와 함께 다쳤다. 에르나는 머리에서 피를 흘리며 기절했다. 아네트는 에르나를 감싸듯 저항을 시도했지만, 습격자가 휘두른 단도가 몸의 측면을 강타했다. 부러진 갈비뼈가 내장을 찔러 피를 토하며 아네트도 의식을 잃었다.

그때, 외부에 있던 두 소녀가 현장에 도착했다.

『화원』 릴리— 사랑스러운 동안과 풍만한 가슴이 특징적인 은발 소녀.

『백귀』 지비아— 늠름한 눈매와 탄탄한 체구를 가진 백발 소녀.

그녀들은 아네트가 단도에 맞는 모습을 목격했다.
믿을 수 없는 광경을 보고 아연실색하여 움직이지 못했다.
불길이 날름거리는 가운데, 습격자는 희미한 목소리로 「—미안」 하고 중얼거리고서 양어깨에 흉터가 있는 소녀와 함께 카샤드 인형 공방을 떠났다.

이상이 『등불』의 배신자— 『빙인』 모니카가 일으킨 참극이었다.

◇◇◇

활활 타는 카샤드 인형 공방이 휴로의 상공을 붉게 물들이고 있었다.
어젯밤부터 내린 비는 휴로의 하늘에 만연한 더러움을 씻어 냈다. 안개로 뒤덮인 거리에 달이 나타났다. 하지만 그건 잠깐이었다. 다시 두꺼운 구름이 하늘을 메꾸며 달을 가렸다. 여전히 태양이 뜨지 않는 거리의 하늘로 불이 치솟고 있었다.
화재는 주위 건물로 옮겨붙지 않았다.
곧 불길이 잡힐 것이다.
하지만 진짜 동란은 이제부터 시작임을, 불길을 지켜보는 자들은 이해하고 있었다.
"질·풍·노·도—!!"
공방과 떨어진 빌딩의 지붕에서 한 소녀가 양팔을 크게 벌리고 있었다.

“제법이야, 『다홍이무기』! 느낌이 좋아. 최고로 날뛰었어!”

손발이 날씬하게 쭉 뻗은 고혹적인 소녀였다. 치열이 삐뚤빼뚤한 탓에 웃으면 남의 불행을 비웃는 듯한 가학적인 인상을 줬다. 추운 날씨에 민소매 옷을 입어 흉터가 있는 양쪽 어깨를 드러내고서 「질풍노도!!」라며 즐겁게 외쳤다.

—『초록나비』.

가르가드 제국의 첩보 기관 『뱀』의 멤버였다. 춤추듯 스텝을 밟으며 지붕 위에서 혼자 빙글빙글 돌고 있었다.

그리고 그 옆에는 청은발 소녀가 고요한 얼굴로 서 있었다. 비대칭 헤어스타일을 제외하면 외관적인 특징은 거의 없었다.

—『빙인』 모니카. 혹은 『다홍이무기』라고 불리는 소녀였다.

그녀는 불타는 공방을 조용히 지켜보며 「되게 즐거운가 봐」 하고 중얼거렸다.

초록나비는 발을 멈추고 도발적으로 하얀 이를 보였다.

“역시 대단하다고 생각했을 뿐이야~ 이 짧은 시간에 『배리어스』의 거점도 확실하게 불태웠고. 칭찬하는 거야~.”

“아, 그래? 감사.”

“뭐, 욕심을 부리자면 한 명 정도는 더 반죽음으로 만들어도 좋았을 것 같지만.”

가늠하듯 눈을 가늘게 떴다.

“아니면— 아직도 망설임이 있어?”

풍겨 나온 살기가 일대를 채웠다.

모니카는 공방에서 눈을 떼고 품에서 단도를 뽑았다. 빨간 피가 도신을 끈적하게 적시고 있었다. 동료를 베며 묻은 피였다.

천으로 피를 닦으며 모니카는 대답했다.

“—망설임? 없어. 조금도.”

담담한 어조였다.

초록나비가 입꼬리를 올렸다.

“목적은 완수했잖아? 내 손으로 몇 명 행동 불능으로 만들었고 한 명을 유괴했어.”

모니카는 피를 모두 닦고 단도를 칼집에 넣었다.

“릴리와 지비아가 돌아왔어. 만약 클라우스 씨까지 있다면 역시 내가 불리해. 그때가 물러날 때였어. 불만 있어?”

이번에는 모니카가 가늠하는 듯한 시선을 보냈다.

초록나비는 넉넉히 간격을 두고서 손뼉을 쳤다.

“—퍼펙트.”

건조한 박수 소리가 새벽 거리에 울렸다.

“맞아, 다홍이무기. 잘했어. 아주 좋아. 최고야! 미가 본 대로야.”

“본인을 『미』라고 지칭하는 너의 센스가 신경 쓰이지만—.”

“『초록나비(미도리쵸)』의 미인데?”

“—그보다 그 다홍이무기라는 코드 네임이 어색해.”

모니카가 눈썹을 찌푸렸다.

"더 평범한 이름을 지을 순 없었어?"

『이무기』는 환상의 생물이다. 용의 일종으로 여겨지기도 했다. 파란 왕뱀처럼 생겼다고 한다. 이제까지 『뱀』이 쓴 『파리』 『거미』 『개미』 『나비』 같은 존재와는 크게 달랐다.

초록나비는 춤추듯 우아하게 지붕에서 돌아 모니카의 뒤쪽으로 이동했다.

"미의 파트너다운 이름을 선물하고 싶었거든."

"뭐?"

"앞으로 너는 미와 함께 최고의 악몽을 만들어 낼 거야. 손에 손을 잡고 춤추듯이 우민을 어둠의 밑바닥에 처박을 거야. 상응하는 이름을 줘야지."

초록나비는 아햐햐 하고 웃고서 모니카의 목을 끌어안았다.

"그거 알아? 예전에 세계를 주름잡았던 두 여성 스파이가 있었어."

"누군데."

"—『홍로』 페로니카. 『포락』 게르데."

귓가에 속삭여진 이름은 들은 적이 있었다.

클라우스에게 들었다. 『등불』의 전신—『화염』의 멤버다.

"이 두 사람이 『화염』의 이름을 세계에 알렸어. 킬러, 게이머, 점술가를 영입하여 가르가드 제국을 패전으로 이끌었어. 적이기는 하지만 인정할 수밖에 없는 세계 최고의 스파이들이야."

초록나비는 톱니 같은 치아를 씩 내보였다.

"하지만 녀석들은 뒈졌어."

"그렇지."

모니카는 짧게 대답했다.

"들었어. 『홍로』는 무자이아 합중국에서 목숨을 잃었고, 『포락』은 이 펜드 연방에서 소식이 끊겼다지."

모니카는 귀찮다는 얼굴로 초록나비의 오른쪽 어깨에 손을 올렸다.

그곳에는 마치 번개 같은 흉터가 남아 있었다. 어깻죽지부터 팔꿈치까지 금이 간 것처럼 상처가 나 있었다. 똑같은 상처가 왼쪽 어깨에도 있었다.

"—혹시 이 상처는 『포락』한테 당한 거야?"

"눈치가 빠르네."

초록나비는 비틀린 미소를 지었다.

"정답이야."

그녀는 모니카의 복부로 팔을 뻗어 상냥하게 어루만졌다.

"이건 비밀인데, 『포락』은 미가 매장했어."

"……흐응. 엄청 강한 노파라고 들었는데."

"예전에 얼마나 대단했든 결국 늙다리야. 불쌍했어~ 다소 미를 상처 입힌 게 한계였지. 마지막엔 꼴사납게 목숨을 구걸하며 숨을 거뒀어. 바보 같아."

초록나비는 즐겁게 모니카의 몸을 만져 댔다. 사랑스럽다는 듯 양손을 움직여 배와 허벅지, 유방 등을 애무했다. 모니카가 인상을 쓰든 말든 상관없이.

"—이제 세계에서 춤출 사람은 우리야."

모니카를 계속 만지며 미소 지었다.

마지막으로 눈앞에 있는 휴로 거리를 노려보고서 즐겁게 말했다.

"자, 허둥거려라, 우민들아! 끝나지 않는 악몽을 눈구멍 안쪽까지 새겨 넣어라!"

모니카는 초록나비와 같은 방향을 말없이 보았다. 시선은 보내지만 대체 어디에 초점을 뒀는지 알 수 없는 불명료한 눈이었다.

"선처는 할게."

이윽고 모니카가 말했다.

"이 세계를 부숴 나가면 되는 거지? —더러워진, 추한 배신자로서."

날이 밝는다.

펜드 연방의 긴 악몽은 지금부터 시작된다.

1장 다홍이무기①

—세계는 아픔으로 가득하다.

세계 대전이라고 불리는 역사상 가장 큰 전쟁이 종결된 지 10년. 전쟁의 참상을 목도한 정치가는 군사력이 아니라 스파이로 타국을 제압하는 쪽으로 정책의 방향을 돌렸다.

『등불』은 딘 공화국을 대표하는 스파이팀이다. 양성 학교의 낙오자였던 여덟 소녀와 자국 최강의 스파이인 『화톳불』 클라우스가 팀에 편성되어 있었다.

그들은 친하게 지냈던 『봉황』이라는 팀이 괴멸했다는 소식을 듣고 진상을 해명하기 위해 펜드 연방으로 달려갔다.

조사 결과, 『봉황』 괴멸에 관여한 존재는 펜드 연방의 첩보 기관 CIM의 방첩 전문 부대 『배리어스』라고 판명되어 그들을 전원 생포하고 사건의 진상을 알아냈다.

—펜드 연방에 가르가드 제국의 첩보 기관 『뱀』이 숨어 있다.

CIM은 『뱀』이 넘긴 거짓 정보를 믿고 『봉황』을 습격한 것에 불과했다. 『뱀』은 『등불』 소녀들의 원수가 되었다.

하지만 다음 행동에 나서려 했을 때, 생각지 못한 사태가 벌어졌다.

『등불』의 핵심, 『빙인』 모니카가 배신했다.

◇◇◇

모니카가 배반한 현장에 없었던 클라우스는 일단 상황 확인에 힘써야 했다.

카샤드 인형 공방 앞에서는 릴리와 지비아가 화재 현장에 뛰어들려고 해서 소방관에게 저지당하고 있었다. 그 옆에서는 구급대원이 에르나의 머리에 붕대를 감았고, 또 그 안쪽에서는 다른 대원들이 심각한 모습으로 티아와 아네트를 병원으로 옮겼다.

클라우스는 재빨리 소방관 제복을 훔쳐서 불타는 현장을 확인했다. 그런 다음 구급대원과 접촉하여 다친 소녀들의 상태를 알았다.

—에르나는 측두부를 베였다.

—티아는 오른팔을 다쳤다.

—아네트는 갈비뼈와 내장이 손상되어 즉시 수술이 필요한 것 같았다.

다행히 목숨에 지장은 없는 듯했다.

티아와 아네트는 병원에서 수술을 받는다고 했다. 두 사람은 각각 음식점 종업원과 관광객으로 위장하여 펜드 연방에 잠입했다. 일반인으로서 극진히 보호받을 것이다.

클라우스는 남은 부하들을 근처에 있는 아파트로 이동시켰다. 임무용으로 빌린 『등불』의 거점이었다.

초조해하는 부하들에게 진정하라 이르고 인원수대로 직접 홍차를 끓였다.

소파에 앉은 릴리, 지비아, 에르나 앞에 찻잔을 놓고 브랜디를 섞어 향을 더했다.

한 모금 마시게 한 뒤, 무슨 일이 있었는지 세 사람에게 들었다.

—모니카의 배신.

물론 클라우스에게도 충격적인 사태였지만 이성을 잃지는 않았다.

보스로서의 책임감이 마음을 진정시켰다.

“모든 감정을 잠깐 죽여. 살며시 브레이커를 내리는 것처럼.”

한차례 이야기를 듣고 나서 클라우스는 말했다.

“하나하나 확인해 나가자. 일단 모니카가 동료를 공격한 건 확실한 거지?”

릴리와 지비아가 고개를 끄덕였다. 특히 에르나는 직접 공격받고 잠깐 기절했던 모양이라 「……틀림없어」 하고 괴롭게 긍정했다.

클라우스는 담담히 질문을 계속했다.

“그레테가 피바다에 쓰러져 있는 모습을 전원이 목격했고?”

릴리, 지비아, 에르나가 고개를 끄덕였다.

“그때 생사 확인은 안 한 거고?”

세 사람은 다시 고개를 끄덕였다.

릴리가 「일단 살지 못할 출혈량이었어요. 치료하기보다도, 아직 살 여지가 있는 동료가 있다면 그쪽을 우선해야 한다고 생각했어요」 하고 감정이 결여된 목소리로 말했다.

일견 냉혹해 보이지만 합리적인 판단이었다.

역시 릴리의 강한 멘탈은 비상시에 믿음직스러웠다.

"다만."
릴리가 중얼거렸다.
"그 후에 불이 번져서 아무것도 할 수 없었어요. 그레테의 시신을 회수하지도—."
"시신은 없었어."
"네?"
"화재 현장을 수색했지만 그레테로 보이는 시신은 확인할 수 없었어. 너희가 본 상황대로라면 그레테는 현장에 방치되어 있었을 텐데도."
클라우스는 고했다.
"필요해서 모니카가 납치했다고 봐야겠지. 살아 있을 가능성은 있어."
물론 그레테의 시신이 필요했을 가능성이 없지는 않지만 그럴 확률은 낮았다. 그레테의 변장 기술이든 두뇌든, 뭔가가 필요했을 것이다.
세 부하는 동시에 뺨을 붉히고 기쁜 한숨을 쉬었다. 지비아와 에르나가 눈물을 글썽거리며 「진짜 다행이야……」「응……」 하고 읊조렸다.
줄곧 마음에 걸렸을 것이다. 그래서 필사적으로 화재 현장에 들어가려고 했던 걸까.
"물론 예단할 수 없는 상황이란 건 변함없지만."
다시 마음을 다잡기 위해 말하고서 정보를 정리했다.

적어도 무슨 일이 일어났는지는 이해할 수 있었다.

—모니카 배반, 그레테 행방불명, 아네트 중상, 티아 경상.

『등불』이 「반파」됐다고 할 수 있는 상태였다.

그렇게 정리하고 나서 사고를 다음 단계로 진행시켰다.

"역시 『뱀』의 목적을 모르겠어."

클라우스가 말했다.

"모니카를 수하로 삼았다면 이렇게 요란하게 움직일 필요가 없어. 적 스파이를 배신자로 만든 경우, 보통은 눈에 띄는 행동을 시키지 않고 장기적으로 정보를 유출시켜."

모니카의 습격은 너무나도 어중간했다.

그레테 한 명을 납치할 거였다면 좀 더 은밀하게 수행할 수 있었을 터. 모니카라면 유괴를 실행하고서도 천연덕스러운 얼굴로 동료와 합류할 기량이 있다.

「그 이유는 알 것 같아요」 하고 릴리가 말했다.

"음?"

"선생님을 장기간 속이는 건 무리인걸요. 저희의 상식이에요."

그 말에 지비아도 에르나도 고개를 주억거렸다.

"당신을 속일 방법은 하나뿐이야. 직접 얘기를 안 하는 거지."

"응. 조금이라도 얘기하면 무조건 들켜. 오랫동안 뭔가를 숨기는 건 무리야."

그렇군, 하고 납득했다.

소녀들 정도의 수준이라면 클라우스는 거의 확실하게 비밀을 간파할 수 있다.

그러고 보니 『배리어스』 습격 직전에 열었던 작전 회의 때 모니카에게서 위화감을 느끼기는 했었다.

'……? 맞아. 나는 모니카의 태도가 평소와 다름을 알아차렸어.'

문득 찜찜했다.

'……왜 추궁하려고 안 했지?'

당시에는 『봉황』 일에 전념하고 있었지만, 그렇다고 부하의 이변에도 신경을 쓰지 못했다니.

후회—보다도 이해할 수 없다는 마음이 더 컸다. 뭔가.

기분 나쁜 느낌이 들었지만, 일단은 나중에 생각하기로 했다.

"그렇군. 너희는 장기적으로 나를 속일 수 없어. 그렇다면 모니카의 배신은 단기간에 이루어진 공작이라고 판단해도 되겠지."

"아! 그러네요."

릴리가 손뼉을 쳤다.

"우리가 펜드 연방에 오고 나서 『뱀』이 모니카에게 접촉했어. 그렇게 봐야 해."

소녀들의 목격 정보에 의하면 모니카 곁에 있었던 사람은 『초록나비』라고 불리는 소녀일 것이다. 이 나라에서 기다리고 있었던 그녀가 배신을 종용했을지도 모른다.

"—전부 이 나라에서 시작되고 있어."

클라우스는 그렇게 결론지었다.

펜드 연방에 온 이후로 수상쩍은 느낌은 줄곧 받고 있었다.

'다린 황태자 암살과도 무관하진 않겠지……. 『봉황』이 괴멸된 것도 그래……. 『뱀』이 아무 목적 없이 일을 벌이고 있지는 않을 거야. 명확한 의도가 있을 터.'

펜드 연방의 왕위 계승권을 가진 남자가 어젯밤 암살당했다.

아침이 되면 전국에 뉴스가 퍼져서 곧장 난리가 날 것이다.

'『뱀』은 이 땅에서 뭘 꾸미고 있는 거지……?'

『뱀』이 지금껏 벌인 일 중에 클라우스가 아는 것은 두 가지다.

—『청파리』. 클라우스의 옛 스승인 기드가 일으킨 『화염』 괴멸.

—『보라개미』. 전 세계의 첩보 기관에 큰 타격을 준 미타리오에서의 무궁무진한 살육.

클라우스가 그들을 타도하긴 했지만, 목적이 달성된 후 대처한 것에 불과했다.

이름난 스파이가 차례차례 살해당해 『뱀』이 암약하기 쉬운 환경이 갖춰졌다.

그러고 나서 놓은 한 수가 다린 황태자 암살일까.

아직 정보가 더 많이 필요했다. 하지만 다행히 정보를 얻을 방법은 손에 넣었다.

"아멜리."

클라우스는 줄곧 방에 있던 여성을 불렀다.

"펜드 연방의 내정에 관해 말해. 명령이다."

아파트에는 『등불』의 멤버가 아닌 사람이 딱 한 명 존재했다.

—『조종자』 아멜리.

눈 밑에 다크서클이 짙게 진, 마녀 같은 오라를 풍기는 고스로리 복장의 여성이었다. 이 자리가 불편한 듯 소파 옆에 서 있었다.

"말을 머뭇거린다면 네 부하를 한 명씩 죽이겠어."

조용히 협박도 덧붙였다.

『등불』은 아멜리의 부하 스물다섯 명을 포박하는 데 성공했다. 다른 장소에 붙잡아 둔 부관 외에는 현재 교외에 있는 공사 현장의 관리 사무소에 감금되어 있었다. 무전으로 지시를 내리면 부하가 즉각 사살할 수 있다.

아멜리는 힘없이 고개를 저었다.

"말하라고 해도 뭘 말해야 하죠? 모니카— 씨였나요. 저도 그분이 왜 배반했는지 전혀 이해할 수 없어요."

"CIM이 아는 정보를 대강 말하면 돼. 듣고 나서 우리가 판단하겠어."

"……국가 기밀은 밝힐 수 없어요. 아무리 협박해도."

"말할 수 있는 것만 말해도 돼."

무뚝뚝하게 말하자 아멜리도 소파에 앉았다.

지비아가 하고 싶은 말이 있는 것처럼 쳐다보았기에 어쩔 수 없이 아멜리에게도 홍차를 대접해 줬다. 적대하는 스파이에게 굳이 그럴 필요도 없었지만.

아멜리는 홍차를 거들떠보지도 않았다.

"당연하다고 여겨지는 기초적인 내용부터 말해 줘."

클라우스가 말했다.

"자세히 설명할 수는 없지만, 이 아이들은 상식에 어두운 면이 있어."

양성 학교에서는 낙오자였던 소녀들이다. 특히 지비아는 이론 수업의 성적이 안 좋았다.

아멜리는 일순 의아해하며 눈을 깜빡였다.

하지만 다른 소녀들의 진지한 눈길을 받고서 마음을 다잡은 듯 가볍게 고개를 끄덕이고 「알겠어요」 하고 짧게 말했다.

마치 강단에 선 교수처럼 아멜리는 목소리를 한 옥타브 높였다.

"그럼 밝히기로 하죠, 손님. 이 세계의 성립부터 우리나라의 내정까지."

◇◇◇

몸이 떨렸다. 쓰고 있는 뉴스보이캡을 더 깊이 눌러썼다.

아멜리가 펜드 연방의 내정을 설명하는 그 시각, 『초원』 사라는 동료들과 떨어진 곳에서 시린 손끝을 감싸고 있었다.

"으으, 추워졌습다……."

새벽의 추위가 매서웠다.

휴로 교외에 있는 높직한 산에 방치된 공사 현장이 있었다. 예전에는 리조트 호텔 건설 계획이 있었던 모양이라 산이 크게 트여 있었다. 구석에 놓인 중장비들이 공사가 재개되는 날을 기다리고 있었다.

『등불』이 『배리어스』 전원을 포박한다는 기책을 수행해 낸 현장이었다. 클라우스의 지휘하에 지비아와 그레테가 분투하여 훌륭히 성공시켰다.

이 공사 현장에는 2층짜리 관리 사무소가 지어져 있었다.

작은 동물 같은 눈을 가진, 뉴스보이캡이 트레이드마크인 갈색 머리 소녀—『초원』 사라는 관리 사무소에서 포로들을 감시하고 있었다.

걸칠 만한 겉옷을 찾으려고 복도를 걸으며 한숨을 쉬었다.

"떨림이 심한데 괜찮소?"

누군가가 말을 걸어왔다.

연지색 머리를 뒤로 묶은 소녀—『뜬구름』 란이었다.

『봉황』의 유일한 생존자로, 전신에 입은 상처를 치료 중이었다. 쉬기 위해 맨션에 돌아갔었지만, 한숨 자고 나서 다시 여기까지 왔다.

"아, 그게. 이런 일은 어색해서……."

사라는 곤란한 듯 눈썹을 찡그렸다.

"조금 마음이 아파요. 사람을 장기간 감금한 적이 없어서……."

『등불』이 이런 강경책을 쓴 것은 처음이었다.

감금실에는 스무 명이 넘는 인간이 양손 양발을 묶인 채 나뒹굴고 있었다. 클라우스와 소녀들이 입힌 상처는 응급 처치를 했지만, 완벽한 치료 행위라고 하기는 어려웠다. 훈련받은 스파이여도 이따금 고통스러운 듯 신음했다.

마음씨 착한 사라는 가슴이 미어졌다.

“대체 언제까지 『배리어스』 사람들을 감금해야 할까요……?”

“물론 언제까지고 감금해야 하오.”

란의 대답은 빨랐다.

“필요하다면 계속 감금하는 것이 소생들의 사명이오. 문제가 생기면 전원 죽이고 저기 있는 중장비로 묻으면 되오. 들키지도 않겠지.”

“윽…… 그렇죠.”

“딱히 소생은 『배리어스』를 용서하지 않았소. 속았다고는 해도 동료를 죽였으니.”

날카로운 눈으로 감금실을 보았다.

“마음 같아서는— 최소 다섯 명은 매장해 주고 싶소.”

사라는 란이 권총을 들고 있음을 눈치챘다. 유사시에 즉시 대응하기 위한 장비지만 역시 무서웠다.

『봉황』 괴멸에 『배리어스』가 관여했다. 란에게 그들은 원수였다.

냉혹한 분위기를 풍기기 시작한 란을 보고 사라가 당황하자, 란이 표정을 풀었다.

“—하고 소생답지 않은 말을 한번 해 보았소.”

“네?”

하하, 쾌활하게 웃고서 란은 팔짱을 꼈다.

“사실은 소생도 거친 일은 사양하고 싶소. 평소 같았으면 긴장을 풀고서 인질과 카드놀이라도 했을 것이오.”

“평소에 그런 일을 하는 검까?!”

“빈드 오빠에게 자주 혼났소.”

"다, 당연한 대응임다……."

"하지만 이제 혼내 주는 동료는 없지."

란이 쓸쓸하게 한숨을 쉬고서 눈부시다는 듯 창밖을 보았다. 아침 해가 떠오르는 휴로의 거리가 멀리 보였다.

그 거리에서 일어난 일을 떠올리고 사라는 숨을 삼켰다.

란이 등에 손을 올렸다.

"떨고 있는 건 모니카 공 때문이오?"

"네……."

고개를 끄덕였다.

"뭔가 착오가 있는 검다. 모니카 선배가—."

그 이상은 말이 이어지지 않았다.

모니카가 일으킨 사건은 이미 무전으로 보고받았다. 믿고 싶지 않은 내용이었다. 하지만 알려 준 릴리와 지비아의 음성이 진실임을 전하고 있었다.

말도 안 되는 현실을 마주하고 현기증조차 났다.

"사라 공은, 모니카 공과 사제 관계였지."

"네……."

"지금은 여기서 기다리는 것이오. 클라우스 공을 믿읍시다."

위로하듯 란이 말해서 사라는 그저 고개를 끄덕였다.

슬픔의 연속에 그저 몸을 떨 수밖에 없었다.

◇◇◇

아멜리는 귀에 쏙쏙 들어오는 목소리로 이야기하기 시작했다.

“이 세계의 비틀림은 대체 어디서부터 생겨난 걸까요?”

질문을 던지며 설명이 시작됐다.

“산업 혁명, 중공업 제국주의— 우리 『서중앙』 나라들은 너무 큰 힘을 가졌어요. 경쟁하듯 톨파 대륙을 식민지로 삼고 지배하다가 이윽고 극동 나라들로 진출했죠. 세계 대부분을 수중에 넣고 나서는 마침내 서중앙 나라들끼리 전쟁을 시작했어요.”

지비아가 말을 이었다.

“—세계 대전.”

“바로 맞췄어요, 꼬마 아가씨(리틀 레이디).”

아멜리가 고개를 끄덕였다.

“펜드 연방과 라일라트 왕국을 비롯한 연합국, 그리고 가르가드 제국을 비롯한 추축국이 벌인 인류 역사상 가장 큰 전쟁이죠.”

14년 전에 시작된 전쟁이다.

처음에는 각지에서 소규모로 부딪치는 정도였던 전쟁은 점차 전선을 넓히며 격렬해졌다. 발달한 과학 기술은 최신 병기를 잇달아 만들어 냈다. 2년쯤 지났을 때, 가르가드 제국은 라일라트 왕국을 침략하기 위해 그 길목에 있던 딘 공화국을 점령했다.

종전한 것은 10년 전이다. 슬슬 11년이 되지만.

클라우스도 경험했다. 자세히 기억나지는 않지만, 포탄을 맞고 파괴된 거리에서 망연자실하게 서 있었던 소년 시절의 기억이 머릿속에 있었다.

"연합국 측의 승리로 종결되기는 했지만, 저희도 큰 손해를 봤어요. 전차, 항공기, 잠수함, 독가스, 사람을 너무 많이 죽이는 병기들, 그리고 총력전을 가능케 할 만큼 향상된 수송 기술— 경험한 자라면 누구든 지옥이라고 표현하겠죠."

지비아, 릴리, 에르나도 잠자코 있었다.

유년기에 경험한 일을 각자 떠올리고 있을 것이다. 『등불』의 멤버 대부분은 직접 전쟁 피해를 입었거나 전쟁 직후의 혼란한 시대에 휘둘린 과거가 있었다.

"……종결에 공헌한 게 『화염』이었던가요?"

릴리가 물었다.

"맞아요."

아멜리가 미소 지었다.

"『홍로』를 비롯한 세계 최고봉의 스파이 집단 『화염』은 가르가드 제국의 군사 기밀을 연합국 측에 보냈어요. 그들의 활약이 없었다면 종전하는 데 3년은 더 걸렸을 거예요."

"여, 역시 대단하네요……."

"네, 『홍로』는 이 업계에서 『세계 최고의 스파이』로 통해요."

아멜리가 힐끔 시선을 보냈다.

"……참고로 이 남자가 자신을 『세계 최강의 스파이』라고 하는 건 그저 자칭이에요."

"사실인데."

어째선지 비꼬는 말을 들었다. 일단은 스승인 『거광』 기드에게 받은 칭호라고 반론하고 싶어졌다. 하지만 아마 그때 기드는 『화염』을 배신할 생각을 하고 있었을 테니 사정이 조금 복잡했다. 말할 수 없었다.

아무튼. 이야기를 되돌리자.

"이 부분은 내 인식과도 다르지 않아. 대전 후의 펜드 연방에 관해 말해 줘."

"세계 대전이 끝난 직후부터 세계는 크게 세 가지 변화를 맞았어요."

아멜리가 설명을 재개했다.

"첫 번째는 무자이아 합중국의 대두예요. 대전 중의 물자 지원으로 발전을 이루어, 타격을 입은 서중앙 나라들을 선도하는 수준까지 성장했죠. 지금은 펜드 연방을 뛰어넘어 세계 제일의 대국이 됐어요."

소녀들도 가 본 적이 있으니 기억하고 있을 터다.

웨스트포트 빌딩을 비롯한 초고층 빌딩이 펼쳐진 수도 미타리오의 광경을. 장기간 경제 회의가 열리는 등 세계의 중심이라고 해야 할 나라가 되었다.

"또 하나는 각국의 협조 방침. 두 번 다시 전쟁을 일으키지 않도록 평화를 지향하게 됐어요. 각국이 평화 조약을 맺어 나갔죠."

이것도 틀림없다. 기본적으로 전 세계 나라들이 군축 노선을 따르고 있었다. 미미한 수준이긴 해도 방위비는 해마다 조금씩 줄어

들고 있었다.

"그리고 마지막으로―."

아멜리가 조용히 말했다.

"―세계는 보이지 않게 됐어요."

굉장히 추상적인 표현이라서 소녀들은 동시에 고개를 갸웃했다.

클라우스는 이해했으나 아멜리의 설명을 기다렸다.

"각국은 군사력보다도 첩보 기관에 힘을 주게 됐어요. 이전에도 첩보 활동은 있었지만, 종래보다 몇십 배나 비용을 쏟아부으며 스파이 공작에 주력하기 시작했죠. 지금 세계에서 어디와 어디가 싸우는지, 무슨 일이 일어나고 있는지, 예전보다 훨씬 불투명해졌어요."

즉, 스파이의 시대가 도래했다.

딘 공화국에서는 육군 정보부와 해군 정보부의 정예, 그리고 『화염』이 모여서 대외정보실이 창설되었다. 세계 대전을 경험하면서 정보야말로 새 시대를 제압할 힘이라는 가치관도 형성되어 갔다.

이제는 각국이 서로 스파이를 보내며 그림자 전쟁을 펼치고 있었다.

물밑에서, 불투명하게, 복잡기괴하게, 조용히― 전쟁은 보이지 않게 되었다.

첩보전에서 현재 어느 나라가 우위인지 확신하는 자는 세상 어디에도 없다. 자국은 견고하다고 생각하는 스파이가 있다면 금세 허를 찔릴 것이다.

아멜리는 「물론 그걸 파악하기 위해 우리 같은 첩보 기관이 있는 거지만요」 하고 덧붙이면서 말을 이었다.

"결론을 말하기로 하죠. —현재 펜드 연방은 상당히 혼란스러워요."

소녀들이 다시금 표정을 다잡았다.

마침내 이야기의 핵심에 들어갔다.

"많은 스파이가 잠입하여 뒤얽혀 있어요. ……인정하긴 싫지만, 우리 CIM의 최고 기관인 『하이드』에도 배신자가 숨어 있는 것 같아요……."

아멜리가 씁쓸한 표정으로 중얼거리자 클라우스도 「그렇겠지」 하고 동의했다.

거의 틀림없을 것이다.

누군가가 다린 황태자의 목숨을 노리고 있는데 CIM은 엉뚱한 『봉황』을 용의자로 삼고서 『배리어스』를 보내 습격했다. 그 후에도 『뜬구름』 란을 수색하는 무의미한 행동에 힘을 썼고, 결과적으로 다린 황태자는 살해당했다.

이미 CIM은 썩었다.

릴리가 딱하다는 얼굴로 물었다.

"왜 그렇게 된 거죠?"

"십중팔구 『친제국파』 인간일 거예요. 현재 펜드 연방에서는 가르가드 제국과 연대해야 한다는 사상이 일정한 지지를 모으고 있어요."

소녀들에게는 받아들이기 어려운 현실인 것 같았다.

지비아가 「뭐?!」 하고 외쳤다.

"잠깐만. 어째서? 제국은 대전 때 적국이었던—."

"네, 원래 같으면 용서받지 못할 숙적이죠. 하지만 무자이아 합중국이 너무 큰 힘을 가진 탓에 그 가치관에도 변화가 생겼어요. 이대로 합중국을 내버려 둬도 되냐면서."

아멜리가 말로 제지했다.

"이 나라는 두 가지 사상으로 분단됐어요. 【무자이아 합중국과 연대하여 가르가드 제국을 경계해야 한다】라는 종래의 사상. 보수 우익, 온건파 등의 호칭도 있지만, 대체로 간결하게 『반제국파』라고 부르고 있어요. 그리고 【가르가드 제국과 손을 잡고 무자이아 합중국을 경계해야 한다】라는 새로운 세력. 혁신파, 진보주의…… 이쪽도 심플하게 『친제국파』라고 부르고 있어요. 이 『반제국』과 『친제국』이라는 두 가지 사상이 의회와 시민 사이에서 대립을 낳고 있어요. 설마 CIM 내에서도 똑같은 일이 일어나고 있을 줄은 몰랐지만……."

제국에게 침략당한 딘 공화국 사람들과는 다른 가치관이었다.

펜드 연방은 대전이 일어나기 전까지 오랫동안 세계 제일의 나라였다. 그렇기에 2등으로 전락한 현재를 탐탁지 않게 여기는 국민이 많았다.

다음 적은 가르가드 제국인가 무자이아 합중국인가.

그 물음이 펜드 연방을 둘로 나누는 커다란 쟁점이 되었다.

"CIM은 물론 반제국파예요. 제국이 입힌 상처는 잊지 않아요. 하지만 국력을 키워 가는 무자이아 합중국을 위협으로 느끼는 자가 나온 거겠죠."

"그, 그거, 가르가드 제국이 파고들 틈만 만드는 꼴 아닌가요……."

릴리의 말대로였다.

아무리 철벽같은 첩보 기관이어도 그런 상태라면 쉽게 공략당한다.

“맞아요. 배신자가 나오기 시작한 거겠죠.”

아멜리가 분한 모습으로 긍정했다.

“……내가 알기로 CIM은 조직력이 뛰어난 기관이었는데.”

클라우스는 『화염』 시절에 CIM과 몇 번 적대하기도 했고 협력하기도 했다. 그 높은 기량에 농락당한 적도 꽤 있었다.

“우수한 팀도 많았을 터. 『레티아스』는 어쩌고 있는 거지?”

“미타리오에서 전멸했어요.”

아멜리가 분한 듯 입술을 깨물었다.

“후속 팀도요.”

초광범위한 스파이 살해―『보라개미』의 살육에 당했나.

알고 있었던 일이지만, 펜드 연방도 큰 타격을 받은 모양이다.

“구, 궁금한 게 있어.”

아까부터 진지한 표정으로 잠자코 있던 에르나가 입을 열었다.

“다린 황태자 전하는 반제국파였어?”

“왕족이시니까요. 공공연하게 정치사상을 말씀하신 적은 없어요. 모든 나라와의 평화를 논하는 위대한 분이셨어요.”

클라우스가 아멜리를 노려보았다.

아멜리의 음성에는 거짓말하는 억양이 근소하게 들어가 있었다. 얼버무리는 것은 용납되지 않는다. 기밀 정보여도 말할 수 있는 건 최대한 말해 줘야 했다.

아멜리는 작게 한숨을 쉬었다.

"……가르가드 제국을 싫어하셨다는 소문이 있어요."

그녀도 자세히 파악하고 있지는 않지만, 육군의 반제국파 간부들과 긴밀한 관계였다고 한다.

역시나 그렇게 된 사태였다. 다린 황태자는 반제국파의 상징이었다. 하지만 친제국파의 수작으로 제국의 스파이에게 허무하게 암살당했다.

—누가 아군이고 누가 적인가.

이 펜드 연방에서는 판단하기 몹시 어려웠다. 가르가드 제국의 스파이들이 중추까지 침략해 있는 것 같았다.

"솔직히 저도 혼란스러워요. 당신들을, 그리고 『뜬구름』 란을 이 눈으로 직접 볼 때까지 CIM도 『하이드』도 반제국으로 단결되어 있다고 생각했어요. 믿었는데……."

아멜리는 한숨처럼 말을 흘렸다.

"—세계는 한 치 앞도 보이지 않게 됐어요."

◇◇◇

아멜리에게 이야기를 다 듣고 나서 클라우스는 소녀들을 쉬게 했다.

소녀들은 당장 모니카를 수색하러 가고 싶은 것 같았지만 제지했다. 그녀들은 어젯밤부터 줄곧 쉬지 않고 일했다. 무리시킬 수는 없었다.

거실에는 클라우스와 아멜리만 남았다.

단둘이 되자 아멜리는 무료하다는 듯 다리를 꼬았다.

"제 부하는 안 풀어 주시나요?"

"아직 필요해. 때에 따라서는 네 권력을 행사해야 해."

"……풀어 주시면 CIM이 전면적으로 협력할 수 있을지도 몰라요."

"……."

구미가 당기는 제안이었다.

이제부터 『등불』은 모니카의 행방을 쫓아야 한다. 이 지역을 잘 아는 현지 첩보 기관만큼 든든한 것은 없다. 『배리어스』의 본래 실력이라면 골목에 숨어든 고양이 한 마리도 찾아낼 수 있을 터다. 『뱀』을 궁지에 모는 데도 효과가 있을 것이다.

하지만 안일하게 받아들일 수는 없었다.

"—무리야. 지금의 너희는 신뢰할 수 없어."

CIM 상층부에 거의 확실하게 친제국파가 있다. 한편이 되면 정보가 누설될 우려가 있다.

아멜리도 이해했는지 「알겠어요」 하고 고개를 끄덕였다.

"하지만 저희를 너무 오래 구속하면 상층부가 저를 수상하게 여길 거예요. 그렇게 되면 당신들의 흉행도 드러나겠죠."

"네가 둘러대. 실패하면 부하를 죽이겠어."

"……그러더라도 2주 정도가 한계예요."

"알았어. 그 전에 전부 해결하겠어."

대화를 마치자 아멜리는 살짝 어깨를 떨궜다. 그 표정에는 짙은 피로가 담겨 있었다. 화장도 망가지기 시작했다.

그녀는 마침내 눈앞에 있는 찻잔을 들었다. 다 식었을 브랜디 홍차를 조금씩 마셨다.

"……조금 지쳤어요."

"……."

"절대정의— 우리는 늘 올바르며 틀리지 않는다."

아멜리는 자조적으로 입꼬리를 올렸다.

"그런 신념을 가지고서 믿었던 『하이드』에 다린 황태자 전하의 암살을 주도한 자가 있을지도 모른다니…… 조금 충격을 받았어요……."

연기일까 본심일까.

처음 봤을 때는 철가면처럼 차갑게 생긴 여자라는 인상이었다. 하지만 상층부가 의심스러워지고 『등불』에게 패배하면서 마음이 심란해졌을지도 모른다.

아멜리는 찻잔을 조용히 내려놓았다.

"화톳불."

"왜 부르지."

"당신은 우수한 부하를 뒀군요."

"……뜬금없이 무슨 소리지? 부하에게 배신당한 나를 비꼬는 건가?"

"본심이에요. 지비아, 릴리, 에르나. 이런 사태에도 즉각 행동에 나설 수 있는 건 틀림없이 장점이에요. 대체 어떤 훈련을 했는지 알고 싶을 정도예요."

갑작스러운 찬사에 「그렇지」 하고 순순히 대답할 수 있었다.

소녀들의 전환은 빨랐다. 즉각 앞을 보고 다음 선택지를 검토하기 시작했다.

"네 말이 맞아, 아멜리. 나의 자랑스러운— 극상의 부하야."

클라우스는 분명하게 답했다.

"그러니 되찾아야 해. 떨어져 나간 내 학생을."

잠시 쉬고 나서 바로 거리에 나가자. 평소에는 본심을 꼭꼭 숨기고 있는, 잔뜩 꼬인 우등생을 찾아내기 위해.

답을 찾아야 한다.

—『빙인』 모니카는 왜 『등불』에 적의를 드러냈는가?

2장 빙인①

일상 속의 작은 일이 깊은 절망으로 느껴질 때가 있다.

몸의 중앙에 있는 핵 같은 부분이 비틀리는— 그런 감각이다.

이를테면 아침에 일어나 침대로 비쳐 드는 따뜻한 빛에 미소 지었을 때. 장을 보고 돌아가는 길에 빵을 굽는 향긋한 냄새를 맡고서 새로 생긴 가게를 찾을 때. 호우가 내리는 날, 바람에 창문이 덜컹거리는 소리가 무서워서 시린 어깨를 문질렀을 때. 역 앞에 있는 은행나무의 색이 바뀐 것을 깨닫고 문득 눈앞에 노란 잎이 내려앉았을 때.

그런 흔한 일이 어째선지 가슴에 강한 고통을 안긴다.

공유는 누구에게나 행복을 가져다준다.

모든 사람은 일상적으로 감정을 공유한다. 아이는 학교에서 칭찬받은 것을 부모에게 자랑하고, 여성은 카페에서 동료에게 상사 욕을 한다. 노인은 공원에서 아들 내외에게 받은 스웨터를 보여 주고, 남성은 술집에서 정치가에 대한 분노를 바텐더에게 털어놓는다.

특별한 의미 따위 없다. 그저 감정을 나눠 가지는 것이 본인에게 행복을 주는 것이다.

그렇기에 소녀는 두려웠다.

—나는 누구와도 마음을 공유하지 못한 채 죽는 것 아닐까.

미래에 「모니카」라는 가명을 쓰게 되는 여섯 살 소녀는 그런 절망을 매일 생각했다.

그녀의 이야기는 여기서부터 시작된다.

◇◇◇

예술가 집안에서 태어난 그녀의 유년기는 음악과 무용, 희곡, 회화, 조각 등으로 채워져 있었다. 화가 아빠와 바이올리니스트 엄마. 집에 찾아오는 부모의 친구도 예술가였다.

교육 방침은 「어렸을 때 이것저것 시켜서 자신에게 맞는 분야를 찾게 한다」. 부유한 가정 특유의 육아였다. 나이 차이 나는 오빠와 언니도 당연하다는 듯 많은 예술에 도전했다.

철이 들기도 전에 무자이아 합중국으로 이주했다. 세계 대전을 피하기 위해서였다.

서중앙 나라들이 전쟁으로 혼란스러운 와중에도 합중국은 평화로웠다. 식량과 의류의 수요가 증가하여 오히려 호황을 맞았다.

서중앙의 비참한 뉴스를 보고 부모는 얼굴을 찡그렸지만 귀국할 마음은 없는 것 같았다.

전쟁이 종결되어도 가족은 무자이아 합중국에 남았다.

하우스메이드가 만든 저녁밥을 먹으며 아빠는 「모더니즘에 도전하고 있어」라고 즐겁게 밝혔다.

“접문하는 부부의 그림이야. 미타리오의 레스토랑에 걸릴 예정이지.”

엄마는「이번에 콘서트가 있어」하고 온화한 표정으로 말했다.

“고전 희곡을 테마로 한 연주회야. 다들 알지? 남녀의 금단의 사랑을 그린—.”

오빠와 언니는 맞장구를 치며 자신들이 도전 중인 예술을 발표했다. 지향하는 아름다움은 가족이 가장 신나게 이야기하는 화제였다.

당연히 부모는 소녀에게도 예술의 길을 권했다.

“자, 아빠처럼 너도 그려 보렴.”

“자, 엄마처럼 너도 연주해 보렴.”

내키지는 않았지만 소녀는 시키는 대로 도전했다.

뭘 하든 눈 깜짝할 사이에 숙달되었다. 흉내 내는 것은 특기였다. 아빠나 엄마, 혹은 그 친구들의 기술을 복사하면 됐다. 피아노도 조각도 유채화도 색소폰도 수채화도, 평범한 어린아이와는 비교도 안 되는 속도로 잘하게 되었다.

하지만 가족은 인정하지 않았다.

“정물화는 멋지구나. 손재주가 아주 좋고 정밀해.”

아빠는 처음엔 칭찬했지만 점차 안타깝다는 표정을 지었다.

“다만 풍경화와 인물화는 좀, 그러네. 사실주의도 그저 정확히 그린다고 다가 아니야. 어디를 잘라 내는지에 따라 인상은 달라져. 확실히 예술은 모방부터 시작된다고 하지만…….”

아빠도 엄마도, 그들이 고용한 교사도, 마지막에 하는 말은 똑같았다.

"잘하지만— 혼이 안 느껴져."

들을 때마다 소녀의 마음은 점차 메말랐다.

그래도 물어보기는 했다.

"혼이라는 건 어떻게 생겨나?"

"사랑이지."

"사랑이야."

돌아오는 말도 부모가 똑같았다.

"언젠가 알 거야. 운명의 상대와 만났을 때, 세상이 색을 입거든. 그게 얼마나 아름다운지."

"남녀란 그런 거란다. 학교에 관심 가는 남자아이는 없니?"

"—짜증 나."

소녀는 몰래 욕했다.

의아해하는 부모에게 아무것도 아니라며 대충 둘러대고서 소녀는 조용히 등을 돌렸다.

가족들과 어울릴 수 없었다.

고향이 전쟁으로 불타는 가운데 예술 활동에 힘썼던 부모, 날이면 날마다 아름다움에 관해 이야기하는 식탁, 그것을 당연하다는 듯 추종하는 오빠와 언니.

그리고 그들이 연애에 관해 말할 때, 어째선지 마음에 위화감이 생겼다.

가족끼리 단란하게 보내는 자리에서는 입을 다물고 되도록 혼자 지냈다. 방에서 벽에다 공을 던지며 시간을 때웠다.

그 요인을 모른 채 시간은 흘러서 소녀는 열두 살이 되었다.

열두 살, 소녀는 고향인 딘 공화국으로 돌아왔다.

일반 학교에 다니며 세계 대전의 참상을 알았다. 가르가드 제국이 행한 침략이 얼마나 끔찍한지, 거리의 큰길을 타국의 육군이 제 집처럼 활보하는 것이 얼마나 무서운지.

세계 대전이란 지옥이 얼마나 많은 사람에게 고통을 줬는지 조금씩 이해했다.

하지만 그 경험으로부터 도망쳤던 소녀는 학교에서 겉돌았다. 나라가 위기에 처했는데 도망쳤던 자라는 평가는 아이들의 세계에서 대죄인과 다름없었다. 소녀가 운동과 학업 성적이 우수하다는 것도 질투를 모으는 원인이 되었다.

학교 수업이 끝나면 아빠가 빌린 아틀리에에 틀어박혔다.

예술은 지긋지긋했지만, 따로 갈 곳이 없었다.

아틀리에에는 아빠의 제자가 자주 드나들었다. 아빠는 장소를 빌려주고 사용료를 받았다. 드나드는 사람은 자주 바뀌었다.

열세 살이 되고 몇 달이 지난 봄날, 신기한 남성을 보았다.

이목구비가 뚜렷하고 빛나는 금발을 가져서 여성들이 좋아할 듯한 생김새였다. 실제로 산뜻한 호청년으로 보였다. 상대가 누구든

명랑하게 웃으며 경쾌하게 이야기했다. 하지만 눈을 들여다보면 모든 것을 꿰뚫어 보는 듯한 으스스한 분위기가 느껴졌다. 나이는 20대 중반일까.

'……이런 녀석이 있었나?'

남자에게서는 향수 냄새가 났다. 아는 꽃이었다.

소녀는 속으로 『라벤더 청년』이라고 명명했다.

이상하게 여기며 바라보고 있으니 청년이 소녀를 불렀다. 청년은 구김살 없이 웃으며 소녀의 경계심을 순식간에 풀었다.

아틀리에 안에 다른 사람은 없었다.

소녀는 어느새 속마음을 일부 밝히고 있었다. 부모와의 어긋남을.

"남녀의 연애가 전부라니 헛소리야. 너희 아빠는 영 아니네."

그는 부모의 가치관을 간단히 부정했다.

소녀는 당황했다.

"그런 말 해도 돼? 아빠가 스승 아니야?"

"하지만 바보 같잖아?"

라벤더 청년은 해사하게 웃었다.

"남녀 간의 연애가 전부가 아니라는 건 역사가 증명하고 있어. 희대의 예술가 중에는 동성애자라고 소문난 사람도 많아."

"뭐, 그렇다더라."

"옛날에는 동성애자야말로 뛰어난 인간이라고 생각하는 문화도 있었을 정도야."

청년은 굉장히 거침없이 말했다.

문득 의문이 생겼다.

"지금은?"

"응?"

"옛날에는 좋았다면 지금은 어떤데?"

그렇게 묻자 일순 청년의 얼굴이 슬프게 일그러졌다. 그가 손으로 얼굴을 덮었고, 그 손을 치웠을 때는 쾌활한 미소가 돌아와 있었다.

"정신 질환."

청년이 말했다.

"그리고 범죄야. 동성애자의 성교는 형벌에 처해."

"……왜 그렇게 엄격해?"

"세상에 여유가 없으니까."

그는 어깨를 으쓱였다.

"하루를 사는 것만으로도 벅찬 인간이 다른 사람의 행복을 생각할 수는 없어. 자기를 챙기기도 바쁘지. 이 나라만 그런 게 아니야. 이웃 나라들에도 대전의 탄흔이 여전히 생생하게 남아 있어. 게다가 서중앙 나라들은 식민지를 계속 착취하고 있어."

그는 경쾌하게 말하며 아틀리에 안을 걷기 시작했다. 아틀리에 한편에 100호 사이즈의 거대한 유채화 캔버스가 세워져 있었다.

그가 가져와서 열심히 물감을 칠하고 있는 그림이었다.

캔버스 전체를 덮은 검은색이 비명을 지르는 여러 아이를 삼켜 나갔다.

"**—근심.**"

라벤더 청년이 말했다.

"그게 세상에 퍼져 있는 한, 소수는 배려받을 수 없어. 전쟁고아도, 범죄자의 가족도, 신체적 결함을 가진 자도, 성폭력 피해자도, 동성애자도, 가난에 허덕이는 아이도, 학대받는 아이도, 정신 질환을 앓는 자도, 아무도 상대해 주지 않아."

그는 자신의 유채화를 가만히 노려보고 있었다.

"아무도 도와주지 않아."

중얼거림은 슬프게 울렸다.

그의 말은 어째선지 소녀의 마음을 깊이 후벼 팠다. 청년의 목소리에는 그만큼 박력이 있었다. 울고 싶은 충동이 들었지만, 그 충동에 몸을 맡기면 그의 말이 사실이라고 인정하는 것 같아서 그저 괴로웠다.

우두커니 선 소녀에게 라벤더 청년이 말했다.

"그런데 이 아틀리에에 크루드라는 남자가 있지?"

"어?"

"예언합니다— 그 남자는 내일 체포될 거야."

날씨 이야기라도 하듯이 청년은 담담하게 고했다.

이튿날, 라벤더 청년이 예고한 대로 남자가 경찰에게 체포됐다.

—성범죄법 위반.

남성과 성교했다는 죄로 구속됐다고 했다. 합의하에 했어도 관계

없는 것 같았다.

크루드 콜라스. 아빠의 제자로, 줄곧 아틀리에를 드나들었기에 지역에서 큰 화제가 되었다. 길가에서 사건에 관해 「무서워라」, 「우리 남편도 노렸던 걸까」 하고 이야기하는 여성들을 보았다.

아틀리에 내에 있던 그의 작품은 즉각 처분되었다. 그는 소녀도 잘 아는 사람이었다. 열심히 유채화를 그리던 청년이었고 자주 소녀에게 과자를 나눠 줬었다.

그의 그림이 있던 공간을 멍하니 바라보는 소녀를 아빠가 무척 걱정했다.

"너한테 좋지 못한 소리를 불어넣은 건 아니지? 괜찮아?"

"……딱히."

"다행이야. 그렇다니 아빠도 안심이 되네. 확실하게 이성과 사랑에 빠지려무나. 누구 관심 가는 남자아이는 없어?"

소녀는 침묵했다.

이윽고 아빠는 뭔가를 헤아린 것처럼 한숨을 쉬더니 모니카 앞에 놓인 캔버스를 바라보았다. 늘 그랬듯 「너의 연주와 그림은 그저 솜씨가 좋을 뿐이야」라는 둥 「정밀하기만 하지 매력이 없어」라는 둥 안타깝다는 투로 말했다.

하지만 이날만큼은 평소보다 한마디가 많았다.

"네가 빛날 수 있는 일은 따로 있지 않을까."

"그러네."

소녀는 즉답했다.

“이곳에 내 세계는 없는 것 같아.”

라벤더 청년이 다시 아틀리에에 오는 일은 없었지만, 그는 떠날 때 이런저런 이야기를 해 줬다.

『크루드 씨는 가르가드 제국의 스파이를 지원하고 있어. 예술품 속에 숨겨서 총알을 각지로 수송하고 있지. 동성애자라는 약점을 잡힌 거야. 협박당해서 시키는 대로 했어. 하지만 최종적으로 버려졌는지 내일 체포당할 거야.』

갑자기 소녀와는 아무 관계도 없는 세계의 이야기를 해서 곤혹스러웠다.

라벤더 청년은 『경찰이 난잡하게 다루기 전에 다시금 크루드 씨의 소지품을 살피고 싶어서 말이지』라고 말하며 크루드의 캔버스로 걸어갔다.

그는 그림이 상하지 않도록 조심스레 캔버스를 분해했다.

나무틀에서 통에 든 양피지가 나왔다.

청년이 어떤— 암흑가나 첩보 기관 사람이라는 것은 알아차렸지만 소녀가 이해할 수 없는 세계였다.

『너도 이쪽으로 올래?』

난데없이 그가 말했다.

어? 하고 되묻는 소녀에게 명함 같은 카드를 한 장 건넸다.

『예언합니다— 너는 이 세계에서 운명적인 만남을 가질 거야.』

확실한 단언이었다.

『딘 공화국의 첩보 기관— 대외정보실. 관심 있으면 그 주소에 있는 양성 학교에 가도록 해. 지금 너처럼 재능 있어 보이는 아이에게 권유하며 다니고 있거든.』

이해할 수 없었다.

하지만 가슴은 뛰었다. 이 카드는 티켓이었다. 아틀리에와도 가족과도 떨어져서 다른 곳에 다다르기 위해 승차권.

라벤더 청년을 온전히 믿지는 않았다.

하지만 소녀는 망설이지 않고 카드를 받았다.

청년은 기쁘게 미소 지었다.

『—극상이네.』

그 말을 소녀는 미래에 다른 인물에게 듣게 되지만, 그때는 라벤더 청년의 세세한 말 같은 건 잊어버린 뒤였다.

◇◇◇

소녀는 본명도 호적도 버리고 가출하듯 양성 학교로 갔다.

「모니카」라는 이름을 얻은 소녀는 머지않아 두각을 드러냈다. 유년기부터 관찰과 모방은 특기였다. 예술가로서 꽃피우지는 못했던 재능이지만, 눈으로 본 것을 뇌로 계산하여 완벽하게 재현하는 기술은 스파이 세계에서 유용했다.

사격 훈련에서 1등을 하고, 이론 수업도 간단히 다른 학생들을 추월하여, 입학하고 두 달도 지나지 않아 양성 학교에서 최상위 성적을 거뒀다. 학생들이 보내는 시기의 시선은 실력으로 굴복시켰다.

시시한 연애론을 주장하는 자도 없었다.

그 환경이 안락해서 충실한 나날을 만끽했다. 훈련에 힘쓰고 자신의 재능을 갈고닦았다. 스파이야말로 자신이 살아갈 길이라고 믿었다.

철저한 좌절을 맛보기 전까지 마음은 들떠 있었다.

"음~? 성적 우수자라더니 이 정도인가. 깜짝 놀랐어. 굉장히 약하잖아!"

각 양성 학교의 성적 상위자가 모인 특별 합동 연습 날— 그녀의 자만심이 깨졌다.

정확히는 『화염』 선발 시험이었지만, 그 사실은 참가자에게 알려지지 않았다. 모니카가 이해할 수 있었던 것은 자신이 천재가 아니라는 현실이었다.

모니카를 포함한 성적 우수자 스무 명이 여성 한 명에게 패배했다. 무슨 일을 당했는지도 모른 채 모니카를 제외한 전원이 쓰러져 있었다.

표백된 것 같은 순백색 머리와 피부를 가진 여성에게 유린당했다.

—『선혹』 하이디.

당시에는 이름조차 몰랐지만 나중에 클라우스가 가르쳐 줬다.

세계 최고봉의 스파이와 대면하고 자존심은 갈가리 찢겼다. 그저 서 있을 수밖에 없었다는 것이 충격이었다.

"아, 청은발 친구, 돌아가도 돼. 들었어. 입학한 지 두 달 만에 이 훈련에 참가한 장래 유망한 루키. 그건 자랑스럽게 여겨도 돼. 하지만 지금 네 실력으로는 논외야."

하이디는 마지막에 직접 모니카에게 엄격한 말을 건넸다.

"기억해 두렴. 마음에 불을 붙이지 못하는 녀석은— 이 세계에서 쓰레기야."

아무리 노력해도 도달할 수 없는 경지가 있다.

그것을 확실하게 직시한 기분이었다.

'마음에 불이라니 그게 뭔데…… 다들 제멋대로 지껄이기만 하고.'

예전에 들었던 부모의 말이 떠올랐다. 그녀의 예술에는 혼이 없다는 평가가.

'……현실은 녹록지 않은가.'

다음 날부터 모니카는 훈련을 건성건성 하게 되었다. 정열 따위 없었다. 예술과 마찬가지로 자신에게는 큰 결함이 있다고 한다. 어떻게 진심으로 마주할 수 있겠는가.

이따금 땡땡이치고 적당히 흘려버리는 태도로 하루하루를 보냈다.

시험을 칠 때도 전력을 다하지 않았다.

당연히 양성 학교의 교관은 몇 번이나 질책했지만 그녀를 퇴학시키지는 못했다. 최소한의 성적은 받고 있었고, 의욕이 없을 뿐 재능은 나무랄 데 없었다.

이윽고 모니카에게는 어떤 코드 네임이 주어졌다.

—『빙인』.

원래는 얼음처럼 예리하게 빛나는 칼날을 가리키는 말이다.

하지만 그 코드 네임에는 숨은 야유가 있었다.

—얼어붙어서 쓸모없어진 칼.

마음에 불꽃이 없다고 평가받은 자신답다고 모니카도 생각했다.

양성 학교를 떠나지 않은 것은 따로 갈 곳이 없었기 때문이다. 아니면 미련일까. 느긋하게 4~5년쯤 지내면 된다며 태평하게 재적했다.

변화가 생긴 것은 열여섯 살이 되었을 때다.

갑자기 교장실로 불려 갔다. 또 질책일까, 하고 지긋지긋하게 여기며 가니 봉투 하나를 받았다.

교장이 의아한 얼굴로 말했다.

"어떻게 된 건지 모르겠지만, 『등불』이라는 새로운 첩보 기관에서 널 지명했다."

클라우스가 보낸 초대장이었다.

◇◇◇

불가능 임무를 전문으로 하는 새로운 첩보 기관 『등불』.

그런 팀에 소집되어 마음이 설레기는 했다. 틀림없이 역전의 스파이들이 모여 있을 것이다. 그중 누군가가 자신의 재능을 꿰뚫어 본 걸까, 하고 기대했다.

하지만 기다리고 있던 것은 낙오자 소녀들이었다.

"선생님이 외출했을 때 방 전체에 함정을 깔죠!"

"좋았어! 지옥을 보여 주자!"

릴리와 지비아가 너무나도 조잡한 작전을 세우고 돌입했다.

""으아아아악! 방에 들어가자마자 와이어가아아아!""

그리고 10초도 안 되어 실패했다.

그런 광경이 매일같이 펼쳐졌다.

'여긴 동물원인가.'

『등불』 결성 직후, 모니카는 아지랑이 팰리스의 홀에서 기막혀했다.

실패가 계속되어 멘탈이 무너진 티아에게도, 이상한 발명품만 만드는 아네트에게도, 멋대로 불행에 빠지는 에르나에게도 넌더리가 났다.

훈련 자체는 성실하게 임했으나 마음은 양성 학교 시절과 마찬가지로 차갑게 식어 있었다.

'위험해지면 도망치지, 뭐.'

그런 타산도 있었다.

'어차피 클라우스 씨가 다 해 주겠지. 반대로 클라우스 씨가 달성하지 못하는 임무를 우리가 보조하지도 못할 테고.'

딱 한 번 전력으로 클라우스에게 도전해 봤지만, 결과는 모니카의 참패였다.

특별 합동 연습 때가 생각나서 다시 자포자기가 되었다.

도망친다는 건 타당한 선택지였다. 설령 도망치더라도 스파이 기술을 악용하지 않는다면 클라우스는 묵인할 터다. 임무 직전까지 기밀 정보를 알려 주지 않는 것은 언제든 도망쳐도 된다는 의사 표시이리라.

만신창이 상태로 홀에 돌아온 릴리와 지비아를 바라본 후, 문득 옆에서 손가락을 문지르고 있는 사라를 보았다.

사라는 멤버 중에서도 한층 겁이 많았다. 매일같이 울려고 했다.

"너, 탈주하는 게 어때?"

모니카가 말을 건넸다.

"네……?"

"스파이 일이 적성에 안 맞잖아. 목숨을 내놓기보다는 다른 데서 느긋하게 지내는 게 어때?"

내내 겁먹고 있는 사라가 불쌍했다. 본인이 원한다면 도망칠 방법 정도는 가르쳐 줄까 싶었다.

사라는 모자를 누르고서 몸을 움츠렸다.

"으으, 그건 알고 있습다……. 시, 실은 몇 번이나 도망치자고 생각했습다."

"그럼—."

"다, 다만, 최근에는 조금 용기를 얻어서……."

모자챙 밑에 있는 사라의 눈이 모니카를 지그시 바라보았다.

모니카는 이해하지 못하고 「뭐?」 하고 말했다.

"릴리 선배 말임다."

사라는 희미하게 미소 지었다.

"저렇게 촐싹거리는 사람도 노력하고 있다고 생각하니까 긍정적으로 여기게 되어서……. 릴리 선배도 스파이에 적합하다는 생각은 안 드는데 한결같이 열심이잖아요."

모니카는 전혀 공감하지 못하고 고개를 갸웃했다.

그녀가 보기에 릴리는 그저 무모한 덜렁이라는 인상뿐이었다.

시선 끝에서 릴리가 좌절하지 않고 다음 작전을 세우고 있었다. 그녀를 에워싸듯 에르나, 티아, 그레테가 모이기 시작했다.

사라는 모자에서 손을 떼고 살포시 웃었다.

"그래서 릴리 선배를 보고 있으면 저도 용기를 얻는다고 할까……."

"흐응."

모니카는 대충 맞장구쳤다.

그 후 사라가 허둥대며 「무, 물론 제가 훨씬 못났지만요……!」 하고 얼버무리듯 말했으나 무시했다.

"무리 아닐까?"

"네?"

"저 녀석은 그냥 해맑은 거야. 저러다 죽겠지."

소리 내어 말하고 그 쌀쌀맞음에 자신이 놀랐다.

하지만 틀림없는 본심이었다. 함께 생활하면서 멤버의 실력은 대충 파악했다. 현재 모니카 외의 소녀 일곱 명이 결집하더라도 모니카 한 명이 더 강했다.

그녀들의 재능은 모니카보다 한참 뒤떨어졌다.

"어렴풋이 알잖아. 우리가 노력해도 클라우스 씨가 될 수는 없어. 간신히 될 수 있는 건 어중간하게 우수한 스파이야. 편리하게 이용되고 버려질 뿐이지."

릴리를 보고 용기를 얻을 만큼 단순한 이야기는 아니었다.

모니카의 마음은 여전히 얼어붙어 있었다.

"정말로, 그게 다야."

사라는 말문이 막힌 것처럼 그저 모니카를 바라보았다.

◇◇◇

불가능 임무 중에 누군가가 목숨을 잃을 거라고 각오했다.

결국 모니카가 임무를 끝까지 수행한 것은 탈주하면 꿈자리가 사나울 것 같았기 때문이다. 미숙한 사라가 도전하는데 자신이 도망치면 체면이 구겨진다. 자신이 없어져서 한 달간 함께 지낸 인간이 죽는 것은 역시 기분이 안 좋았다.

강한 동기는 없었다.

자신이 사라지면 『등불』은 위험하다. 그런 상황에서는 도망치고 싶어도 도망칠 수 없었다.

탈환해야 할 생물 병기 『나락인형』 따위 어찌 되든 좋았다.

모니카는 그저 가까운 인간이 죽는 건 불쾌하다는 이유로 행동했다.

◇◇◇

다 같이 돌아간다— 하지만 그건 한없이 난이도가 높은 목표였다.

가르가드 제국의 연구소에서 적과 대면하고 통감했다.

—『거광』 혹은 『청파리』 기드.

클라우스조차 웃도는 격투의 달인. 『화염』 최강의 전투원.

약품 회사의 연구소에서 기다리고 있던 그는 소녀들을 유린했다.

진짜 실력은 전혀 보여 주지 않았다. 여유로운 표정으로 칼을 가볍게 휘둘렀다. 그랬을 뿐인데 총알이 튕겼고, 동료는 칼등에 맞아 차례차례 혼절했다.

『선혹』 하이디나 『화톳불』 클라우스조차 뛰어넘는 압도적인 격차가 느껴졌다.

지비아와 함께 덤벼도 승부가 되지 않았다.

기술이나 책략이라는 잔꾀로 어떻게 될 범위가 아니었다. 생물로서 근간부터 달랐다. 아무리 발버둥쳐도 쓰러뜨릴 비전이 보이지 않았다.

끝났다고 생각했다.

『여덟 번째 소녀』라는 기책을 준비했지만 통할 거라는 생각은 도저히 들지 않았다. 그가 다른 데 신경 쓰지 못하도록 해야 실현할 수 있는 책략이었다.
그렇기에 모니카는 쓰러진 채 경악했다.

"슬슬 진짜 진짜 진짜 실력을 보여 드리죠. 공화국의 잠자는 기린아, 릴리 각성이에요."

한없이 강대한 적을 앞에 두고서 한 발짝도 물러나지 않는 소녀에게.
재능이 있는 것 같지는 않았다. 실력도 없다. 직접 모니카와 싸운다면 몇십 번을 싸워도 상대조차 안 될 것이다. 가진 것은 특이 체질과 아주 뻔뻔한 정신뿐.

"코드 네임 『화원』— 미쳐 만발할 시간이에요."

하지만 강렬하게 마음에 새겨졌다.
『화원』 릴리가 보여 준 화려한 생명의 반짝임이—.

◇◇◇

임무 후, 소녀들은 클라우스보다 한발 먼저 귀국했다.
사전에 준비해 둔 트럭의 짐칸에 올라타 화물 속에 숨어 조국으로 돌아갔다. 추적자가 올 가능성이 있기에 가는 길에는 누구도 말을 꺼내지 않았다. 국경 부근에서는 모두가 숨을 멈췄다.

국경을 넘어가니 마침내 임무에 성공했다는 실감이 들었다.

여덟 명 전원 생존. 목적인 생물 병기『나락인형』탈환에 성공했다.

완벽하다고 해도 될 성과였다.

좁은 짐칸에서 소녀들은 환호성을 질렀다. 미소 짓고, 서로의 손을 맞잡고, 어깨를 툭툭 치고, 마지막으로 주먹을 치켜들었다.

"딘 공화국이 낳은 천하무쌍 미소녀 스파이 릴리예요! 예이~!"

한층 시끄러운 사람은 역시 릴리였다. 지비아와 주먹을 부딪치고, 그레테와 손을 마주치고, 에르나의 뺨을 조몰락거리고, 사라의 모자를 흔들고, 그리고 모니카에게 왔다.

"모니카도 수고했어요! 지비아랑 같이 몇 번이나 기드 씨와 맞부딪치고, 역시 대단해요!"

칭찬받아도 기쁘지는 않았다.

앤디 연구소에서의 공로자는 틀림없이 릴리였고, 그다음은 에르나였다.

"너야말로 해냈네."

"응?"

"안 무서웠어? 그런 녀석에게 당당히 허세 부리고. 적 입장에서는 우리 한 명 정도는 죽여도 전혀 곤란하지 않았어."

실제로 릴리가 일어서지 않았다면 기드는 순서대로 소녀를 죽였을 것이다.

릴리는 얼떨떨한 표정을 지은 후, 헤벌쭉 웃었다.

“전혀 안 무서웠다고 하면 거짓말이지만, 비교적 마음은 차분했어요.”

“……어째서?”

“왜냐하면 클라우스 선생님이 인정해 줬는걸요. 너희는 무한한 가능성을 간직하고 있다고. 조금은 자신을 믿어도 되겠다 싶었어요.”

릴리가 천연덕스럽게 웃었다.

모니카는 입술을 살짝 깨물었다.

“양성 학교의 낙오자여도?”

“네, 물론이죠. 저, 릴리는 스파이로 활약해야 하는 존재예요.”

전혀 이해할 수 없는 울림이었다. 자신보다 크게 실력이 뒤떨어지는 주제에 어떻게 부끄러워하지도 않고 이런 말을 할 수 있을까.

그렇게 생각하고 있으니 릴리가 갑자기 모니카를 끌어안았다.

“그래요! 그러니 모니카도 『극상의 천재』인 거예요!”

“……!”

임무 성공 직후라서 그런지 릴리의 커뮤니케이션은 과했다.

부드럽게 펼쳐진 머리카락이 모니카의 코끝을 어루만졌다. 말랑한 몸과 그 체온이 옷을 통해 전해졌다.

“……떨어져.”

모니카는 릴리의 몸을 세게 밀었다.

“응?”

“걸리적거려. 조금 잘래. 감기일지도.”

릴리가 아연한 얼굴로 「여, 역시 모니카. 쿨하네요」라고 중얼거리는

'다만 아네트의 성격상 아직은 안 만들 것 같단 말이지…….'

머릿속에 그린 미래에 도달하려면 아직 시간이 필요할 것 같았다.

사흘 후, 모니카의 방에 릴리가 놀러 왔다.

지난번과 마찬가지로 또 기발하게 생긴 기계를 들고서 의기양양한 표정을 짓고 있었다. 이번에는 해바라기를 모티브로 삼은 것 같은 형상이었다.

"흐흥~ 모니카. 마침내 완성됐어요. 아네트가 드디어 진심으로 만들어 준 것 같아요."

"그걸 왜 나한테 보여 주러 와?"

"저한테도 만들어 줬다고 자랑하려고요."

그렇게 말하며 릴리는 기계의 스위치를 눌렀다.

"시작품 넘버 93! 이름하여 『폐유원(廢遊園)』!"

해바라기처럼 생긴 기계가 떨리더니 경쾌한 소리를 냈다.

빠빠 빠라빰—! 빠빠라— 빠빠라— 빠빠빠빠빠라빰—.

"……."

"……."

빠빠 빠라빰—! 빠빠라— 빠빠라— 빠빠빠빠빠라빰—.

"……."

"……."

빠빠 빠라빰—! 빠빠라— 빠빠리— 빠빠빠빠빠라빰—.

"자명종으로 쓸래요?"

"필요 없어."

"어?"
그 모습을 본 릴리가 얼빠진 목소리를 냈다.
"치사해요! 왜 모니카마아아아아아아아안?!"
모니카는 시시하다는 듯 손을 흔들고서 「너랑은 다르거든」 하고 릴리를 쫓아냈다.

◇◇◇

릴리가 방에서 떠난 후, 모니카는 아네트와 마주했다.
"실제로는 왜 릴리한테 무기를 안 만들어 주는 거야?"
"나님, 비밀이에요!"
아네트는 천연덕스럽게 웃었다.
모니카는 한숨을 쉬었다.
'……역시 비밀인가. 뭐, 답은 대충 추측할 수 있지만.'
잠시 고민하고서 아네트를 보았다.
"—릴리의 실력으로는 너의 힘을 완벽히 다룰 수 없으니까?"
"나님, 비밀이에요!"
아네트의 천연덕스러운 태도는 전혀 변함없었다.

◇◇◇

모니카는 아네트의 방에서 나와 생각했다.
과연 아네트는 릴리를 위해 특제 무기라는 것을 만들까? 만약 준비한다면 어떤 무기가 완성될까?
모니카는 아네트의 본성을 어렴풋이 눈치채고 있었다. 천사처럼 순진한 웃음 속에 숨긴 역겨울 정도의 잔학성과 사악함.
거기에 릴리의 특이 체질과 정신력이 합쳐지면 어떤 힘을 발휘할까.
'무시무시한 게 만들어질 것 같아.'
그렇게 예상은 됐다. 예를 들어 순식간에 공간 전체를 뒤덮는 독가스 장치가 완성된다면 릴리는 무적이다. 클라우스조차 도망칠 수밖에 없다. 기술적으로 가능한지는 불명이지만.
—의외로 『등불』의 미래는 아네트가 쥐고 있을지도 모른다.
팀의 유일한 기술자.
아네트가 그 능력을 진지하게 팀을 위해 발휘한다면 얼마나 큰 힘을 보여 줄지.
거기까지 상상했다가 메마른 웃음을 흘렸다.

『개발』

모니카가 1층에 내려가자 계단 앞에 있는 방에서 동료의 목소리가 들려왔다.

아지랑이 팰리스의 1층 끝에는 아네트의 침실이 있었다. 다른 소녀의 침실은 2층에 있지만, 그녀의 방만큼은 소음 문제 때문에 1층으로 옮겨졌다.

그 방에서 즐거워하는 릴리의 목소리가 들렸다.

“마침내 완성이네요. 아네트가 만들어 준 제 전용 특제 무기!”

아네트의 방은 항상 문이 활짝 열려 있다.

잡동사니들뿐인 방의 중앙에서 릴리가 수선화 같이 생긴 기계를 들고 들뜬 모습으로 얼굴을 붉히고 있었다.

“시작품 넘버 92! 이야~ 오랜 시행착오 끝에 도달한, 저 릴리를 더욱 빛나게 할 최고 걸작. 자, 그럼 기능은—.”

“아주 경사스러운 소리가 울려요!”

빠빠라빰— 빰빠라빠라빰—.

기계가 나팔 소리 같은 굉음을 냈다.

릴리가 바닥에 무릎 꿇으며 「전혀 도움이 안 돼!!」 하고 외쳤고, 아네트는 장난치는 데 성공한 아이처럼 떠들썩하게 웃었다.

모니카는 아네트의 방에 들어갔다.

“아예 예삿일이 됐네.”

“그러니까 말이에요.”

릴리가 뺨을 부풀렸다.

“결국 진지하게 안 만들어 준다고요.”

릴리는 미타리오에서 했던 약속을 말하고 있었다.

임무 중에 아네트는 릴리에게 『임무가 끝나면 엄청난 무기를 만들어 주겠다』라고 약속했다. 하지만 결국 장난감 같은 시작품만 만들었다.

진지하게 만들지 않는 건지, 아니면 다른 의도라도 있는 건지.

모니카는 특별히 상대하지 않고 방의 해먹에 있는 아네트를 보았다.

“그보다 아네트. 이거 수리해 줘. 망가졌어.”

“나님! 알겠습니다!”

모니카는 아네트에게 쇠가 든 고무공을 던졌다. 잘 튀면서 묵직하게 적을 때리고, 때로는 내장된 와이어로 적을 구속하는 아네트의 걸작. 쓰기 좋은 무기였다.

스파이 교실 07 《빙인》의 모니카
발매 기념 초판 한정 특전

소리를 들으며 모니카는 짐칸 구석으로 이동해 짐들 틈에 앉았다.

스파이용 옷에 달린 후드를 쓰고 손으로 입가를 가렸다.

—몸에 이상이 발생해 있었다.

입 안이 바싹 말랐다. 심장이 세차게 뛰었다. 체온이 상승했다. 몸이 뜨거워지고 땀이 멈추지 않았다. 눈을 감았다. 조금 전 들은 릴리의 목소리가 재생되었다. 귀를 막아도 계속 울렸다. 입술을 깨물었다. 통증을 줘도 감각은 사라지지 않았다. 손끝이 떨렸다.

'이건 뭐야……?'

당황할 수밖에 없었다.

'……기분 나빠.'

자신에게 변화가 생겼다. 저항할 방도도 없이 휘저어졌다.

부모가 했던 말이 저주처럼 되살아났다. 예전에 혐오하며 버렸을 터인 사상들이 자신을 집어삼켜 나갔다.

본능적으로 깨달았다.

—이 감정은 언젠가 나를 망친다.

숨겨야 한다고 생각했다.

누구에게도 밝히지 않고 철저히 숨기겠다. 이 세상 그 누구와도 나눌 수 없더라도 견뎌야만 한다.

자신은 누구와도 마음을 공유하지 못한 채 죽으리라.

그 절망과도 닮은 각오를 소녀는 조용히 받아들이기 시작했다.

3장 다홍이무기②

퀸 클레트역은 군중들로 북적이고 있었다.

반세기 전에 지어진 벽돌 건축물은 사람의 목소리가 잘 울렸다. 여행 가방을 껴안은 사람이 매표소 앞에 줄을 섰고, 만석이란 말을 들은 사람들이 고함치고 있었다. 장시간 기다린 스트레스 때문인지 한번 터진 아이의 울음은 멈추지 않았다. 역에서 뻗은 무수한 철도 노선에는 좀처럼 다음 기차가 오지 않아서 승강장은 사람들로 넘쳐 났다.

역 앞에서는 활동가가 소리 높여 경찰과 정치가를 규탄하고 있었다. 다린 황태자를 지키지 못한 실책을 욕하는 소리를 들은 많은 사람이 박수갈채를 보냈다. 무허가 연설이었는지 도중에 경찰이 달려와 시민과 싸움이 벌어졌다.

지면에는 무수한 전단이 흩어져 있었다.

클라우스는 그중 몇 개를 주워 확인했다.

『경찰을 대신하여 새로이 치안 유지를!』『외국인 입국 규제!』『스파이 신고 장려!』『왕족 암살은 우익의 음모!』

사상은 다양하지만 분노가 느껴지는 전단을 곳곳에서 배포하고 있는 것 같았다. 역의 벽과 전봇대에 붙어 있는 것도 있었다.

―다린 황태자 암살이 보도되고 열흘 후의 광경이었다.

클라우스 옆에서 아멜리가 조용히 한숨을 쉬었다.

"상상도 못 했어요. 이렇게나 나라가 혼란에 빠지다니."

"그러니까 말이야."

황태자가 암살됐다는 보도는 전 세계에 퍼졌다.

국민은 슬퍼하며 받아들였지만, 시간이 지날수록 여전히 체포되지 않는 암살자와 체포하지 못하는 정부에게 분노하기 시작했다.

다린 황태자는 라이볼트 여왕과 마찬가지로 전 국민이 경애하는 왕족이었다.

한번 목소리가 터져 나오자 혼란은 단숨에 퍼졌다.

경찰과 정부에 항의하는 시위가 벌어지며 치안이 일시적으로 크게 나빠졌다. 주재 외국인이 스파이일지도 모른다는 신고가 CIM에 쇄도하고 있다고 했다. 휴로가 뒤숭숭해지자 일부 시민은 시골로 피신하기 위해 역에 쇄도했다.

부모의 손을 놓쳤는지 여자아이가 혼자서 울고 있었다. 분홍색 곰인형을 안고 인파에 치이며 「엄마~! 어딨어?」 하고 호소했다. 아직 여덟 살 정도 되어 보이는 아이였다. 어른이 멘 가방에 몇 번 부딪칠 뻔했다.

"……우는 아이조차 누구도 거들떠보지 않는 건가."

내버려 둘 수 없어서 아이를 역 앞 파출소로 유도했다.

경관에게 보낸 후, 아멜리가 민망한 듯 변명했다.

"어쩔 수 없어요. 그만큼 다린 전하는 위대한 분이셨어요. 대중이 의분에 사로잡혀 냉정한 판단을 내리지 못하는 것도 별수 없는 일이에요."

그녀는 「이런 기사도 나왔고 말이죠」 하고 역에서 구입한 듯한 신문을 내밀었다.

펜드 연방에서 네 번째로 큰 신문사의 조간이었다.

신문에는 강렬한 글자로 헤드라인이 게재되어 있었다.

"—『다린 황태자를 암살한 자는 딘 공화국의 첩보원인가』. 어이가 없군. 이런 기사는 전쟁의 불씨가 될 수도 있어."

사전에 정보를 들었지만 실제로 보니 놀라웠다.

현재 각 언론이 『암살자는 누구인가』를 연신 보도하고 있었다. 혼란을 과도하게 확산시키는 원흉이지만, 그만큼 국민의 관심이 높다는 증좌이기도 했다.

아멜리는 고개를 가로저었다.

"물론 곧장 규제되겠죠. 저희도 딘 공화국과 전쟁을 벌이고 싶지는 않아요."

세계 대전을 되풀이해서는 안 된다는 금제는 전 세계의 공통된 규칙이었다.

그보다도, 하고 운을 뗀 아멜리가 목소리를 낮췄다.

"『암살자는 딘 공화국의 스파이』라는 걸 아는 사람은 CIM의 첩보원뿐이에요."

"……틀린 정보지만 말이지."

"어쨌든 CIM의 내부 정보가 유출됐다는 거죠."

클라우스는 고개를 끄덕였다.

사실무근의 정보가 먼저 흘러나왔다. 단순한 오보는 아닐 것이다.

"—친제국파. 가르가드 제국의 스파이에게 붙은 자가 관여했어."

"네, 혼란이 퍼지는 속도가 너무 빨라요. 뒤에서 조종하는 자가 있을지도 몰라요."

아멜리의 분석에 클라우스는 동의했다.

그 사실들을 다시금 재확인하고서 두 사람은 택시를 타고 거점으로 돌아갔다.

요 며칠, 두 사람은 같이 행동하고 있었다. 이 지역을 잘 알고 CIM의 권력을 쓸 수 있는 아멜리는 클라우스에게 이용 가치가 있었다.

두 사람의 목적은 일치했다. 펜드 연방을 침략하는 『뱀』의 정보를 알아내는 것.

일시적으로 연대는 이루어지고 있었다.

—감각적으로 답을 도출해 내는 딘 공화국 최강의 스파이 『화톳불』 클라우스.

—펜드 연방에 군림하는 철벽의 방첩 부대 대장 『조종자』 아멜리.

두 사람이 협력하면 웬만한 사건은 해결할 수 있을 테지만—.

거점으로 쓰는 맨션에 돌아오니 라디오가 깜빡이고 있었다.

정확히는 라디오로 위장한 무전기였다. CIM에서 만든 특수한 스파이 도구. 튜닝 노브를 돌려서 비밀번호를 입력하면 녹음이 재생되는 방식이었다.

메시지는 다섯 개 녹음되어 있었다.

먼저 릴리의 목소리가 재생되었다.

《선생님, 오늘 아침 코엔 거리의 장례식장에서 방화 사건이 발생했다고 해요. 듣자 하니 장례식장 주인이 딘 공화국 출신인 모양이라, 원인은 차별 감정 때문인 것 같아요.》

이어서 지비아의 목소리가 재생되었다.

《보스, 『도민 패밀리』가 다른 마피아와 연대를 추진 중인 것 같아. 국가를 대신하여 치안을 유지한다는 명목을 내세우고 있지만, 인근 시민은 두려워하고 있어.》

계속해서 모든 음성을 확인했지만 내용은 전부 비슷했다. 휴로 시내에서 일어나고 있는 여러 폭동과 사건.

아멜리가 한숨을 쉬었다.

"이렇게까지 소동이 이어지면……."

"그래, 대체 어떤 사건에 『뱀』이 관여했는지 파악할 수 없어."

그랬다. 조사는 난항 중이었다. 클라우스와 아멜리가 나서도 모니카의 행방이나 『뱀』의 꼬리를 잡을 수 없었다.

평소에는 절대로 일어나지 않을 의문사나 기괴한 사건이 여럿 발생하고 있었다.

정신없이 바뀌는 상황을 파악하기만도 벅차서 조사가 진전되지 않았다.

휴로 거리는 마계가 되어 있었다.

◇◇◇

첫날에는 바로 모니카의 행방을 알아낼 수 있으리라고 낙관했다.

멤버들은 의욕적이었다. 휴식을 취한 릴리, 지비아, 에르나는 당장이라도 거리에 나갈 준비를 갖추고 있었다.

가장 의욕을 보인 사람은— 병원을 빠져나온 티아였다.

"선생님!"

그녀는 갑자기 방에 뛰어 들어왔다. 오른팔에는 붕대가 칭칭 감겨 있었다.

봉합 수술을 마치고 바로 달려온 듯했다.

"부탁이야. 수사원을 내게 붙여 줘! 모니카의 모가지를 잡아서라도—."

"티아, 일단 진정해. 다친 곳은 괜찮아?"

"어떻게 진정할 수 있겠어!"

티아는 신경질적으로 외치고서 소파에 앉았다. 머리를 산발로 만들며 고개를 가로젓고 있었다. 이마에서 땀이 흘러내렸다.

"말도 안 돼…… 어째서 그 아이가 아네트한테 그런 짓을—."

상당한 충격을 받은 것 같았다. 에르나가 위로하듯 티아의 등을 쓸었다.

클라우스는 티아에게 일단 심호흡하라고 지시했다.

"아네트의 용태는 어때?"

"……수술은 성공했어. 상처는 아물었고 지금은 자고 있어."

"그런가."

클라우스는 고개를 끄덕였다.

"하지만 상당한 중상이야. 한두 달은 제대로 못 움직일 거라고 의사가 그랬어."

오히려 그 정도로 끝나서 다행이라고 안도해야 했다.

땀이 식자 티아가 다시 말했다.

"선생님, 부탁이야. 나한테—."

"—극상이야. 좋아, 네게 수사원을 맡기겠어. 단, 무리는 하지 마."

지금은 아무튼 일손이 부족했다. 멤버와의 의사소통 능력이 높고 정확하게 지휘할 수 있는 티아가 있는 건 고마웠다.

클라우스는 손가락 세 개를 세웠다.

"셋으로 나뉘자. 제1수사반— 나와 에르나가 『뱀』의 정보를 모은다. 제2수사반— 티아는 지비아와 릴리를 지휘하여 모니카의 행방을 쫓아. 그리고—."

이곳에는 없는 소녀—『초원』 사라의 모습을 떠올렸다.

무전으로 연락을 주고받았을 뿐이지만, 그녀는 멘탈이 무너진 것 같았다. 정신적으로 마모되는 일이 계속 일어난 탓이리라.

수사에 동원하기에는 아직 이르다.

"사라는 계속해서 란과 함께 『배리어스』의 인질을 감시하라고 하지."

이것도 긴장을 늦출 수 없는 일임은 틀림없었다. 인질이 도망쳐서 숨어 있는 친제국파 인간과 접촉하면 일이 귀찮아진다. 사라의 애견인 조니는 수사에 유용하니 빌리겠지만.

소녀들은 입을 앙다물고서 알겠다고 말한 뒤 즉각 거리로 나갔다.
그 기백을 보고 반드시 모니카의 행방을 알아내 줄 거라고 기대했으나—.

◇◇◇

소파에 앉아 돌아오는 길에 산 샌드위치로 이른 점심을 먹었다. 최근에는 요리할 여유도 없었다.
"생각보다 대단치 않네요."
아멜리가 양손으로 샌드위치를 들고서 어딘가 우아하게 느껴지는 동작으로 천천히 식사했다.
"그 대단한 『화톳불』도 이 혼돈 속에서는 무력한가요. 막연한 감으로 모든 것을 내다보는 줄 알았어요."
"전지전능한 신은 아니야."
도발하는 말을 담담히 받아넘겼다.
클라우스의 직감은 초능력이 아니라 경험에서 유추하는 것이었다.
모든 것을 파악할 수 있었다면 『봉황』이 괴멸되게 두지 않았다.
최근 10년 중 가장 혼란스러운 휴로에서는 그 대단한 감도 통하지 않았다.
클라우스는 아멜리를 노려보았다.
"애초에 너도 잘난 척할 입장은 아닐 텐데. 우리한테 완패한 주제에."

"윽……."

아멜리의 표정이 짜증스럽게 굳었다. 아멜리는 한때 울적해했지만 지금은 기운을 되찾은 상태였다.

"말은 잘하시네요. 우연히 저희를 이긴 것 가지고."

"진짜 실력이 아니었다는 건가?"

"네, 저희는 『하이드』가 준 틀린 정보 때문에 진 거예요. 그 탓에 잘못된 행동을 되풀이했고, 그 허점을 찔린 거죠. 그게 아니었다면 당신들 따위—."

유창하게 나오던 말이 도중에 멈췄다.

너무 많이 떠들었음을 깨달은 듯했다.

"……이만 『하이드』를 포기하는 게 어때?"

클라우스가 말했다.

"배신자가 숨어들어 있는 건 명백해. 구성원을 말해. 내가 일소해 주겠어."

"……첩보원의 자존심을 걸고, 최고 기관의 정보는 팔 수 없어요."

"하지만 지금 나와 협력하고 있는 건 『하이드』를 믿을 수 없기 때문이잖아?"

"그래도 지켜야만 하는 일선은 있어요."

양보할 수 없는 각오를 나타내듯 아멜리는 자신의 목에 손톱을 세웠다.

꼭 들어야겠다면 부하와 함께 죽이라는 뜻일 것이다.

이 이상의 교섭은 소용없을 듯했다. 『배리어스』는 일류 방첩 부대다. 국가 기밀을 누설할 바에야 자살할 각오는 있을 터다.

조용히 고개를 가로젓고 그저 충고를 건넸다.

"일단 모든 것을 다시 의심하도록 해. 『하이드』도, 그리고 다린 황태자도."

"……."

아멜리는 입술을 깨물고서 침묵했다.

하지만 금세 표정을 풀고 건조하게 웃었다.

"지금의 당신한테 듣고 싶지는 않네요."

"음?"

"부하 중에서 배신자가 나온 당신한테는."

"……."

이번에는 클라우스가 침묵할 차례였다. 한 식구 중에서 배신자가 나오다니, 스파이로서는 면목 없는 실패였다.

동요를 들키지 않도록 혀를 깨물었다.

'……최근에 그 녀석들의 지도는 『봉황』에게 맡겼으니 말이지.'

변명일 뿐이지만, 후회되었다.

『등불』의 소녀들은 룽청이라는 극동의 나라에서 『봉황』과 싸우고 완패했다. 자신의 지도력이 부족하다고 통감한 클라우스는 『봉황』을 아지랑이 팰리스로 초대하여 합동 훈련을 할 수 있는 환경을 만들었다.

클라우스는 『봉황』을 단련하고, 『봉황』이 소녀들을 단련했다.

그 선택 자체가 틀렸다고는 생각하지 않는다. 하지만 결과적으로 클라우스가 소녀들과 접하는 시간은 줄어들었다.

그 직후에 『등불』에서 배반자가 나왔다.

'—교사로서 너무 한심해.'

주먹을 움켜쥐며 후회를 견뎠다.

좀 더 모니카와 깊이 접촉했다면 피할 수 있었을까.

'아니, 특히나 모니카에 관해서는—.'

그녀와의 교류가 머릿속을 스쳤을 때, 그를 부르는 소리가 들렸다.

"선생님."

목소리가 들린 방향을 보니 에르나가 서 있었다. 현재 에르나는 사라를 보조하고 정보를 정리하는 등 잡무를 맡고 있었다.

"티아 언니의 보고야. 시가지 서쪽의 잡거빌딩에서 모니카 언니를 목격했다는 정보가 있었어."

"그런가. 잘했다고 전해 줘."

마침내 딱 하나 단서를 얻은 모양이다.

티아의 공적에 감사했다. 남다른 열의가 열매를 맺은 듯했다.

당장 현장에 가기로 했다.

◇◇◇

모니카는 『등불』에서 클라우스와 가장 교류가 적은 소녀였다.

챙겨 주지 않아도 되는 존재라고 바꿔 말해도 좋았다.

『등불』 결성 이후로 클라우스가 모니카를 의지할 기회는 많았다.

스파이로서의 실력은 모니카가 특출했고, 멘탈 쪽도 안정적이었다.

클라우스는 대체로 다른 부하의 뒤치다꺼리를 하느라 바빴다. 릴리의 덤벙거림, 지비아의 실수, 에르나의 불행, 아네트의 기행, 혹은 멘탈이 쉽게 무너지는 티아와 사라의 케어. 클라우스에게 부담 주지 않으려고 노력하는 그레테도 때때로 응석 부리고 싶어 하는 기색을 보였다.

차별하려던 것은 아니지만 모니카와 보내는 시간은 적었다. 세상의 많은 교사가 고민하듯이 우등생일수록 교사는 시간을 들이지 않게 된다.

미안함은 늘 느끼고 있었다.

"모니카."

클라우스 쪽에서 모니카의 내면에 발을 들인 것은 한 번뿐이었다.

무자이아 합중국에서 임무를 끝낸 직후 휴가를 보낼 때였다. 낮에 복도를 걷는 모니카를 불렀다. 주위에 다른 사람은 없었다.

마침 잘됐다고 생각했다.

"뭐야? 클라우스 씨. 볼일 있어?"

의아해하며 멈춰 선 모니카에게 클라우스는 들고 있던 병을 보여줬다.

"좋은 찻잎을 입수했어. 가끔은 어때?"

"무슨 말이야?"

"지금까지 너와 허심탄회하게 얘기한 적이 없었으니까. 가끔은 느긋하게 차라도 마시면서 잡담하지 않을래?"

일순 모니카는 의외라는 듯 눈을 동그랗게 떴다. 놀란 것처럼 굳었다.

하지만 금세 평소의 쿨한 얼굴로 돌아왔다.

"멋진 데이트 신청이지만, 딱히 됐어. 졸리니까."

그녀는 가볍게 손을 흔들고서 자기 방으로 향했다.

"모니카."

클라우스는 그 등에 대고 말했다.

"네가 품고 있는 문제는 파악하고 있어. —속에 간직한 연정을."

즉시 뒤돌아본 모니카의 얼굴에서 초조함이 엿보였다. 순식간에 얼굴이 하얘졌고 표정이 굳어 있었다.

위협할 마음은 없었다.

최대한 온화한 음성을 내려고 애썼다.

"걱정하지 마. 눈치챈 사람은 나뿐이야. 너는 교묘하게 감추고 있어."

다른 소녀는 아마 알아차리지 못했다.

사소한 변화였다. 모니카는 특정 소녀를 볼 때, 눈동자가 살짝 떨렸다. 당돌한 태도로 대해면서도 그 언동의 이면에 서툰 마음 한 조각이 담겨 있었다.

클라우스는 고개를 저었다.

"이 이상은 파고들지 않을 거야. 하지만 만약 불안하다면 들어줄 수 있어. 그 감정은 스파이에게 약점이 될 수 있어."

사랑과 성욕만큼 인간을 미치게 하는 것은 없다.

평소 완벽하게 이성적으로 행동하는 남자도 좋아하는 여성 앞에서는 경계심을 풀어 버린다. 남녀 불문하고 많은 스파이가 허니 트랩에 빠졌다.

그래서 걱정하고는 있었다.

"모니카. 가끔은 나와 시선을 맞춰 주지 않을래?"

그녀는 줄곧 클라우스를 피하고 있었다.

마치 속마음이 폭로되는 것을 두려워하는 것처럼.

모니카가 대답하기까지는 시간이 걸렸다. 클라우스를 헤아리듯 노골적인 시선을 보내왔다. 입술이 미미하게 떨리고 있었다.

이윽고 작게 한숨을 쉬었다.

"거절하겠어. 미안. 클라우스 씨한테도 얘기할 마음은 안 들어."

슬프게 입꼬리를 올리고서 등을 돌렸다.

"나는 말이지, 이 비밀을 누구한테도 밝히지 않고 살다가 그대로 죽을 거야."

강한 각오가 배어나는 음성이었다.

말문이 막혔다.

—본인에게도 평생 고백하지 않을 건가?

묻고 싶었지만, 돌아올 대답은 명백했다. 이 연심은 비밀로 간직한 채 끝낸다. 확인하는 것조차 어리석게 느껴질 만큼 모니카의 태도는 거절을 나타내고 있었다.

그녀는 「신경 써 줘서 고마워」라고 작게 중얼거리고서 자리를 떠났다.

◇◇◇

티아가 발견한 빌딩에는 확실히 모니카의 흔적이 남아 있었다.

클라우스는 에르나를 데리고서 현장을 살폈다.

휴로 중심부, 메인 스트리트에서 안쪽으로 조금 들어온 골목에 있는 빌딩이었다. 음식점과 법률 사무소가 들어와 있었다.

모니카의 흔적이 있었던 곳은 3층의 빈 곳이었다. 티아가 말하길, 그곳을 드나드는 청은발 소녀를 목격했다는 정보가 있었다고 한다. 티아 자신은 지금 주변을 수색 중이었다.

원래는 어떤 사무소로 쓰이던 곳인 듯했다. 나무 바닥에 책상이 있었던 흔적이 남아 있었다.

구석에는 식료품 쓰레기가 놓여 있었다.

용기의 양을 보면 최소한 닷새 넘게 이곳에 있었으리라. 공방에서 여기까지 약 2km. 한동안 여기서 쉰 모양이다.

"꽝이야. 이미 모니카는 이곳에 없어."

클라우스는 결론을 내렸다.

그러자 층을 빙글빙글 돌던 에르나가 「선생님」 하고 불렀다.

가까이 가자 구석의 바닥에 사람의 피부 같은 것이 떨어져 있었다. 얼굴을 덮는 마스크처럼 눈과 코 위치에 구멍이 뚫려 있었다.

"이 소재……."

에르나가 잠긴 목소리로 말했다.

"그레테가 쓰는 변장용 마스크군."

근처에는 사람을 구속할 수 있을 듯한 쇠사슬이 놓여 있었다. 피도 묻어 있었다.

—그레테의 안부가 걱정되었다.

유괴당한 지 열흘이 넘었다. 제대로 된 치료는 받았을까.

이런 곳에 감금당했다면 쇠약해졌을 것이 틀림없다. 그렇게 생각하니 몸 안쪽에서 거무칙칙한 감정이 흘러넘쳤다. 미약하게 이성을 침식해 나갔다.

하지만 안 좋은 상상을 해 봤자 별수 없었다. 냉정하게 사고를 전환했다.

'하지만 묘해……. 이렇게까지 증거를 남기는 건 모니카답지 않아…….'

남아 있던 마스크도 그렇다. 마치 클라우스가 알아차릴 수 있게 놓아둔 것처럼 보였다.

'……역시 뭔가를 꾸미고 있나.'

모니카의 다음 수는 뭘까.

카샤드 인형 공방을 습격하기만 한 게 아니다. 그레테를 납치하고, 아네트와 티아를 공격하고, 조만간 다음 수를 놓을 것이다.

현재 클라우스가 할 수 있는 일은 그 조짐을 감지하고 기다리는 것뿐이었다.

"지금까지 모니카와 마주하지 않았던 대가를 치르게 됐군."

다시금 각오를 다졌다.

그리고 이튿날, 사건과 조사는 생각지 못한 형태로 진전하게 되었다.

◇◇◇

수사 11일째, 재차 펜드 연방을 뒤흔드는 사건이 일어났다.

—두 번째 암살 사건.

살해당한 사람은 미아 고돌핀. 케빈 국립 연구소에서 일하는 34세 여성 과학자였다. 전공은 이론 물리학. 국가적으로 추진 중인 항공 분야의 개발국장이라고 했다.

그녀는 평소처럼 연구소에서 나간 직후 소식이 끊겼다. 자가용차는 연구소 주차장에 놓여 있었다. 심야가 되어도 집에 돌아오지 않아서 같이 사는 남편이 경찰에 상담했다.

미아 고돌핀의 시신은 휴로에 흐르는 강에서 발견되었다.

측두부에 총을 맞았다고 했다.

그 속보는 새벽부터 TV로 거듭 보도되었다.

거점의 TV로 새로운 정보가 없는지 확인하며 클라우스는 한숨을 쉬었다.

"이 일에 관해 CIM의 상층부는 뭐라고 하고 있지?"

아멜리는 아쉽다는 듯 고개를 가로저었다. 이따금 CIM 본부로 아멜리를 보내서 『등불』과의 일을 얼버무리고 있었다.

“『하이드』의 태도는 시종일관 똑같아요. 이 일도 『봉황』의 란이 실행했을 거다, 시급히 란을 구속해라. 그 이상은 없어요.”

“무능한 놈들뿐이군. 쓸데없이 사망자를 늘릴 뿐이야.”

“……제 입으로는 아무런 말도 할 수 없어요.”

아멜리가 분한 얼굴로 중얼거렸지만, 이 이상 그들을 규탄해 봤자 소용없었다.

“미아 고돌핀이라는 여성은 어떤 사람이지?”

“정부가 고용한 과학자예요. 웬스턴 대학의 부교수로, 3년 전 정부의 국립 연구소에 스카우트된 분이죠.”

“자료를 재검토하기로 하지. 다린 황태자와 연결 고리가 있을지도 몰라. 두 사람 사이에 공통점이 있다면 『뱀』의 목적을 알 수 있을 거야.”

“시키지 않아도 그럴 거예요.”

방에는 관계자를 추려 낸 대량의 파일이 나열되어 있었다. 아멜리를 협박하면 국가 기밀이 아닌 범위에서 CIM이 소유한 정보를 입수할 수 있었다.

클라우스는 그것들을 속독해 나갔다.

작업에 착수해 있으니, 밖에 보냈던 에르나가 거점에 뛰어 들어왔다. 그녀에게는 역 앞에서 일간지를 전부 사 오라고 명령했었다.

에르나가 당황한 목소리로 외쳤다.

“……선생님!”

"왜 그래?"

"이, 이상한 보도를 하는 신문사가 있어."

시간이 아까워서 자료를 보며 물었다.

"요 며칠 지면은 전부 기묘한 뉴스뿐이지만 말이지. 뭐라고 적혀 있는데?"

"그런 수준이 아니야!"

에르나가 기겁한 목소리를 냈다.

"—다린 황태자와 미아 국장을 암살한 사람의 사진이 실려 있어!"

클라우스와 아멜리가 동시에 손을 멈췄다. 시선을 마주쳤다.

판단을 내리는 것도 동시였다.

"말도 안 돼."

"말도 안 돼요."

부정하기도 귀찮은 낭설이었다.

특히 아멜리에게는 분개할 만한 일이었던 것 같았다.

"논외 중의 논외예요. 다린 전하를 암살한 자의 사진은 CIM조차 입수하지 못했어요. 기껏해야 시정의 신문사 따위가 손에 넣을 수 있는 게 아니라고요."

짜증스럽게 미간을 짚고 에르나에게서 신문을 받았다.

"이런 악질적인 보도는 당장 규제해야—."

말은 도중에 멈췄다.

그녀의 입술이 희미하게 떨렸다.

"화톳불."

아멜리가 신문을 내밀었다.

"어쩌면 터무니없는 사태가 벌어질지도 몰라요."

불안해하는 에르나의 표정을 보고 클라우스는 신문을 읽었다.

신문사의 이름은 『콘메리드 타임스』. 상당히 큰 신문사라고 기억하고 있었다.

일면을 거의 다 덮을 만큼 큰 사진이 두 장 게재되어 있었다. 흡사 지명 수배서 같았다. 화질은 상당히 안 좋았다. 밤에 촬영한 탓인지 화면 전체가 어두웠다.

하지만 화면 중앙에는 인물로 보이는 존재가 찍혀 있었다.

—【특보. 황태자 전하를 암살한 금세기 최악의 역적.】

독자를 선동하는 과격한 글과 함께 『황태자 전하 암살 현장』과 『미아 고돌핀 국장 암살 현장』이라는 제목이 붙은 사진이 나란히 있었다.

한 장은 현장에서 도망치는 암살자로 보이는 인물의 모습.

다른 한 장은 더욱 결정적으로 미아 국장인 것 같은 여성의 시신을 끌고 가는 암살자의 모습이었다. 선명하지 않은 사진이지만 미아 국장의 얼굴과 암살자의 눈에 담긴 증오가 보였다.

클라우스는 숨을 삼켰다.

“선생님.”

에르나가 말했다.

“모니카 언니의 사진이야.”

그 말대로였다.

세기의 암살자로 보도된 사진— 거기에는 틀림없이 모니카의 모습이 찍혀 있었다.

4장 빙인②

먼저 모니카가 한 일은 자신의 이상을 확인하는 것이었다.

체온 상승, 심박수 증가. 그런 변화들의 의미를.

『등불』이 두 번째로 도전한 불가능 임무— 암살자 『시체』 적발 임무 중에 『등불』은 두 팀으로 나뉘었다. 릴리와 한 달 넘게 헤어져서 냉정히 자신을 돌아볼 수 있었다.

신체 이상을 자각한 이후로 닥치는 대로 연애 소설을 읽었다. 내용의 대부분은 남녀 간의 연애였지만, 몇 가지 신체 변화를 나타내는 묘사도 발견했다.

나머지는 직접 시험해 봤다.

릴리가 아지랑이 팰리스를 떠난 후, 모니카는 릴리의 방으로 갔다. 약병이 늘어서 있고 허브 향이 감도는 공간이었다.

'……뭔가 변태 같네.'

자기혐오가 없지는 않았지만, 실행하지 않을 수 없었다.

방구석에 놓인 가구로 시선을 옮겼다.

'릴리가 평소에 자는 침대인가.'

작게 한숨을 쉬고 침대에 누웠다. 평소에 방 주인이 그리하듯 베개에 머리를 올리고 조용히 눈을 감았다.

몸 상태를 확인했다.

역시 심장 고동이 빨라졌다. 얼굴이 홧홧했다. 민망함이 가시질 않았다.

나타난 변화는 여실했다.

체온 상승, 발한, 혈류 증가, 열에 들뜬 것 같은 변화를 사랑이라고 한다면 자신은 역시 연애 감정을 품은 듯했다.

그 사실을 인정하지 못할 만큼 어리지는 않았다.

—자신은 릴리를 사랑하고 있다.

매우 당혹스러웠지만 납득할 수밖에 없었다.

자신은 누구와도 연애하지 않고 생애를 마칠 줄 알았는데, 설마 여성을 좋아하게 될 줄이야. 심지어 상대는 덜렁거리고 태평한 소녀다. 자신의 취향이 이렇게나 안 좋았다니.

그때, 복도에서 발소리가 들렸다.

준비해 뒀던 수첩을 들고 메모하는 척했다.

방문이 열리더니 얼굴을 찌푸린 티아가 나타났다.

이제부터 자신들은 『시체』 임무에 참가하기 위해 클라우스가 낸 과제를 달성해야 했다. 그 작전 회의에 모니카가 빠졌기에 분개한 것 같았다.

"음~ 나한테 볼일 있어?"

말을 걸자 티아가 불만스럽게 노려보았다.

"너야말로 릴리의 방에서 뭐 해?"

"조사."

그렇게 둘러댔다. 적어도 거짓말은 아니었다.

◇◇◇

연심을 자각하고 모니카가 생각한 것은 하나였다.

'……귀찮네. 아마 일시적인 증상이겠지만, 언제 사라질까.'

연심은 철저히 숨기기로 했다.

이유는 얼마든지 들 수 있었다.

우선 동성애자를 보는 세간의 엄격한 시선. 이 시대에 동성애는 범죄이자 정신 질환이다. 같이 사는 동료가 꺼림칙하게 느낄지도 몰랐다.

더 큰 이유는 스파이로서 약점이 될 수도 있다는 것이었다. 만약 적 스파이에게 들킨다면 협박당할 것이다. 예전에 아빠의 아틀리에에 있었던 남자처럼.

세 번째는 — 이게 대부분을 차지하는 것 같지만 — 성취될 가망이 없으니까.

모니카의 연애가 이루어지려면 릴리도 동성애자여야 한다. 하지만 릴리의 행동거지에서 그런 모습은 보이지 않았다.

'이 이상 증상이 사라질 때까지 모두에게 비밀로 해야 해…….'

그렇게 결심하고 스파이로서 하루하루를 보냈다.

릴리와 헤어져 있는 동안 모니카는 계속 마음을 정리했다.

그러던 중에 티아에게 연심 일부를 들켰다.

아네트의 모친을 어떻게 할지 정해야만 하던 때였다. 모니카와 티아의 의견은 내내 맞지 않고 부딪쳤다. 마음을 읽은 티아에게 설득당하는 형태로 돕게 되었지만, 모니카는 비밀을 지켜 내는 것이 어려움을 통감했다.

그리고 아네트의 잔학성을 눈치챘다.

천진난만한 척하며 다른 소녀들을 이용해 모친을 암살하는 사악함. 모니카만큼은 눈치챘다. 자신의 비밀을 지키는 것이 어떤 것인지를 배웠다.

이러한 경험도 있어서 모니카는 연심을 숨길 수 있었다.

릴리를 대하는 태도는 전혀 바뀌지 않았다. 실수하면 엄격히 질책하고, 이상하게 치대면 폭력으로 응수했다. 일정 거리를 계속 유지했다.

스파이로서 습득한, 동요를 드러내지 않는 기술.

그걸 행사하니 클라우스를 빼고 누구에게도 들키지 않았다.

—딱 한 명의 예외를 제외하면.

◇◇◇

그레테는 늘 모니카의 감정을 어지럽혔다.

『등불』 중에서 누구보다도 한결같이 연심과 마주하는 소녀. 클라우스를 마음에 품고 그를 위해 분투했다. 연애 감정을 숨기지 않고 본인에게 계속 부딪쳤다.

너무 눈부셔서 모니카의 마음에는 우울한 감정이 쌓였다.

평범한 일상 대화라면 완전히 마음을 숨길 수 있었다. 하지만 불현듯 감정이 흔들리는 일이 거듭되면 생각지 못한 본심을 드러내고 말았다.

이를테면 둘이서 장을 보는 중에.

『시체』 임무를 끝내고 무자이아 합중국에서의 임무를 준비하는 기간이었다. 식사 당번이었던 모니카는 그레테와 함께 나갈 때가 있었다.

그때, 문득 그레테가 얘기를 꺼냈다.

"……그러고 보니 『시체』 임무 중에 릴리 씨가 말했어요."

"응~?"

"모니카 씨의 명령으로 자주 마사지를 해 준다고요. 저도 받았는데 기술이 아주 좋았어요. 모니카 씨는 언제 눈치채신 건가요?"

정치가의 저택에 잠입했을 때, 그레테는 기진맥진한 상태에 빠졌었다. 수면 부족으로 머리도 돌아가지 않았다. 그런 상황에서 구해준 것이 릴리의 마사지라고 했다.

갑자기 릴리의 이름이 나와서 모니카는 「글쎄」 하고 얼버무렸다.

릴리에게 마사지를 명령한 것은 연심을 확인하기 위한 일환이었다.

그걸 지적받아 동요하고 말았다. 당장 화제를 바꾸고 싶었다.

"그레테. 나도 질문해도 돼?"

불쑥 말이 나오고 말았다.

"연애에 일편단심이 될 수 있는 건 어떤 기분이야?"

"네……?"

그레테가 아연한 얼굴로 입을 벌렸다.

모니카 자신도 당황했다. 스파이 얘기나 날씨 얘기 등, 관계없는 화제를 꺼내려고 했는데.

잠깐 놀랐던 그레테는 곧장 입을 다물어 평소와 같은 온화한 얼굴로 돌아왔다.

"아주 좋아요……."

"……아아, 그래."

"아쉬운 점이라면 이 마음이 성취될 가망이 없다는 걸까요……. 그래도 보스와 보내는 나날은 행복한 일들뿐이에요……."

실제로『시체』임무 이후로 그레테는 충족된 미소를 짓게 되었다. 아마 클라우스에게 다정한 말을 들었을 것이다.

그 희미한 미소를 띤 입가가 모니카의 마음을 어지럽혔다.

"아, 그래? 딱히 질문에 큰 의미가 있었던 건 아니야. 다만—."

모니카는 입술을 깨물었다.

"예전에도 말했던 것 같은데, 나는 연애에 한결같은 사람을 보면 질투하는 체질이거든."

그레테의 입술이 미미하게 움직였다.

뭔가 하고 싶은 말이 있는 것 같은 분위기였다.

하지만 그 이상 대화를 나눌 마음은 들지 않았다. 도망치듯 걷는 속도를 높여서 그레테 곁을 벗어났다.

◇◇◇

연심을 인정하고 난 뒤로 평소 하는 훈련에 한층 힘쓰게 되었다.

일시적이리라 생각했지만, 자각한 연애 감정은 좀처럼 사라지지 않았다.

릴리는 스파이 일을 그만둘 마음이 없는 듯했다. 『등불』에 계속 소속되어 계속 목숨을 내놓으려는 것 같았다. 릴리가 죽지 않길 바랐다. 그러니 자신을 단련할 수밖에 없었다.

무자이아 합중국에서 임무를 수행한 이후로 사라를 교육하게 된 것도 『등불』 전체의 저력을 올리기 위함이었다. 사라의 성장 가능성을 기대하고서.

모니카 자신도 클라우스에게 도전하는 일이 늘었다.

"뭔가 심경에 변화라도 있었나?"

아니나 다를까 클라우스는 알아차렸다.

아지랑이 팰리스의 정원, 임무를 마치고 돌아온 클라우스를 뒤에서 고무탄으로 노렸을 때였다. 발포와 함께 쇠공이 든 고무공을 튕긴 기습도 시도했다.

클라우스는 전혀 당황하지 않고 모든 공격을 피했다.

실패한 모니카는 그의 앞에 나타나 「딱히?」 하고 웃었다.

"대단한 변화는 아니야. 그저 나는 천재라고 인정해도 되지 않을까 싶었을 뿐이지. 그러니 훈련도 적극적으로 임하게 되지 않겠어?"

"그런가."

"책임져. 클라우스 씨가 나를 『극상』이라고 평가해 줬잖아?"

모니카는 단도를 꺼내 손으로 돌렸다.

『선혹』 하이디와 만나 자존심이 깨지고 자신의 재능을 믿지 못하게 됐다. 하지만 낙오자여도 계속 노력하는 릴리와 다른 동료들을 보다 보니 주눅 들어 있는 것도 바보 같아졌다. 그 녀석들과 비교하면 자신은 훨씬 센스가 있다.

―『모니카도 「극상의 천재」인 거예요!』

그 해맑은 목소리가 귓가에 강하게 남아 있었다.

클라우스의 눈이 살짝 가늘어졌다.

"―극상이야. 바람직한 변화야."

그 눈이 다시 뜨이기 전에 모니카는 그의 어깨를 노리고 빠르게 단도를 찔렀다. 다치게 할 작정으로 덤비지 않으면 그를 쓰러뜨릴 수 없다.

단도는 막혔다.

클라우스가 오른손의 검지와 엄지로 칼날을 잡았다.

"하지만 나를 이기려면 아직 멀었어."

그는 모니카에게서 단도를 빼앗아 무방비해진 모니카의 발치에 던지고서 그대로 저택에 들어갔다.

◇◇◇

성장을 바라면 수없이 벽에 부딪치게 된다.

그건 클라우스와 훈련할 때뿐만 아니라 『봉황』과 교류할 때도 찾아왔다.

롱청에서 임무를 수행한 후, 『봉황』은 매일같이 아지랑이 팰리스를 방문했다.

이른바 『봉황』과의 밀월 기간.

그저 소란스러웠던 나날의 이면에는 다른 목적이 있었다. 클라우스가 『봉황』을 훈련시키는 대신 『봉황』이 『등불』을 지도했다. 일견 민폐처럼 보였던 『봉황』의 행동은 실제로 기초력이 부족한 『등불』 소녀들에게 확실한 기술을 가르쳐 줬다.

—클라우스가 만들어 낸 새로운 교실.

교사가 그저 일방적으로 지도하는 게 아니라. 학생끼리 서로 기술을 가르쳐 주고 실력을 높이는 배움터.

모니카는 그 의도를 간파하고 있었다.

『봉황』이 전원 모인 이른 오후, 아지랑이 팰리스의 지붕에 서서 정원에 있는 『봉황』 멤버를 관찰했다.

살펴보니 각각의 담당 같은 것이 보였다. 『상파』 빅스는 지비아에게 격투 능력을, 『우금』 팔마는 티아와 그레테에게 교섭 능력을, 『개풍』 크노는 릴리와 에르나에게 잠복 기술을, 『뜬구름』 란은 아네트에게 구속 기술을.

모니카는 도발적으로 미소 지었다.

"그럼 대체 누가 나를 상대해 주려나?"

"—나다. 청은발 여자."

대답은 뒤에서 나왔다.

눈매가 날카로운 갈색 머리 남자가 서 있었다. 벽의 튀어나온 부분을 차서 지붕까지 올라온 것 같았다. 전신이 용수철 같은 비정상적인 도약력이었다.

그는 모니카를 깔보는 듯한 차가운 얼굴로 다가왔다.

—『비금』 빈드.

예전에는 양성 학교 전교생 중 1등이라는 성적을 거뒀고, 지금은 『봉황』의 보스였다.

"다른 사람은 너를 상대할 수 없을 것 같으니까."

불손한 태도로 그가 말했다.

"그렇구나. 타당한 것 같은데?"

빈드는 『봉황』에서도 격이 다른 실력을 가졌다. 클라우스가 그를 팀의 보스로 지명할 정도였다. 이미 공화국 내에서도 정상급의 수준인 것 같았다.

빈드는 여전히 냉담한 시선을 보내며 모니카 앞에 섰다.

"공화국에 봉사하는 동포로서 내가 가르쳐 주지. 영광으로 생각해."

"음……?"

모니카는 팔짱을 끼고 의아한 듯 고개를 갸웃했다.

빈드는 상관하지 않고 말을 자아냈다.

"너는 상당한 잠재 능력을 간직하고 있어. 아직 열여섯 살이었던가? 내가 말하는 대로 조금 더 단련하면 그런대로—."

"야, 망할 악당 면상. 잠깐 멈춰 봐."

말허리를 잘랐다.

빈드의 표정이 굳었다. 허를 찔린 것처럼.

"왜 가르침을 베풀겠다는 태도야? 나는 네가 나보다 잘났다고 조금도 인정하지 않는데?"

도발적으로 말하는 데에는 이유가 있었다.

롱청에서 빈드와 모니카가 직접 싸운 것은 마지막 한순간뿐이었다. 에르나, 사라, 지비아, 모니카가 4 대 1로 달려들어서 구속에 성공했었다.

실력을 직접 견준 적은 없었다.

—『봉황』의 보스. 클라우스를 제외하면 동세대 최강 후보『비금』빈드.

—『등불』의 에이스. 여러 불가능 임무의 1등 공신『빙인』모니카.

과연 둘 중에 누가 더 강한가. 그건 아직 판명되지 않았다.

"얼른 머리 숙여. 그러면 관대한 내가 지도해 줄 수도 있어."

모니카가 도발하자 빈드는 불쾌한 듯 눈썹을 찌푸렸다.

"……시시하군."

그는 단검 두 자루를 한 손으로 쥐었다. 그에게서 살기와 비슷한 위압감이 발산되었다.

쓸데없는 말은 나누지 않았다.

요구되는 것은 심플하면서도 명확한 대결. 그렇다면 방법은 하나다. 무슨 수를 써서라도 상대를 굴복시켜 『항복』이란 두 글자를 끄집어낸다.

"실력 차이를 알려 주지. 마음대로 덤벼."

필드는 아지랑이 팰리스 지붕.

오후 2시 12분. 맑음. 미풍. 거리 2m.

—싸움은 난데없이 시작되었다.

근접전은 역시 불리하다고 판단했다.

거리를 벌리며 거울을 다섯 개 정도 투척하여 지붕에 꽂았다.

빈드는 상관하지 않고 돌진했지만, 그의 단검보다 모니카의 공격이 훨씬 빨랐다. 견제하기 위해 고무공을 던져 빈드의 시선을 살짝 끌었다.

"코드 네임 『빙인』— 시간이 있는 한, 사랑하고 품어라."

오른손에 숨겨 뒀던 카메라로 플래시를 터뜨렸다.

거울의 반사를 이용한 기습 공격. 문자 그대로 빛의 속도로 가하는 공격이었다.

"—윽?!"

시각을 잃었을 빈드의 옆을 빠져나가며 모니카는 쇠공이 든 고무공을 투척했다. 고무공은 지붕에 튀어나온 굴뚝에 맞고 튕겨 빈드의 측두부를 때렸다.

연이어 공격하려다가 손을 멈췄다.

빈드는 이미 태세를 되찾은 상태였다. 감탄한 듯 고무공이 명중한 곳을 손으로 문지르고서 모니카에게 고요한 시선을 보냈다.

“빛— 아니, 도촬인가.”

그다지 대미지는 주지 못한 것 같았다. 충격을 완화하는 기술을 쓴 걸까.

“뛰어난 특기야. 온갖 각도에서 대상을 볼 수 있는, 스파이에게 적합한 능력이야.”

“감사.”

“하지만 격투에 적합하진 않아. 들키면 별 볼 일 없어지는 일회성 개인기지.”

그렇게 말한 후, 빈드는 생각지 못한 행동을 했다.

두 눈을 감았다.

무기를 든 모니카 앞에서 스스로 시야를 차단하는 핸디캡을 안았다.

끙 소리가 나왔다.

‘읏! 그 꼴로 싸울 수 있다는 거야 뭐야!’

답은 바로 드러났다.

빈드는 세게 발을 내디뎠고, 다음 순간에는 모니카 앞에 와 있었다. 마법으로 착각할 듯한 고속 이동. 모니카가 반응할 새도 없었다.

"—너의 어중간한 기술은 통하지 않아."

압도적인 속도의 돌격을 피하기엔 시간이 부족했다.

다섯 번째로 충돌한 후, 지붕에서 낙하했다.

다행히 정원수에 떨어져 나뭇가지를 몇 개 부러뜨리며 낙하했기에 충격은 최소한에 그쳤다. 그래도 몸을 세게 부딪쳤다. 일어나려고 해도 힘이 안 들어갔다.

마침 정원에 있던 사라가 「모니카 선배?!」 하고 외치며 달려와 줬다.

꼴사나운 모습을 보였다는 생각에 한숨이 나왔다.

완패였다.

빈드가 휘두르는 단검은 칼등이어도 강력했다.

직격을 맞으면 모니카의 가벼운 몸은 간단히 떠올라 꼴사납게 지붕을 굴렀다. 모니카의 특기는 봉쇄되어서 일방적으로 계속 공격당했다.

다섯 번째 충돌에 지붕에서 추락했다. 링 아웃이었다. 항복이야, 하고 신음했다.

"그 움직임은 뭐야……?"

너무 빨랐다.

최고 속도가 높지는 않았다. 이상한 건 가속과 감속의 전환 속도였다. 정지와 돌진의 연속. 날카로운 완급의 움직임을 전혀 좇아갈 수 없었다.

빈드는 모니카 앞에 내려서서 조용히 내려다보았다.

“『포락』 게르데에게 배운 기술이야. 내 스승이지.”

“『화염』 사람……?”

그는 수긍하고서 게르데와의 만남을 이야기해 줬다.

펜드 연방에서 단련된 육체를 드러낸 노파와 만났다는 것. 그녀의 은신처인 목조 맨션에 끌려가 그곳의 지하실에서 며칠간 가르침을 받았다는 것. 지옥 같은 시간이었지만 기술 일부를 계승할 수 있었다는 것.

옆에서 사라가 눈을 동그랗게 떴다.

모니카가 중얼거렸다.

“……너도 『화염』이랑 아는 사이였나.”

빈드는 「그래」 하고 짧게 고개를 끄덕였다.

“게르데는 내게 클라우스를 돕는 동료가 되라고 명했어. 그래서 나는 여기 있는 거야.”

“……그 할머니를 굉장히 편드네.”

“은인이니까. 그리고 근원은 같아. 나도, 게르데도, 그리고 클라우스도 향할 곳은 하나야.”

분명하게 고했다.

“가르가드 제국에— 그리고 세계에 복수하는 것.”

풍겨 나오는 살기에 사라가 숨을 삼켰다.

빈드는 모니카에게 강한 눈빛을 보내며 경멸이 담긴 음성으로 말했다.

"너와는 싸우는 차원이 달라."

◇◇◇

많이 패배한 인생이었다.

재능을 타고난 모니카도 좌절로부터 도망칠 수는 없었다.

예술 세계에서 계속 패배하다가 달아나듯 스파이 세계로 갔다. 하지만 하이디, 클라우스, 기드, 빈드처럼 높은 경지에 오른 존재에게 계속 굴복했다.

항상 이겨서 의기양양하지는 못했다. 분한 마음에 떨었던 밤도 많았다.

동료에게는 절대 보여 주지 않지만, 강자에게 맞설 방법을 계속 모색했다.

'……근본적으로 전투 스타일을 재검토할 필요가 있겠어. 잠입이나 교섭 같은 건 다른 녀석에게 맡기면 돼. 내게 요구되는 건 절대로 전투에서 지지 않는 거야.'

매일 빠짐없이 계속 연구했다.

'어떻게 하면 강자의 세계에 도달할 수 있지?'

양성 학교 시절처럼 마음이 꺾이지 않은 것은 릴리 덕분이었다. 릴리 앞에서는 당당하게 천재로 있고 싶었다.

어느새 이 감정이 일시적인 것이라는 생각은 들지 않게 되었다.

—『등불』의 스파이로 활약하여 릴리를 계속 지키는 것.

그것이야말로 절대 마음을 밝히지 않을 모니카의 연애였다.

◇◇◇

『봉황』의 부고는 그저 허망했다.

친하게 지내던 사람이 죽은 것은 살면서 처음 겪는 일이었다. 가슴을 치는 듯한 상실감에 시달리며, 자신보다 강한 자조차 목숨을 잃는 스파이의 현실에 괴로워했다.

'잘난 척은 다 해 놓고서 허무하게 죽어 버리다니…….'

그런 건방진 생각을 하며 펜드 연방으로 떠났다.

관리 사무소에서 란과 합류했을 때도 흐느껴 우는 그녀의 모습에 자신의 미래를 겹쳐 보았다. 자신이 만약 동료를 잃는다면 어떻게 반응할까, 하고.

멍하니 생각에 잠겨 있으니 릴리가 별난 행동을 하기 시작했다.

모든 멤버가 손을 맞잡게 하더니 「스마일!」 하고 영문 모를 말을 외치고 진지한 목소리로 말했다.

"약속이에요. 아무도 죽지 말아 주세요. 이 이상 누구도 죽지 않고 다 같이 아지랑이 팰리스로 돌아가는 거예요. 그것만큼은 맹세해 주세요."

일견 유치하게도 보이지만 중요한 맹세였다.

'……이런 상황에서도 이 녀석은 변함없구나.'

스스로는 알 수 없었지만, 어쩌면 슬쩍 웃었을지도 모른다.

아무리 궁지에 몰려도 밝고, 미래를 계속 바라보는 릴리의 멘탈.

그 강함에 모니카는 끌렸으니까.

◇◇◇

이후로는 란과 행동하는 일이 많았다.

란은 전신을 크게 다쳐서 본래 능력을 발휘하지 못했다. 하지만 『봉황』을 습격한 의문의 집단을 끌어내려면 그녀의 협력이 꼭 필요했다.

펜드 연방에서 행동할 때, 모니카는 란과 함께 다니며 호위했다.

란이 가고 싶은 곳이 있다고 해서, 남들 눈에 띄지 않도록 밤에 몰래 대형 이륜 바이크를 타고 이동했다.

상처는 괜찮냐고 걱정하자 뒤에 앉은 란이 웃었다.

"조금씩 낫고 있소. 완쾌되려면 멀었지만, 다소 서포트하는 것 정도는 슬슬 할 수 있겠지. 흐흥. 소생이 복귀할 때는 가깝소. 『봉황』과 『등불』의 결속의 상징— 불사조처럼 재림할 것이오."

신나게 말했다.

괜찮은 척하는 것처럼 느껴져서 깊이 파고들지는 않았다.

「그래서? 어디 가는 거야?」 하고 묻자 란은 「클라우스 공에게 부탁받은 심부름이오」하고 말했다.

란이 지명한 곳은 휴로 남동쪽에 있는 이미란이라는 시골 마을이었다.

"빈드 오빠가 생전에 말했소. 게르데의 유산을 찾았다고."

"유산이라니?"

"소생도 모르오. 그 보고를 듣기 직전에 습격당했으니까."

란이 조금 슬프게 말했다.

애초에『봉황』의 목적은 이 땅에서 소식이 끊긴『포락』게르데를 수사하는 것이었다.

게르데는 여기서 무엇을 조사했고 왜 살해당했는가.

"다만 빈드 오빠가 찾아갔던 장소라면 안다오. 예전에 훈련받았던 게르데 공의 은신처. 오빠는 매일같이 다니며 실마리를 찾았소."

다른 멤버가 게르데의 목격 정보나 행동 이력을 조사하는 가운데, 빈드는 며칠을 들여서 맨션을 특정하고 그녀의 유품을 찾았다고 한다.

게르데가 은신처로 삼았던 곳은 허름한 4층짜리 목조 맨션이었다. 벽은 나뭇결이 그대로 드러나 있고 곰팡이가 피어 있었다. 한 층에 3세대가 살 수 있는 것 같지만, 입주자는 별로 없는지 불이 켜져 있는 곳은 건물 전체에서 두세 집 정도였다.

게르데가 빌린 집은 아직 퇴거 처리되지 않은 상태였다. 게르데는 사전에 몇 년 치 집세를 집주인에게 낸 것 같았다.

3층에 있는 집에 들어가니 거실에도 침실에도 많은 술병과 담배

꽁초가 흩어져 있었다. 빈드가 구석구석 집을 뒤졌는지 바닥과 벽지가 뜯겨 있었다.

"빈드 오빠가 뭔가를 찾은 것 같았지만…… 이미 가지고 나가 버렸는가?"

"클라우스 씨는 뭐랬는데?"

"—『겔 할멈은 기밀문서를 숨기는 데 서툴러. 알기 쉬운 곳에 있을 거야』라고 했소."

"그거, 스파이로서 문제 아니야?"

모니카와 란은 얼추 실내를 둘러보았다.

"없네."

"없구려."

그럴싸한 물건은 보이지 않았다.

게르데의 집 말고 다른 곳도 수색해야 할까 싶었지만, 아무 준비도 없이 나섰다가 다른 입주자에게 들키면 귀찮아진다. 업자로 위장하여 나중에 다시 오기로 하고 그대로 떠났다.

◇◇◇

펜드 연방 모략전.

『봉황』의 상실이라는 비극을 겪었어도 모니카에게는 평소와 같은 임무 중 하나였다. 할 일은 변함없었다.

냉정하게 사고하고 자신의 능력을 발휘해서 릴리를 지켜 낸다.

동료가 다치지 않도록 늘 최선책을 취한다.

그거면 될 터였다.

하지만 그게 너무나도 낙관적인 생각이었음을 알게 되었다.

◇◇◇

수사 결과, 『봉황』을 습격한 것은 『배리어스』라는 부대임을 특정할 수 있었다.

클라우스는 여러 함정을 깔고서 지비아와 함께 『배리어스』에 잠입해 조사한다고 했다. 다른 소녀들은 그 보조를 맡았다.

클라우스와 지비아는 〈백로 저택〉이라는 곳에서 열린 댄스파티에 갔다.

모니카는 그 현장에서 떨어져 혼자 카샤드 인형 공방을 감시하고 있었다. 『배리어스』의 본거지였다. 현재 티아가 인질로 잡혀 있었다. 티아에게 무슨 일이 생기면 모니카에게 구조 신호를 보내기로 되어 있었다.

공방 근처에 있는 빌딩의 옥상에서 모니카는 시간의 흐름에 몸을 맡기고 있었다.

별안간 옥상 한편에서 인기척이 느껴졌다.

옆 빌딩에서 뛰어 이동한 것 같았다. 가볍게 착지하여 여유로운 표정을 짓고 있었다.

“누구야?”

모니카의 오른손에는 이미 권총이 쥐어져 있었다. 마음만 먹으면 1초도 안 걸려 속사할 수 있었다.

상대는 모니카와 비슷한 나이의 소녀처럼 보였다. 어둠 속에 있어서 얼굴은 보이지 않지만, 남을 조롱하는 듯한 가학성이 느껴지는 뾰족한 치아가 야경의 희미한 불빛을 반사하여 빛나고 있었다.

아햐햐, 하고 귀에 거슬리는 웃음소리가 들렸다.

"드디어 대면하게 됐네~."

"잔말 말고 이름을 밝혀, 멍청아."

"—초록나비."

소녀는 씩 미소 지었다.

"그게 미의 코드 네임이야."

모니카는 눈앞의 존재가 어떤 사람인지 아직 전혀 몰랐다. 다만 그 존재가 풍기는 기분 나쁜 독기 같은 것을 느끼고 본능적으로 이해했다.

초록나비라고 밝힌 소녀는 검지를 슥 들었다.

"반가워, 모니카. —『뱀』이 완전무결한 절망을 전해 주러 왔어."

가학적인 미소.

모니카의 악몽은 이 순간에 시작됐다.

5장 다홍이무기③

『콘메리드 타임스』의 본사 앞에 구경꾼이 모여 있었다.

휴로의 중심에 있는 훌륭한 8층 빌딩이었다. 주변 건물보다 한층 높았고, 세월이 느껴지는 회색빛 석조 외벽이 아름다웠다. 창문은 불투명 유리로 되어 있어서 내부가 보이지 않았다. 입구에는 훌륭한 돌기둥이 늘어서 있어서 오는 이를 거부하는 오라를 풍겼다.

아멜리가 말하길, 100년 넘게 이어진 격식 있는 신문사라고 했다. 정치사상은 중도. 친제국파도 아니고 반제국파도 아닌 태도를 고수하고 있었다.

그 본사 앞에서 많은 시민이 빌딩을 향해 고함치고 있었다. 도로에 사람들이 잔뜩 모여 차도를 막았다. 운 나쁘게 지나가던 자동차가 시끄럽게 경적을 울렸지만 군중의 열량을 이기지는 못했다.

사람들은 「그 기사는 진짜인가?」「사진에 대해 자세히 말해라」 하고 외치고 있었다.

관심사는 모두 똑같은 듯했다.

"살기등등하군."

"으, 응. 조금 무서워."

그런 군중 속에 섞여 든 클라우스와 에르나는 서로 감상을 나눴다.

물론 그들의 목적도 하나— 모니카의 사진을 촬영한 기자에게 자세한 이야기를 듣는 것이었다.

◇◇◇

"……모르겠네요."

모니카의 사진을 본 아멜리는 인상을 잔뜩 찌푸리고 있었다.

다린 황태자와 미아 국장을 암살한 범인으로 일간지 1면에 실려 있었다. 화질이 안 좋은 사진이긴 하지만, 찍혀 있는 사람은 틀림없이 모니카였다.

아멜리는 미심쩍다는 시선을 보냈다.

"화톳불, 솔직히 대답해 주시겠어요? 다린 황태자 전하가 암살당했을 때, 모니카는 어디 있었죠?"

"카샤드 인형 공방을 감시하라고 시켰어. 다른 지시는 내리지 않았어."

"그걸 증명할 방법은 없죠."

그녀의 눈에 깃든 의심이 깊어졌다.

"아뇨, 엄밀히 말하면 당신도 모르겠죠. 그때 당신은 〈백로 저택〉의 댄스홀에 있었어요. 모니카의 움직임을 직접 확인하지 못했어요."

그 말대로였다.

다린 황태자가 암살당하기 전후에 클라우스는 지비아와 함께 『배리어스』에게 구속되어 있었다. 티아가 인질로 잡혀서 시키는 대로 움직이고 있었다.

그때 모니카가 구체적으로 어떻게 움직였는지는 알 방도가 없었다.

아멜리의 추궁은 계속되었다.

"『빙인』 모니카가 다린 황태자 전하를 암살하는 건 가능할까요?"

"무리야. 그 아이는 경비를 돌파할 수 없어."

"거짓말이군요."

아멜리가 날카로운 어조로 말했다.

"저는 그 아이의 움직임을 봤어요. 다른 『등불』 멤버와는 일선을 긋는 실력자였어요. 지원을 받는다면 돌파할 수 있을지도 몰라요."

"그렇게 생각한다면 굳이 질문하지 마."

아멜리의 뛰어난 분석력이 성가셨다.

틀린 말은 아니었다. 모니카의 실력은 이미 일류 스파이 수준이다. 경비 정보가 누설되고 내부자가 도와준다면 암살은 충분히 가능했다.

물론 여성 과학자 한 명을 납치하는 것 정도는 일도 아니었다.

"설마 아니겠지만."

클라우스가 못을 박았다.

"모니카가 다린 황태자를 죽였다는 이런 허무맹랑한 보도를 진심으로 믿는 건가?"

"가능성을 검토하고 있을 뿐이에요."

아멜리가 손을 젓고 대답했다.

"물론 이 보도는 의심스러워요. 곧이곧대로 믿을 수는 없어요."

"그렇겠지."

“하지만 무시할 수는 없잖아요? 이 사진에 찍힌 사람은 틀림없이 모니카예요. CIM 상층부는 이걸 어떻게 판단할지…….”

살해당한 『봉황』 멤버들이 연상되었다.

CIM 사람들은 상층부의 지시를 맹신하는 경향이 있었다. 만약 『하이드』가 진심으로 모니카를 말살하라고 지시한다면—.

“어쨌든 당장 기자에게 따지는 편이 좋겠군.”

클라우스는 일어났다.

“어디서 얻은 정보인지. 그걸 따라가면 모니카가 있을 거야.”

◇◇◇

『콘메리드 타임스』 본사 정면에 서 있으니 지비아의 모습이 보였다.

본사 뒤편의 골목 안쪽에서 그녀와 합류했다. 보도 직후에 일어난 암흑가 쪽의 변화를 보고하러 온 것 같았다.

“티아가 엄청 분발하고 있어.”

남들 눈에 띄지 않도록 건물의 그늘에 숨어서 지비아가 속삭이듯 말했다.

“휴로 일대의 마피아와 접촉하여 정보를 닥치는 대로 긁어모으고 있어. 그러면서 나랑 릴리한테 지시도 내리고 있고. 이런 재주는 티아밖에 못 부려.”

클라우스는 「그렇지」 하고 긍정했다.

티아와 그레테는 『봉황』의 잠입 조사 담당이었던 팔마에게 지도

받고 적대 조직에 숨어드는 기술이 비약적으로 향상되었다. 그레테는 아직 남성이 많은 집단을 거북하게 여기기에 어디든 잠입할 수 있는 티아는 든든했다.

그녀는 타인과 눈을 마주쳐서 소망을 읽어 내는 특기를 가지고 있었다. 그걸 이용하여 많은 조직과 연줄을 만들었을 것이다.

지비아의 보고는 주로 티아가 모아 온 정보라고 했다.

"우선 최근 며칠 간의 보고야. 각 마피아가 일시적으로 결탁하여 새로운 무장 집단을 만들려고 한대. 나라를 위협하는 스파이를 물리친다면서."

"……반사회 세력이 의용군 흉내인가."

"뭐, 그런 거지. 마피아들 사이에서도 왕족의 인기는 대단한 모양이야."

"그렇군. 그리고 정부에 대한 신뢰가 떨어지면 수상쩍은 단체에 힘이 모이기 마련이야."

뒤숭숭한 흐름이 가속화되고 있는 것 같았다.

지비아가 얼굴을 찌푸렸다.

"오늘 아침 보도된 기사 때문에 결속이 한층 빨라질 것 같대."

"그런가. 뒤에서 조종하는 자가 있을지도 몰라. 계속해서 수사해 줘. 우리는 신문사에서 기사의 진상을 알아내겠어."

"……간단히 말하네. 뭐, 당신이라면 여유인가."

지비아는 「맡길게」 하고 작게 말하고서 떠났다.

클라우스와 에르나는 다시 본사 정면으로 돌아갔다.

몰려든 시민을 관찰하니 상당히 다양한 사람이 소리 지르고 있음을 알 수 있었다. 일반 시민부터 타사의 기자, 암흑가 사람으로 보이는 인간까지 섞여 있었다.

조금 떨어진 곳에서는 이미 방송국 쪽에서도 찾아와 남성 리포터가 카메라 앞에서 말하고 있었다. 모든 국민이 그 기사의 진상에 관심이 있는 것 같았다.

클라우스는 줄곧 본사 빌딩을 바라보고 있는 남자에게 말을 걸었다. 타 신문사의 기자로 보였다.

"콘메리드는 어떻게 대응하고 있지? 기자에게 얘기를 듣고 싶은데."

남자는 「보다시피 무리야, 형씨」 하고 어깨를 으쓱였다.

그가 가리킨 곳에는 굳게 폐쇄된 현관이 있었다.

"정보원은 밝힐 수 없다는 입장을 고수하고 있어. 경찰도 돌려보낼 만큼 철저해. 사원은 빌딩 안에 틀어박혀 있고."

"상당히 입이 무거운가 보군."

"경찰도 낭설이라는 근거가 없으면 체포할 권한이 없으니까. 이걸 돌파할 인간이라면—"

남자가 말을 끊고서 「아아, 호랑이도 제 말 하면 온다더니」 하고 군중 옆으로 온 차량을 보았다.

갑자기 찾아온 검은 차량 두 대에서 강인해 보이는 남녀 여덟 명이 내렸다. 전원이 꺼림칙한 검은 코트를 입고 있었다.

"CIM이 납시셨어."

남자가 유쾌하게 말했다.

"……인권을 도외시한 수사권인가."

"맞아. 이제 기자도 끝이야. 저건 난폭하기로 유명한 『바나딘』이란 부대야. 기자는 스파이 혐의를 받고 신문실로 끌려가겠지."

클라우스는 남자에게 고맙다고 말하고 그 자리를 벗어났다.

스파이의 시대라서 첩보 기관은 경찰조차 초월하는 수사권을 가지고 있었다. 타인의 부지에 강제로 들어가 증거도 영장도 없이 사람을 납치하는 비인도적 행위도 때때로 이루어졌다. 물론 클라우스도 국가의 적에게는 가차 없지만.

『배리어스』가 아닌 다른 방첩팀이 움직이고 있는 것 같았다.

그들은 경비원의 팔을 비틀어 강제로 돌파하려고 했다. 머지않아 본사에 쳐들어가 진상을 아는 기자를 유괴할 것이다.

"응……."

에르나가 불안한 듯 눈썹을 내리고서 입술을 깨물었다.

클라우스는 그녀의 등에 손을 올렸다.

"모니카를 위해 진력하고 싶어?"

"응. 물론이지."

에르나는 힘차게 고개를 끄덕였다.

"모니카 언니는 배신하기 직전에 조금 모습이 이상했어. 에르나는…… 눈치채고 있었는데 도와주지 못했어……!"

"그런가. 그렇다면 같이 가자. 현 CIM은 신용할 수 없어. 귀중한 정보원을 뺏길 수는 없지."

클라우스는 무릎을 굽혀 에르나와 눈높이를 맞췄다.

"위험을 무릅쓰겠어. 그러려고 이번 파트너로 널 고른 거야."

◇◇◇

『콘메리드 타임스』 뒤편에도 사람이 모여 있었다.

뒷문으로 드나드는 사람을 붙잡아서 기사의 정보원을 캐내려는 것 같았다. 하지만 뒷문을 이용하는 사람은 없었고, 결국 어쩌지도 못한 채 하릴없이 건물을 바라보고 있었다.

출입구는 전부 봉쇄되었고 창문도 모두 닫혀 있었다. 정면 현관에는 CIM이 있기에 그리로 돌입할 수는 없었다.

망설이지 않고 옆 빌딩으로 갔다.

보험 회사가 소유한 5층짜리 건물이었다. 정면 현관의 경비원에게 CIM이라고 거짓말하고 『배리어스』에게서 훔친 전용 코인을 보여 줬다.

당황하는 경비원 옆을 지나 2층으로 뛰어 올라가니 복도 안쪽에 창문이 보였다. 활짝 열었다. 밖에서 확인한 대로, 창문 앞쪽에 맞은편 『콘메리드 타임스』 빌딩의 창문이 있었다.

일단 창문에서 물러나 에르나의 어깨를 두드렸다.

"뛰어든다."

"응?!"

클라우스는 곤혹스러워하는 에르나를 무시하고 복도에서 도움닫기를 하여 창밖으로 몸을 던졌다.

옆 빌딩까지의 거리는 5m.

『콘메리드 타임스』의 유리창을 깨고 그대로 빌딩에 침입했다. 흩어지는 유리와 함께 잘 착지할 수 있었다.

2층은 편집부인 것 같았다.

사무용 책상 열두 개가 빈틈없이 놓여 있고 서류가 산더미를 이루고 있었다. 안에 있는 사원은 일곱 명 정도. 다들 멍하니 입을 벌리고서 굳어 있었다.

클라우스의 바로 옆에서는 남성 사원이 서류를 떨어뜨리고 있었다.

"실례. 입구를 잘못 찾았어."

클라우스는 작게 고개를 숙였다.

"그런데 이번 신문의 1면을 쓴 녀석은 누구지? 어디 있지?"

"모, 모릅니다!"

옆에 있던 남성이 기겁한 목소리를 냈다.

"그 기사는 갑자기 게재됐어요. 저 같은 말단은 영문도 모르고…… 그보다 당신은 대체—."

클라우스는 준비해 뒀던 리스트를 꺼내서 그의 코앞에 들이댔다.

"알 만한 인물을 그냥 손으로 가리키기만 하면 돼. 그 이상의 위해를 가할 마음은 없어."

"아, 아니, 그런 건……."

남자의 시선이 방황했다.

"그렇군. 레이먼드 편집장인가."

"네?"

"시선의 움직임만 봐도 충분해. 걱정하지 마. 정보원은 말하지 않을 거야."

일방적으로 고하고 클라우스는 편집부에서 뛰쳐나갔다.

그때 「응!」 하는 소리와 함께 에르나도 빌딩 돌입에 성공했다.

그녀를 데리고 복도로 나오자 엘리베이터가 보였다. 버튼을 누르고 엘리베이터를 기다리는 동안 옆에 있는 계단을 이용해 1층으로 내려갔다.

정면 현관을 확인했다.

CIM 여덟 명은 이미 경비원을 돌파한 듯했다. 허리에 세이버를 찬 까만 피부의 금발 남자가 선두에 있었다. 여성 사원 한 명을 붙잡아 딱딱한 표정으로 따져 묻고 있었다.

"CIM이다. 레이먼드 편집장은 어디 있지?"

"네? 아니, 저는 드릴 말씀이……."

사원은 시선을 피하고 있었다.

선두에 선 남자가 갑자기 사원의 멱살을 잡아 한 손으로 들어 올렸다.

"묵비권이 있다고 생각하나? 매달아 버리는 수가 있어."

"―윽."

"우리는 늘 올바르며 틀리지 않는다. 왕명을 받은 이 『갑주사(甲冑師)』 메레디스를 거스를 셈인가. 너도 왕의 백성이지만, 거스르겠다면 어쩔 수 없지. 참회의 눈물과 함께 손가락을 자르겠다."

메레디스라고 이름을 밝힌 남자가 사원의 손가락을 쥐자 그녀는 가느다란 목소리로 말했다.

"치, 7층에 있습니다……."

사원을 바닥에 던지고, CIM 사람들은 속속 사내로 들어왔다.

낭비할 시간은 없었다. 그들과 맞닥뜨린다면 귀찮은 일이 벌어질 수도 있었다.

2층으로 돌아와서 도착한 엘리베이터를 타고 에르나와 함께 7층으로 향했다. 내린 다음에는 엘리베이터를 사용할 수 없도록 문 사이에 단검을 끼워 뒀다.

7층에는 「총편집장실」이라고 적힌 방이 있었다.

에르나에게는 대기하라고 명령하고 클라우스 혼자 노크도 없이 들어갔다.

방 안에는 한 남자가 텀블러를 손에 들고서 창가에 서 있었다. 맛있게 액체를 홀짝이며 시선을 내리고 있었다. 모여든 집단을 바라보고 있을 것이다.

그는 「오, 벌써 왔나」 하고 중얼거리고서 여유롭게 돌아보았다.

지저분하게 수염을 기른 40대 중반의 남자였다. 후줄근한 재킷을 걸치고서 히죽거리는 표정을 짓고 있었다.

레이먼드 애플턴 총편집장.

그가 바로 모니카의 기사를 게재한 주모자인 것 같았다. 2층에 있던 사원의 반응을 보건대, 그가 권력을 방패 삼아 억지로 실행한 듯했다.

"응? 너, CIM도 아니구나?"

클라우스를 바라보며 유쾌하다는 듯 턱수염을 쓸었다.

"재미있네. 어디 소속이지? 혹시 타국의 스파이인가?"

"대답할 이유는 없군."

"그럼 나도 없어."

레이먼드는 어깨를 으쓱였다.

"……어차피 관심 있는 건 예의 그 기사겠지만, 얘기할 수 있는 건 없어. 이 목숨과 맞바꾸더라도 말이야."

"상당히 각오한 것 같군."

"당연하지. 내게도 신념이 있어. 이 나라를 올바르게 이끌겠다는, 신문 기자로서의 긍지가. 죽일 거면 죽여. 그러면 기사의 진실미가 더 커지겠지."

"……가족을 길동무로 삼더라도 말인가?"

"나한테는 친구 한 명 없어."

클라우스가 협박해도 레이먼드의 태도는 바뀌지 않았다. 상당히 배짱이 있는 남자인 것 같았다. 여유를 과시하듯 텀블러에 든 음료를 마셨다.

경험상 신념에 기초하여 행동하는 자는 성가셨다. 단순한 협박이나 매수는 통하지 않는다.

권총을 겨누는 것 정도로는 식은땀 한 방울 흘리지 않을 것이다.

"포기해. 곧 있으면 CIM이 올 거야."

레이먼드는 즐겁게 웃었다.

"당신은 곤란하지 않겠어? 걱정하지 마. 나는 CIM한테도 정보원을 얘기하지 않을 거야. 어떤 고문을 받더라도."

CIM은 엘리베이터가 움직이지 않는 것을 깨닫고 계단으로 올라오고 있는 것 같았다. 밖에서 들려오는 발소리가 조금씩 커졌다.

도착까지 앞으로 2분 정도일까.

"그렇군. 긍지의 문제인가."

클라우스는 고개를 가로저었다.

"그럼 설득은 무리겠어."

"그래. 어느 나라 스파이인지 모르겠지만, 앞으로는 좋은 기삿거리를—."

"선물을 준비했다. 귀여운 소녀지?"

클라우스가 손가락을 튕기자 에르나가 총편집장실로 들어왔다. 아름다운 금발 소녀는 무표정한 얼굴로 레이먼드에게 인사하고 옆에 섰다.

클라우스는 장갑을 꺼내 오른손에 꼈다.

그리고 리볼버 권총을 꺼내서— 에르나를 사격했다.

총편집장실에 선혈이 튀었다.

에르나는 쉰 목소리로 「불행……」 하고 중얼거리고 피를 토하며 바닥에 쓰러졌다. 쓰러지는 모습이 생기가 없었다. 마치 즉사한 것처럼.

"허—?"

레이먼드가 아연하게 입을 벌렸다.

클라우스는 화약 냄새가 나는 권총을 레이먼드의 가슴팍에 던졌다. 그가 반사적으로 총을 받는 것을 확인하고 목적을 달성한 것처럼 고개를 끄덕였다.

"그럼 이만 가지. 이 현장을 본 CIM에게 네가 어떻게 변명하는지 볼 수 없어서 아쉽군. 소녀를 죽인 용의자로 체포되도록 해."

도발적으로 말했다.

"하지만 그렇게 되면 누가 너의 기사를 신뢰할까?"

레이먼드는 황급히 권총을 버리고 아연한 얼굴로 에르나에게 다가갔다. 떨리는 손으로 만지려고 했지만, 그러기 전에 바닥에 퍼진 피를 밟고 「힉!」 하며 몸을 젖혔다.

제아무리 기자여도 시체를 볼 기회는 그리 많지 않은 모양이었다.

"이, 이봐, 설마……."

"발포음도 어우러져서 곧 CIM이 달려오겠지. 앞으로 30초. 너의 혼이 담긴 기사 따위, 이제 아무도 상대해 주지 않을 거야. 살인범의 헛소리로 치부될 뿐."

"……!!"

"전부 잃어버려라. 기자로서의 긍지도, 존엄도, 지위도."

클라우스는 쌀쌀맞게 고하고서 쓰러진 소녀와 레이먼드를 방에 남긴 채 발길을 돌렸다. 탈출은 간단하다. 옥상에서 옆 빌딩으로 넘어가면 된다.

CIM 사람들이 계단을 뛰어 올라오는 발소리가 점차 커졌다.

레이먼드의 얼굴에서 땀이 줄줄 흐르기 시작했다.

그것을 지켜본 후 클라우스가 달아나려 하자 팔을 붙잡혔다.

"……부탁이야. 나도 데려가 줘."

고뇌하는 표정으로 레이먼드가 매달려 왔다.

◇◇◇

빌딩의 지붕을 달려서 미리 빌려 둔 아파트로 레이먼드를 데려갔다.

그의 몸을 잡고 빌딩 사이를 뛰어 이동한 탓인지 레이먼드는 온몸에서 땀을 흘리며 한동안 식탁 의자에 축 늘어져 있었다. 클라우스가 건넨 물을 호쾌하게 마시고 크게 한숨을 쉰 뒤 머리를 싸맸다.

"……아니, 냉정하게 생각하면 도망칠 필요는 없었나? 방아쇠에는 내 지문이 없을 테고……. 하지만 역시 발뺌하는 건 무리겠지……."

시간이 지나 냉정함이 돌아온 것 같았다. 일반인이라면 누구든 시체를 보고 패닉에 빠진다. 잘못된 판단을 내리는 건 어쩔 수 없는 일이었다.

"어차피 도망치는 게 나았어. CIM의 가혹한 신문은 네 상상을 아득히 뛰어넘어. 신념으로 버틸 수 있는 차원이 아니야."

『배리어스』의 거점에 있었던 고문 기구들이 떠올랐다. 그걸 겪고 버틸 수 있는 인간이 있을 것 같지는 않았다.

"……그래?"

“널 생각해서 하는 말이야. 너는 나라를 지킨다는 신념을 위해 행동했어. 입장과 사상은 다르지만 싫지는 않아. 나는 이 이상 너에게 위해를 가할 마음이 없어.”

레이먼드는 곤혹스러운 듯 「살인귀한테 그런 말을 들어도 말이지」 하고 머리를 긁적였다.

“아직 눈치 못 챘나?”

“뭐?”

“죽였을 리가 없잖아. 그건 연기야.”

그렇게 대답하자 아파트 문을 노크하는 소리가 들렸다.

클라우스가 문을 여니 청결한 옷으로 갈아입은 에르나가 들어왔다.

“선생님, 기다렸지?”

“아아아아아아아아아아아아아아아아아아아!”

레이먼드가 비명을 지르듯 외치며 털썩 무릎 꿇었다. 무척 분한 듯했다. 「진짜냐…… 이걸 눈치 못 채다니……」 하고 끙끙 앓았다.

어쩔 수 없는 일이었다. 에르나는 사고당하는 연기를 매우 잘했다. 아마추어가 간파하는 것은 거의 불가능했다.

—자작자연의 참극.

사랑스러운 외모와 어우러져 상당히 강력한 사기술이 되어 있었다.

클라우스는 에르나에게 훌륭했다고 칭찬하고 준비해 뒀던 케이크를 냉장고에서 꺼내 준 뒤, 레이먼드의 정면에 섰다.

“걱정하지 마. CIM은 네가 유괴당했다고 판단하겠지. 기사의 신빙성은 지켜질 거야. 오히려 진실미가 커지겠지.”

"그, 그럼 다행이지만."

"하지만 그건 우리한테 불이익이 될 수도 있어."

클라우스 위협적인 태도를 보였다.

"경우에 따라서는 정정 기사를 내줘야겠어."

"너, 너희는 정체가 뭐야……?"

"말해. 그 사진을 어디서 손에 넣었지? 네가 촬영했나?"

"……."

레이먼드는 시선을 피했다. 말을 돌리려는 듯 아파트 안을 둘러보고 한숨을 쉬며 「담배 피워도 될까?」 하고 물었다.

클라우스는 에르나를 힐끔 보았다.

에르나는 일순 싫은 기색을 보였지만 손을 꽉 움켜쥐고 고개를 끄덕였다. 참아 주려는 것 같았다.

라이터를 건네자 레이먼드는 재킷 주머니에서 철제 담배 케이스를 꺼내 담배를 입에 물었다. 불을 붙이고 깊이 연기를 들이마신 후 길게 내뱉었다.

"계속 말했지만, 정보원은 실토할 수 없어."

"그런가."

"하지만 당신은 마음에 들었어. 조건에 따라서는 일부 밝힐 수도 있어. 받아들일 수 없다면 여기서 그냥 날 죽여 줘."

레이먼드는 담배를 문 채 양손을 들고 항복을 나타냈다.

클라우스는 「조건을 말해 봐」 하고 재촉했다.

"너의 안전 말고 더 있나?"

"그건 당연한 거고."

레이먼드는 비꼬듯 입매를 비틀었다.

"당신이 아는 정보를 내놔. 지금 이 나라에서 무슨 일이 벌어지고 있는 거지?"

이것도 기자로서의 사명감인 것 같았다. 레이먼드의 눈이 직업인의 눈으로 바뀌었다.

나쁘지 않았다. 현지의 정보통과 손을 잡는 것은 스파이가 상투적으로 쓰는 수단이기도 했다.

"『뱀』이라는 첩보 기관을 아나?"

"……응?"

"가르가드 제국의 스파이팀이야. 무자이아 합중국에서 벌어진 대량 살인 뉴스가 있었잖아? 표면적으로는 『리릴린 헵번』이라는 악녀의 흉행으로 처리되었지만, 사실은 『뱀』이 저지른 일이야."

클라우스는 간격을 두고 말했다.

"다린 황태자의 암살에도 이 녀석들이 관여했어."

"……근거는?"

"CIM에 있는 친구에게 들은 확실한 정보야. 모르나? 특무 기관 『배리어스』의 대장, 『조종자』 아멜리. 나는 그녀와 친밀한 사이야. 최근에는 함께 먹고 자고 있지."

거짓말을 섞으며, 불탄 카샤드 인형 공방에서 강탈해 온 CIM의 사인이 들어간 파일을 몇 개 건넸다.

"이 이상은 말할 수 없어. 이번에는 네가 말할 차례야."

레이먼드는 지그시 클라우스를 마주 보았다. 믿을 만한지 확인하는 것 같았다. 에르나에게도 시선을 보내며 시간을 들여 가늠했다.

그가 내뱉은 담배 연기가 방에 퍼지자 에르나가 불쾌하다는 듯 코를 막았다.

「아무한테도 말하지 마」 하고 레이먼드는 목소리를 낮췄다.

“기사의 정보원은— 소녀야. 빼어나게 아름다운 여자였어.”

“외모의 특징은?”

“확실하게 본 건 아니야. 한순간 얼굴이 보였을 뿐이니까. 다만 그 사진은 그 소녀가 제공해 줬어.”

에르나가 퍼뜩 놀란 얼굴로 클라우스를 보았다.

“선생님, 어쩌면…….”

클라우스는 침묵으로 일관했다.

현재 펜드 연방에 숨은 스파이 중에 소녀라고 할 수 있는 인물은 아군 진영을 제외하면 한 명밖에 없었다. 빈드가 죽기 전에 메시지를 남겨 줬다. 『봉황』을 괴멸로 이끈 사람.

흉터가 남은 양어깨를 노출한 소녀—『초록나비』.

아직 확정할 수는 없지만 가능성은 있었다.

생각에 잠긴 표정으로 「……마침내 『뱀』이 보였어」 하고 중얼거리는 에르나 옆에서 레이먼드는 즐겁게 말했다.

“—새로운 질서의 리더가 될 분이야.”

빠르게 담배 한 개비를 다 피운 레이먼드는 케이크가 사라진 접시를 에르나에게서 빼앗아 재떨이로 사용했다.

"지금 그 소녀가 수장이 되어 펜드 연방에 새로운 반정부 세력을 만들려고 해. 현 정부는 믿을 수 없어. 매국노가 중추까지 숨어 있다는 건 우리도 눈치챘거든. 여왕 폐하께서 군림하시는 나라를 지키기 위해 새로운 힘이 필요해."

그 정보를 들으니 짚이는 점이 있었다.

"……지금 마피아를 중심으로 무장 집단이 결집하고 있다고 들었어. 그걸 말하는 건가?"

"뭐야, 알고 있었잖아. 하지만 엄밀히 말하면 마피아뿐만이 아니야. 나 같은 기자도 몇 명 소속되어 있어."

레이먼드가 히죽 입꼬리를 올렸다.

"조직의 이름은—『봉화련천(烽火連天)』."

처음 듣는 이름이었다.

레이먼드는 다시 담배 케이스를 꺼내 새 담배를 들었다.

"얘기할 수 있는 건 여기까지야. 자, 이 이상의 정보를 원한다면 이번에는 당신이—."

"잠깐."

"응?"

"그런데— 그 담배 케이스도 소녀한테 받은 건가?"

클라우스가 날카로운 시선을 보냈다.

「응? 어떻게 알았어?」 하고 의아해하며 고개를 갸웃하는 레이먼드에게 분명하게 고했다.

"바닥에 발신기가 설치되어 있어."

이쪽의 움직임을 예상했던 것이다.

아연해하는 레이먼드에게서 담배 케이스를 뺏었다. 은색 철제 케이스는 부자연스럽게 두꺼웠다. 손으로 부수자 안에서 기계가 나왔다.

에르나가 일어나 코를 킁킁거렸다.

"선생님!"

"알고 있어."

직후, 방의 창문이 깨지고 뭔가가 투척되었다.

—수류탄.

몸은 반사적으로 움직였다. 레이먼드의 목을 잡고 방 안쪽으로 뛰었다. 놓여 있던 식탁을 넘어뜨려 간이 방벽을 만들었다. 「아?」 하고 얼빠진 소리를 내는 레이먼드의 몸을 밀어 넣고 에르나의 어깨를 감싸며 엎드렸다.

폭발이 일어났다.

수류탄은 폭발 자체보다 폭발하며 튀는 파편으로 사람을 살상하는 병기다. 파편을 직접 맞지 않는다면 부상은 피할 수 있었다.

하지만 반대로 말하면, 막지 못했다면 목숨을 잃었을 것이다.

폭파의 충격으로 창틀이 날아가면서 맞은편 건물이 잘 보였다.

그 지붕에 당당히 선 실루엣을 확실히 인식할 수 있었다.

「어……?」 하고 레이먼드가 신음했다.

그도 알고 있을 터다. 그 인물이 찍힌 사진은 완벽하게 기억하고 있을 것이다.

클라우스는 옷에 묻은 먼지를 털며 창가로 이동했다.

"드디어 나타났나."

건물 맞은편에는 청은발 소녀가 냉혹한 얼굴로 서 있었다.

공격한 사람은 틀림없이 그녀인 것 같았다.

에르나가 울 것 같은 표정을 짓더니 다리에서 힘이 빠진 것처럼 바닥에 주저앉았다. 그리고 떨리는 입술로 말을 자아냈다.

—바야흐로 지금, 클라우스 일행을 죽이려고 한 적의 이름을.

"모니카 언니……?"

모니카가 살기를 풍기며 서 있었다.

이쪽을 살피는 눈으로 내려다보며 움직이지 않았다. 오른손에 권총을 움켜쥐고서.

6장 빙인③

“반가워, 모니카. ―『뱀』이 완전무결한 절망을 전해 주러 왔어.”

갑자기 나타난 정체불명의 소녀를 보고 모니카는 재빨리 대응했다. 겨눴던 권총의 방아쇠에 힘을 주고 다짜고짜 속사했다.

굳이 이름을 밝힌 의도 따위 관심 없었다. 어쨌든 그 이름을 말한 시점에 적이었다.

―딘 공화국을 혼돈에 빠뜨린, 『등불』의 숙적.

쓰러뜨려야 했다. 전투 불능으로 만들고 가차 없이 신문하여 정보를 실토하게 한다. 그것이 『뱀』을 대하는 『등불』의 올바른 대응이었다.

“흐응.”

초록나비의 움직임은 가뿐했다.

속사에 특화된 더블 액션 리볼버 권총으로 어깨를 노리고 쏜 총알을 그녀는 최소한의 동작으로 피했다.

거창한 움직임은 없었다. 몸을 틀었을 뿐인데 총알은 옆을 지나쳤다.

“문·답·무·용! 이란 느낌?”

그녀는 여유로운 표정을 지었다.

“아하하! 당돌하네~ 하지만 사람으로서 예의가 없는 거 아니야?”

"너희한테는 필요 없잖아."

쓸데없는 대화를 이어갈 마음은 들지 않았다. 도발하는 듯한 초록나비의 태도도 불쾌했다. 어울려 줄 수 없었다.

이 거리에서 발포해 봤자 피한다는 것을 인식하고 거리를 좁히자고 판단했다.

적이 어떻게 나오는지 관찰하며 오른발을 앞으로 내디뎠다.

"모니카, 너."

바야흐로 돌격하려는 모니카에게 초록나비는 조소하듯 웃어 보였다.

"—사랑에 빠졌구나?"

반사적으로 움직임을 멈췄다.

"무슨 소리야……?"

동요를 억누르며 시선을 보냈다.

"알 수 있어~ 우리 쪽에는 그런 야비한 추측을 아주 잘하는 사람이 있거든."

초록나비는 천천히 팔을 돌리기 시작했다. 마치 춤추는 것 같았다. 댄서에 적합한 늘씬한 체격을 가지고 있었다.

"강함보다도 약함을 사랑하고, 장점보다도 단점을 좋아하고, 질서보다도 혼돈에 살며, 성격이 쓰레기 같고 비열하고 열악하고, 겸사겸사 센스도 없어서 더할 나위 없이 촌스러운 녀석이."

“……”

모니카는 방아쇠에 손가락을 건 채 일단 듣기로 했다. 신난 상대가 『뱀』의 정보를 자유롭게 이야기해 주는 건 상관없다고 판단해서였다.

하지만 이어서 초록나비가 한 말을 듣고 실수였음을 깨달았다.

“—『화원』 릴리를 좋아하지?”

어느새 발포하고 있었다.

하지만 초록나비의 머리를 노리고 날아간 총알은 생각지 못한 방해꾼에게 막혔다.

갑자기 옆에서 나타난 남자가 방패 같은 것으로 총알을 튕긴 것이다.

추격타를 가하려고 단도를 들었지만 초록나비를 지키듯 여러 남녀가 나타나 막아섰다.

“퍼펙트.”

그들에게 보호받은 초록나비가 중얼거렸다.

“아햐햐! 그 반응! 좋은데? 정곡을 찔렀나 봐~?”

검은 옷을 입은 여섯 남녀. 서 있는 모습을 보면 일반인이 아니라는 걸 알 수 있었다. 훈련받아 단련된 육체. 생기 없이 빛을 잃은 눈.

짚이는 게 있었다.

"윽, 이 녀석들은—!"

"《일개미》— 보라개미 씨의 용병이야. 너도 알지?"

이들이 얼마나 성가신지는 몸소 체험하여 알고 있었다.

왕의 명령을 충실히 실행하기 위해 온종일 훈련에 전념하고 실패하면 즉시 자살한다.

『뱀』의 일원인 『보라개미』의 정신 지배가 만들어 낸 군대였다.

그가 지배하에 뒀던 《일개미》는 여전히 전 세계에 있고 『뱀』에게 봉사하고 있었다.

"말해 두는데, 너희 주인은 붙잡혔어."

「무리야. 보라개미 씨의 지배는 그 정도 말에 안 풀려」 하고 초록나비가 미소 지었다.

그 말대로 그들의 빛이 없는 눈은 변함없었다. 모니카의 말 따위는 전혀 믿고 있지 않을 것이다.

숨을 골랐다.

어쨌든 이번 일에 『뱀』이 관여한 것은 확실해졌다. 그렇다면 추리할 수 있는 일도 있었다.

"『봉황』이 괴멸한 건 너희 짓인가."

모니카는 말했다.

"대충 알겠네. 너희는 『배리어스』를 뒤에서 조종하여 『봉황』을 없앴어. 그리고 『배리어스』 주변에 숨어서, 조사하고 다니는 우리를 몰래 관찰한 건가."

"눈치가 빠르네. 역시 대단해~"

초록나비는 미소 지었다.

그 관찰 기간에 모니카의 연심도 간파한 듯했다.

관찰당하고 있음을 눈치채지 못한 것이 후회되었다. 하지만 어쩔 수 없었다. 모두가 클라우스처럼 기척을 감지할 수 있는 건 아니었다. 클라우스를 피해 소녀들만 감시했다면 간과한 것도 별수 없다.

그리고 『뱀』에는 클라우스급으로 사람의 감정을 꿰뚫어 보는 달인이 있는 것 같았다.

초록나비는 주위에 있는 《일개미》를 일단 뒤로 물리고 한 걸음 다가왔다.

"우리는 생각했어. —화톳불은 방해돼. 앞으로 반드시 우리 앞을 막아설 거야. 하지만 동시에 깨달았지. 화톳불을 죽이는 건 거의 불가능한 일이라는 것을."

"……흐응, 깔끔하게 인정하네."

의외라고 여기고 있으니 초록나비가 온화하게 고개를 끄덕였다.

"응, 인정하지~ 보라개미 씨도 이겼는걸. 터무니없는 스파이야. 아하하, 이쯤 되면 비겁하다니까~ 범백의 스파이가 반년 넘게 걸릴 임무를 며칠 만에 완수해 버려. 아니나 다를까 『봉황』 괴멸의 원인이 『배리어스』라는 것도 간단히 밝혀냈어."

"……."

"하지만— 만능은 아니야."

초록나비는 입매를 다잡았다.

"중요한 건, 임무에 따라서는 『며칠이나 걸린다』는 점이야. 그런

난제를 여러 개 동시에 터뜨려서 아무도 예측할 수 없는 혼란을 만들면 얼마든지 발을 묶을 수 있어."

"……어떻게?"

초록나비는 자신의 입술에 긴 손가락을 대고 고했다.

"오늘 밤, 다린 황태자가 암살당할 거야."

"——!!"

"계속 선수를 치는 거지. 화톳불이 『배리어스』를 치기 전에 새로운 문제를 일으키는 거야."

제정신이 아닌 것 같았다.

이들이 무슨 일을 꾸미고 있는지 전혀 이해할 수 없었다. 펜드 연방의 왕족을 죽이면 손쓸 수 없는 혼란이 벌어진다.

"왜……?"

모니카가 신음했다.

"말 못 해~ 하지만 그 왕자님은 총 맞는 이유가 있어. 그러니 화톳불은 사건의 배경을 조사하느라 또 선수를 뺏기겠지."

"아니, 내가 묻고 싶은 건 그쪽이 아니야!"

언성을 높였다.

불길한 예감에 가슴이 술렁거렸다. 본능이 위험하다고 외쳤다.

"—그걸 나한테 가르쳐 줘서 어쩌고 싶은 건데?"

"……."

"타국의 왕족이 죽든 말든 상관없어. 하지만 그런 짓을 하면 펜드 연방과 가르가드 제국의 전쟁이 발발할 거야. 이번에야말로 멸

망하고 싶어?"

제국의 스파이와 적대하는 모니카지만, 모든 제국민을 적이라고 생각하지는 않았다.

타국 간의 싸움이어도 전쟁이 일어나길 바라지는 않았다.

그 전쟁의 불똥이 다시 딘 공화국에 튈 수도 있고, 무엇보다 무고한 백성의 죽음을 기뻐하는 윤리관을 갖고 있지도 않았다.

초록나비는 천연덕스럽게 웃었다.

"괜찮아~ 전혀 문제없어~ 암살 용의는 딘 공화국의 스파이에게 뒤집어씌울 거야. 가르가드 제국이 암살했다는 생각은 절대 못 하게 할 거야."

"……! 『봉황』에게 누명을 씌우는 건가."

모니카가 입술을 깨물었다.

"그랬군. 그래서 CIM는 『봉황』을 습격—."

"틀렸어~."

"응?"

"다린 황태자를 암살했다는 혐의를 받는 건 『봉황』이 아니야. 확실히 처음에는 그렇겠지만, 거기서 다음 제물로 넘어갈 예정이야."

초록나비는 고개를 기울였다.

"—『화원』 릴리. 그 아이가 다린 황태자를 암살한 용의자가 될 거야."

한동안 말을 이해할 수 없었다.

서툰 실력의 소녀가 왜 그런 대죄를 짊어지게 된단 말인가.

"……엉망진창이야."

"하지만 가능해. 실제로 CIM은 가짜 정보에 놀아나서 『봉황』을 습격했어."

말에 거짓은 없었다.

『등불』의 수사로 CIM 부대인 『배리어스』가 『봉황』을 습격했다는 것은 판명되었다. 펜드 연방에 위해를 가할 예정이 전혀 없었던 팀을.

초록나비가 마음만 먹는다면 가능할지도 모른다.

—펜드 연방의 왕위 계승자인 다린 황태자를 암살하는 것도.

—그 세기의 대죄를 『화원』 릴리에게 뒤집어씌우는 것도.

온몸에서 땀이 나기 시작했다. 당장 눈앞의 소녀를 죽이고 싶었지만 손댈 수 없었다. 이 나라에 있는 『뱀』이 『초록나비』 한 명뿐일 거라는 보장이 없었다.

"만약 그렇게 되면—."

모니카는 간신히 반론했다.

"—클라우스 씨가 릴리를 지켜 낼 거야."

자존심을 버린, 남에게 맡기는 대답이었다.

한심해서 주먹을 움켜쥐었지만, 클라우스라면 어떤 위기가 닥쳐도 타파해 줄 거라는 기대가 있었다. 곤경에 처했을 때 그를 의지하는 것은 『등불』의 최종 수단이기도 했다.

초록나비는 「재미없는 대답이네」 하고 내씹듯 말했다.

그 정도는 예상했다는 것처럼 고개를 저었다.

"있지, 모니카. 초조해 미칠 것 같은 머리로 잘~ 생각해 봐. 화톳불은 이번에 CIM과 전면 충돌을 피하고 있어. 왜일까? 화톳불이 마음만 먹으면 『배리어스』 따위는 혼자 괴멸시킬 수 있는데. 왜 실행에 옮기지 않는 걸까?"

그 말대로였다.

이번에 클라우스는 CIM 전체와 적대하는 걸 피하고 있었다. 『등불』의 목적은 CIM의 다른 팀이 눈치채지 못하도록 『배리어스』 전원을 구속하는 것. 지금은 그 준비를 하고 있었다.

초록나비는 미소 지었다.

"명백해. 딘 공화국과 펜드 연방의 첩보 기관이 싸우면 공화국이 참패하니까."

"……!"

타당한 예상이었다.

전 세계에 속국을 둔 세계 2위의 경제국 펜드 연방과 시골 국가에 불과한 딘 공화국은 첩보 기관에 할애할 수 있는 인재도 비용도 차이가 컸다.

클라우스 혼자서는 뒤집을 수 없는 국력 차이가 있었다.

그렇기에 『등불』은 전면적인 싸움을 피하기 위해 철저히 신중하게 움직이고 있었다.

"화톳불은 뼛속까지 애국자야~ 왜냐하면 화톳불은 『화염』을 가족처럼 사랑하고, 조국은 가족이 지켜 낸 증거니까. 그리고 화톳불에게는 『화염』의 유지를 잇는다는 사명이 있어."

초록나비는 단언했다.

"자국민 몇천만 명을 위험하게 만들면서 부하 한 명을 구하는 짓은 못 해."

말이 묵직하게 가슴을 짓눌렀다.

떠올렸다. 최악의 미래를.

—펜드 연방이 『화원』 릴리를 넘기라고 딘 공화국에 명한다면?

—대외정보실의 상사인 C가 릴리를 넘기라고 클라우스에게 명한다면?

—그러지 못할 시 양국 간의 전쟁이 벌어질지도 모르는 미래가 찾아온다면?

알 수 없었다.

그럼에도 클라우스가 릴리를 감싸 줄지. 그는 스파이로서 비정한 측면도 가지고 있었다. 안 그러면 나라를 지키지 못한다.

"……다시 한번 물을게."

모니카는 힘없는 목소리로 말했다.

"……그걸 굳이 나한테 가르쳐 줘서 어쩌려고?"

"알고 있을 것 같은데~?"

초록나비는 손을 뻗더니 귓가에 오랫동안 남을 듯한 낮은 음성으로 말했다.

"네가 『뱀』에 붙는다면 『화원』 릴리의 목숨은 보장해 줄게."

모니카는 바로 대답하지 못했다.

고개를 끄덕일 수도 없었고 거절할 수도 없었다. 가만히 입을 다물고서, 걸려든 함정에 고통스러워하며 신음할 수밖에 없었다.

그 밖에도 초록나비는 몇 가지 말을 더 고했다.

그것들 하나하나가 모니카의 마음을 흔들기 충분한 위력이 있었다.

이야기를 마치고서 초록나비는 즐겁게 말했다.

"특별 서비스. 마지막으로 좋은 걸 보여 줄게~."

손가락을 딱 튕겼다. 경쾌한 소리가 났다.

—별안간 사방팔방에서 총성이 울렸다.

초록나비와 모니카를 에워싸듯 수많은 발포음이 밤의 어둠 속에 울려 퍼졌다. 스무 개는 가뿐히 넘어서는 양의 총알이 동시에 하늘로 발포되었다. 거리 곳곳에서 비명이 터져 나왔다.

시위 행동이라고 하기에는 과했다.

이렇게 많은 총성이 울리면 경찰이나 CIM이 즉각 수사에 나설 터다. 스파이에게는 불이익밖에 없었다.

그럼에도 불구하고 초록나비는 태연했다.

"미는 두렵지 않아. 왜냐하면 이 나라의 경찰도 CIM도 정부도, 절대 미에게 손대지 못하니까. 미의 부하는 거리 곳곳에 숨어 있고, 손가락 하나로 자유롭게 움직일 수 있어."

그녀는 아하하 하고 가학적으로 웃었다.

"불·기·분·방— 누구도 미를 잡을 수 없어."

◇◇◇

초록나비가 떠나자 머지않아 세찬 비가 내리기 시작했다. 시야가 나빠졌다. 감시는 중단하고 일단 거점으로 돌아가기로 했다.

『등불』은 휴로에 있는 맨션을 두 집 빌리고 있었다.

소녀들은 그곳을 교대로 휴식처로 썼다.

모니카가 돌아갔을 때는 에르나와 란이 대기하고 있었다.

주방 쪽에서 에르나가 「어서 와. 이제 밥 만들거야」 하고 웃었고, 거실 쪽에서는 란이 「음, 모니카 공. 비도 오는데 고생했소」 하고 손을 들었다.

건네받은 수건으로 머리를 닦고 란의 맞은편 소파에 앉았다. 『배리어스』의 거점 등의 정보를 전하자 란이 미안한 듯 눈썹을 내렸다.

"『등불』한테 임무를 다 맡겨서 뭔가 미안하구려."

"네가 괜히 움직이는 게 더 민폐야."

"음. 오늘은 푹 잤소."

어째선지 의기양양하게 팔짱을 꼈다.

책망할 마음도 들지 않았다. 아무 말 없이 천장을 올려다보았다.

"음? 모니카 공?"

란이 고개를 갸웃했다.

"기운이 없구려. 평소 같으면 자지 말라고 배를 한 대 때릴 텐데."

"……."

란이 쉽게 간파할 만큼 지금 자신은 초췌한 상태인 것 같았다.

역시 초록나비의 제안이 마음을 후벼 팠다.

양손으로 얼굴을 덮고 몇 초간 고민했다. 사정을 말할 수는 없었다.

—초록나비가 도청기를 설치했다.

옷깃에 붙였다. 이쪽의 정보는 전부 새어 나간다. 전파가 끊기거나 조금이라도 음성 신호가 불안정해지면 초록나비는 릴리에 관한 거짓 정보를 CIM에 흘리겠다고 했다.

필담도 망설여졌다. 에르나나 란이 조금이라도 실수하면 아웃이다.

지금은 둘러댈 수밖에 없었다.

"별것 아닌 일로 조금 고민했을 뿐이야."

"오오, 모니카 공이 별일이로군."

란이 흥미롭다는 듯 몸을 내밀었다.

"너는 원망 안 해?"

모니카가 물었다.

"음?"

"만약 클라우스 씨가 『봉황』의 보스가 됐다면 『봉황』은 살아남았을지도 몰라. 그렇게 생각한 적 없어?"

"……."

모니카가 줄곧 생각했던 것이기도 했다.

예전에 『봉황』은 클라우스를 보스로 삼기 위해 『등불』과 싸웠고, 직접 대결한 끝에 승리했다. 하지만 『등불』의 실력을 인정한 그들은 클라우스를 얻을 권리를 포기했다.

그 결단은 타당한 것이었는가?

클라우스가 만약 『봉황』의 보스가 됐다면 이 비극은 피할 수 있었을지도 모른다.

생글거리며 이야기를 듣던 란의 얼굴이 굳었다.

"—모욕하지 마."

강한 노기가 담긴 목소리였다.

"클라우스 공을 보스로 삼지 않은 것은 소생들의 각오였소. 『봉황』과 『등불』이 두 축이 되어 나라를 구하겠다고 결단했기 때문이오. 후회 따위 없소."

"……그런가."

"누가 책임질 문제는 아니오. 결과론 같은 건 무의미하오."

이 이야기는 끝이라는 듯 손을 내저은 란은 소파 등받이에 몸을 기댔다. 그 얼굴에서 허세는 보이지 않았다.

『봉황』의 상실을 완전히 극복한 건 아니겠지만 감정 정리는 끝난 것 같았다.

그렇기에 모니카는 아무 말도 할 수 없었다.

'……하지만 란. 너는 진실을 알고서도 마음이 안 흔들릴까?'

보지 못하도록 얼굴을 숙이고 입술을 깨물었다.

'나는 초록나비에게 들었어. —**『봉황』에 있었던 배신자에 관해**.'

그랬다. 초록나비는 『봉황』에게도 접촉했었다.

『뱀』은 그들을 교묘하게 관찰했고 약점을 파고들었다.

◇◇◇

—조금 전.

배신을 제안한 초록나비는 꿰뚫어 보는 것처럼 웃었다.

『어차피 모니카는 이렇게 생각하고 있겠지~?』

꿰뚫어 보는 것처럼 미소 지었다.

『—일단 배신하는 척하고서 「뱀」의 내정을 살피면 된다고.』

정곡을 찌르는 말이었다.

소위 말하는 이중 스파이. 양성 학교에서도 강의할 만큼 상투적인 수법이었다. 배신한 척 대단치 않은 정보를 넘기고 상대의 환심을 산다.

초록나비에게 제안받았을 때, 당연히 모니카의 머릿속에도 그 생각이 스쳤다.

『아하하! 영리한 스파이가 생각하는 건 다 똑같구나. 바보 같아.』

시시하다는 듯 초록나비는 어깨를 으쓱였다.

『「봉황」에도 그런 멍청한 사람이 있었지~ 「고익」 큐르라고.』

지인의 이름이 나와서 숨을 삼켰다.

비취색 포니테일에 안경을 쓴 소녀. 『봉황』의 참모였다.

『얘기를 꺼냈더니 승낙하더라고. 조국을 배신하겠다면서. 눈물을 글썽거리며 결단했어. 분한 듯 주먹을 부들거리며 승낙해 줬어. 『등불』 멤버의 이름과 생김새를 가르쳐 준 사람도 개야.』

의외였다. 큐르는 엘리트로서 긍지를 가지고서 충실하게 임무를 수행했을 터다. 배신할 만한 스파이로는 보이지 않았었다.

무슨 조건을 제시했냐고 묻자 초록나비는 흔쾌히 알려 줬다.

『「봉황」 전원의 목숨을 보장할 것.』

절실한 소원이었다.

『똑똑한 아이야. 펜드 연방이 썩어 빠졌다는 걸 얼른 알아차리고, 자신들이 살아남으려면 「뱀」에게 항복할 수밖에 없다고 판단했어. 훌륭하지. 화톳불을 죽이기 위한 체스말로 혹사해 주고 싶었는데.』

초록나비는 우울하게 한숨을 쉬고서 내씹듯 말했다.

『하지만 막판에 어리석게도 배신했어.』

『봉황』의 시신을 찍은 사진이 떠올랐다.

—큐르는 기묘한 날붙이에 목이 베여 죽었다.

『배리어스』가 아니라 『뱀』의 누군가가 직접 그녀의 목숨을 빼앗았을 것이다.

동세대의 엘리트도 초록나비의 함정을 돌파하지 못했다.

『진짜 미를 너무 우습게 봤다니까. 그 결과 「봉황」은 괴멸했어. 아무런 바람도 이루지 못하고 죽어 버렸어.』

어중간한 배신은 안 하느니만 못하다는 뜻이리라.

초록나비의 실력은 아까 얼핏 보았다. 그녀는 펜드 연방에 상당히 많은 부하를 숨겨 뒀다. 어디에 그녀의 부하가 있을지 판단할 수 없었다.

『그러니까 모니카는 미를 실망시키지 말아 줘.』

선택지가 줄어드는 듯한 섬뜩한 심정이었다.

◇◇◇

초록나비와의 대화를 떠올리고 있으니 「모니카 언니?」 하고 부르는 소리가 났다.

에르나가 감자를 껴안은 채 옆에 와 있었다. 불안한 눈으로 빤히 살피듯 바라보았다.

"모니카 언니, 역시 지금 좀 이상해. 옆방에서 쉬고 오는 게 좋겠어."

"……응, 그러네."

"선생님은 한 시간 정도 뒤에 올 예정이야. 그때까지 자도록 해."

"……."

그 말을 듣고 초조해졌다.

무전으로 연락이 왔다고 했다. 『배리어스』와 함께 행동하던 클라우스와 지비아가 곧 돌아온다.

그들이 귀가하면 미팅이 열린다. 당연히 모니카는 참석해야 한다.

'……클라우스 씨와 얼굴을 맞대야 해.'

가슴이 꽉 죄어드는 것처럼 숨이 막혔다.

에르나와 란에게도 동요를 간파당하는 이런 꼴로.

란이 태평하게 기지개를 켜더니 「그렇군. 그럼 소생은 이 틈에 목욕이라도 해야겠소」 하고 중얼거리고서 탈의실 쪽으로 사라졌다.

모니카도 「옆방에서 자고 올게」 하고 말하고 천천히 일어났다.

"아, 혹시 괜찮으면."

에르나가 배려하듯 말했다.

"지금 특제 수프를 만들고 있어. 완성되면 모니카 언니도 먹을래?"

"딱히 됐어."

쌀쌀맞게 대답했다.

"……정말 피곤하구나. 많이 힘들면 선생님한테 상담—."

"시끄러워. 일일이 간섭하지 마!"

무심코 언성을 높였다.

돌아보니 에르나가 눈을 동그랗게 뜨고 있었다. 상처받은 것처럼 숨을 삼켰다. 겁먹은 듯 어깨를 움츠리고서.

"……미안, 정말 피곤해서 그래."

눈을 피하며 말했다.

"하지만 클라우스 씨한테는 말하지 마. 문제없이 움직일 수 있어. 괜히 걱정 끼치기 싫어."

에르나는 「아, 알았어」 하고 고개를 숙이더니 겁먹은 듯 주방으로 도망쳤다.

미안한 짓을 했다는 자각은 있었다.

하지만 마음 쓸 여력은 없었다.

—클라우스와의 대면은 향후 모니카의 운명을 바꾸는 분기점이었다.

◇◇◇

『무리야.』

거듭된 초록나비의 협박에 모니카는 확실하게 고했다.

『배신을 하고 말고의 문제가 아니야. 내 배신 자체가 성립되지 않아.』

『응응?』

『늦든 빠르든 「등불」의 미팅이 있을 거야. 참가를 안 하면 수상하고, 참가하면 클라우스 씨와 만나. 대면하면 확실하게 내 이변을 눈치채겠지.』

클라우스를 속이는 게 얼마나 어려운지는 뼈저리게 알고 있었다.

자신은 지금 동요했다. 그걸 클라우스에게 들키지 않고 20분 전후의 회의를 끝내는 건 불가능하다. 위화감을 느낀 그에게 추궁받아 전부 실토할 수밖에 없다.

『……아니면 지금 이 자리에서 나보고 배신할지 말지 결단하란 거야?』

『만약 그렇다면 뭐라고 대답할 건데?』

『당연히 거절이지. 네 말에는 아무런 근거도 없어. 정말 다린 황태자가 죽을지도 미심쩍고.』

『실낱같은 희망에 매달리는구나, 모니카. 뭐, 금방 알게 되겠지만.』

초록나비는 가볍게 손을 흔들었다.

『미팅은 참석해도 돼. 하지만 안 들키게 잘 숨겨 줘야겠어.』

귀찮다는 듯 초록나비는 고개를 가로저었다.

알아서 잘하라는 태도에 어떻게 대응하면 좋을지 알 수 없었다. 클라우스의 감이 얼마나 좋은지 설명하고 싶어졌지만, 굳이 적에게 정보를 알려 줄 수는 없었다.

초록나비는 위협적인 목소리로 고했다.

『—「화원」 릴리가 죽는 꼴 보기 싫으면 잘 숨기도록 해.』

싸늘한 말만이 묵직하게 꽂혔다.

◇◇◇

에르나와 헤어지고 화장대 앞에서 표정을 가다듬었다.

경험한 적 없을 만큼 긴 시간이 지난 뒤에야 평정을 되찾을 수 있었다. 몇 번이고 표정근을 풀고 평소와 같은 얼굴임을 확인했다. 희로애락, 모든 감정 연기에 위화감이 없는지 확인했다.

아직 배신하겠다고 결심이 서지는 않았지만, 지금은 초록나비가 시키는 대로 따를 수밖에 없었다.

불안정한 감정을 깊숙이 숨겼다.

잠시 후, 지비아가 돌아온 소리가 났다.

모니카는 마지막으로 한 번 더 표정을 다잡고서 아까 있었던 방으로 뛰어갔다. 기운을 차렸음을 보여 주기 위해, 날뛰는 란의 배를 「시끄러워!」 하고 발꿈치로 찍었다.

그리고 지비아에게 정보를 들어 상황을 판단하고자 했다.

—CIM은 다린 황태자 암살 미수 용의자로 『봉황』을 쫓고 있다는 것.

—조금 전에 다린 황태자가 누군가에게 저격당해 목숨을 잃었다는 것.

표정에는 드러내지 않았지만 절망적인 심정이었다.

'……이로써 확정됐어. 초록나비의 말은 허세가 아니야.'

협박의 신빙성이 월등히 커졌다.

모니카는 어디까지나 사무적인 태도로 물었다.

"지금 릴리는 어디서 뭘 하고 있어?"

"응? 〈백로 저택〉에 숨어 있는데?"

지비아가 대수롭지 않게 대답했다.

사전에 정해 둔 대로였다. 릴리는 현재 댄스홀에 숨어 있었다. 테이블 밑에서 『배리어스』의 부관을 독으로 처리하고 그레테와 바꿔치기하는 계획을 위해서였다. 이미 성공시켰지만 지금도 그녀는 계속 숨어 있는 것 같았다.

"……다린 황태자가 죽었을 때도 릴리는 몸을 숨기고 있었지?"

"그야 당연하지."

모니카는 「그야 그런가」 하고 밝게 맞장구치며 혀를 차고 싶은 충동을 참았다.

—알리바이가 없다.

릴리의 역할은 『배리어스』가 눈치채지 못하도록 잠복하는 거였다. 같은 편인 『등불』 말고 릴리의 알리바이를 증언할 수 있는 사람이 없었다.

후회되었다. 초록나비에게 배신 얘기를 들은 직후, 당장 릴리를 구하자는 생각도 머릿속을 스쳤었다. 하지만 시간은 남아 있지 않았다.

그때, 노크 소리가 들리더니 클라우스가 얼굴을 내밀었다. 지금 돌아왔다고 짧게 말하고서 티아와 함께 방에 들어왔다.

다시금 결심해야 했다.

절대 들켜선 안 된다. 옷깃에 도청기가 부착되어 있다. 만약 클라우스에게 들킨다면 초록나비는 주저 없이 모니카를 버릴 것이다. 릴리의 목숨이 위험해진다.

―전신전령으로 클라우스를 속이겠다.

다른 방법은 없었다. 스파이로서 온 힘을 다해 동요가 겉에 드러나지 않도록 힘쓴다.

방심은 전혀 없었다.

이윽고 미팅이 시작되었다. 멤버는 클라우스, 모니카, 티아, 에르나, 지비아, 란까지 여섯 명. 먼저 클라우스가 『배리어스』와 함께 행동한 소감을 말하고, 인질로 잡혀 있었던 티아에게 들은 정보를 이야기했다.

그러는 동안 모니카는 한결같이 평온한 모습을 관철했다.

다행히 클라우스는 모니카의 이변을 눈치채지 못한 것 같았다.

'……하지만.'

결코 태도에는 드러내지 않는 마음속 깊은 곳의 감정이 희미하게 목소리를 내고 있었다.

클라우스 쪽으로 시선을 옮겼다. 그는 진지한 얼굴을 하고서 앞으로『배리어스』를 어떻게 대할 건지 이야기하고 있었다.

—눈치채 줘.

모순된 소망이었다. 하지만 한번 자각하자 둑이 터진 것처럼 흘러넘쳤다.

진심으로 연기를 계속하면서도 한심한 마음이 멈추지 않았다.

'뭐야. 클라우스 씨라면 전부 간파해 주는 거 아니었냐고!'

알아차려 줬으면 좋겠다. 도와줬으면 좋겠다.

헤아릴 수 없는 무언가에 잠식되어 가는 자신을 구해 줬으면 좋겠다.

억지나 다름없는 안이한 소망이 사라지지 않았다. 본심을 속이는 연기에 주력하면서, 그래도 클라우스가 전부 헤아리고 초록나비에게서 구해 줄 거라고 바라고 말았다.

그 말고는 매달릴 존재가 없었다.

앞으로의 계획을 말하는 클라우스에게 그럴 때가 아니라고 외치고 싶었다.

'어째서 눈치 못 채는 거야? 내 비명을!'

강한 감정이었다.

'왜— 설령 내가 힘껏 거짓말해도 당신은 간파해 왔잖아!'

날뛰는 절규를 마음속에만 담아 두며 그저 미팅 시간을 보냈다.

결국 클라우스는 모니카의 동요를 간파하지 못했다.

마지막으로 동료를 위로하고 복수를 호소할 뿐이었다. 모니카에게 특별한 시선을 보내지는 않았다.

미팅 후, 모니카는 바로 퇴실했다.

—클라우스라고 해서 모든 것을 내다볼 수 있는 것은 아니다.

당연한 현실이고 어쩔 수 없는 일이었다. 이상 사태가 계속되는 이 임무 중에 모든 부하의 심리 상태를 꿰뚫어 보는 것은 무리다. 클라우스는 신이 아니다.

그는 미팅 중에 다시금 CIM과의 전면 항쟁은 피하고 싶다는 뉘앙스의 발언을 했다. 역시 CIM과 싸우는 건 그도 피하고 싶은 것이다.

클라우스는 신이 아니다. 그 사실이 모니카의 무언가 소중한 것을 깨부쉈다.

◇◇◇

빌딩 옥상에서 밤거리를 내려다보았다.

『배리어스』와의 전투는 간단히 끝났다. 그레테의 책략이 완벽하게 작용하여, 지비아를 중심으로 준비한 함정이 전부 성공했다. 산속 공사 현장에서 『배리어스』를 전원 구속할 수 있었다.

그것이 초록나비가 전한 기한이었다.

클라우스가 『배리어스』에게서 진상을 듣고 다음 행동에 나서기 전에, 초록나비는 한층 더한 혼돈을 만들어 내야 했다. 늘 클라우스를 휘두르고 싶을 것이다.

카샤드 인형 공방의 옆 건물에서 기다리고 있으니 어느새 초록나비가 뒤에 서 있었다.

"미가 널 파트너로 삼고 싶어 하는 이유를 가르쳐 줄게."

뜬금없이 말을 걸어왔다.

"—미와 비슷해서야."

대답하지 않으니 초록나비는 계속 말했다.

"이 세계의 **무자비한 암부**를 접한 적이 있어. 널리 알려야 한다고 생각했어. **아무것도 모르는 우민에게 악몽으로 새겨 넣어야 해.** 그때부터 미는 『초록나비』라는 이름을 쓰게 됐어. 모니카를 봤을 때 느꼈어. 미와 똑같다고. 자신의 감정을 토로하고 싶은 사람이라고."

묘하게 온화한 음성이었다.

평소처럼 비웃는 억양은 없었다. 친구에게 말하는 듯한 온기가 있었다.

"아마 모니카가 『등불』을 배신하지 않아도 『화원』 릴리가 살아남을 가능성은 클 거야. 어쨌든 상대는 화톳불인걸."

"그렇지."

"50~60% 정도려나."

타당한 숫자였다. 클라우스라면 CIM과 정면으로 싸워도 승리를 따낼 것이다. 가능성은 결코 낮지 않을 터다.

"하지만."

모니카가 중얼거렸다.

"40~50%, 릴리가 죽어."

몇 번이나 상상했다. 클라우스에게 도와달라고 매달린다. 그러면 그는 온 힘을 다할 것이다. 지금껏 수없이 소녀들을 구해 준 것처럼. 어떤 역경도 타파해 주리라.

하지만 확실한 보장은 어디에도 없다.

—모니카가 『뱀』과 적대하면 50%의 확률로 릴리가 죽는다.

—모니카가 『등불』을 배신하면 릴리는 확실하게 산다.

그 두 가지 선택지가 주어졌을 때, 뭘 고를지는 자연스럽게 정해져 있었다.

"세 가지만 가르쳐 줘."

모니카가 말했다.

"말해 봐."

"첫 번째 질문. 클라우스 씨는 왜 내 연기를 간파하지 못했지?"

초록나비는 즐겁게 미소 지었다.

"음~? 모니카의 연기가 훌륭했기 때문이지 않을까~?"

"그것만으로 속일 수 있는 사람이 아니야. 네가 뭔가 했어?"

『뱀』은 아직 불명확한 점이 많지만, 통상적으로 생각할 수 없는 기능을 가진 존재가 있다는 것은 확인되었다. 수백 명의 정신을 지배한 보라개미, 그리고 모니카의 연심을 간파한 수수께끼의 인물.

초록나비도 특별한 힘이 있을 거라고 예상할 수 있었다.

그녀는 실없게 웃고서 어깨를 으쓱였다.

"역시 지금 단계에서 미의 개인 정보는 말할 수 없어."

"아, 그러셔. 그럼 두 번째 질문은 됐어."

『뱀』의 목적을 알고 싶었다. 다린 황태자를 암살하여 전쟁의 불씨를 만들면서까지 바라는 게 무엇인지. 하지만 이것도 가르쳐 줄 리가 없었다.

—먼저 너의 결단을 행동으로 보여라.

초록나비는 그렇게 태도로 호소하고 있었다.

“세 번째 질문. 나는 뭘 하면 돼?”

“그건 말 안 해도 알 텐데?”

도발적인 말을 듣고 작게 한숨을 쉬었다.

당연히 이해하고 있었다. 『뱀』이 모니카를 원할 만한 이유는 하나뿐이다.

—문제. 어떤 적이든 해치우는 무적의 스파이를 죽일 방법은 무엇인가.

—답. 깊이 생각해 볼 것도 없다. **적이 아닌 인간이 습격하면 된다.**

초록나비는 머리를 휘날리며 모니카에게 다가와 그 머리카락을 슬그머니 목에 감았다. 소꿉놀이하는 어린아이처럼 천진난만했다.

“일단은 먼저 동료를 습격해 줄래? 각오를 보고 싶어.”

초록나비가 멀어지자 모니카의 목에 감겼던 머리카락이 스르륵 풀렸다.

“전부 부숴 줘. 최종적으로 네가 **그걸** 달성하면 『화원』 릴리의 목숨을 보장할게.”

모니카는 답을 내뱉기 전에 눈을 감았다.

어둠 속에 떠오른 것은 아지랑이 팰리스에서의 추억이었다.

기가 막힐 만큼 마이페이스였던 클라우스와의 만남. 첫 집합 시간에 지각해서 모두를 놀라게 한 에르나. 사랑에 한결같은 그레테에게 질투했고, 신체 능력이 뛰어난 지비아와는 여러 번 겨뤘고, 파격적인 아네트에게 휘둘렸다. 겁쟁이였는데 점차 향상심을 보이는 사라를 지도하고, 스파이의 방향성 차이로 몇 번이나 티아와 대립했다.

그리고 어떠한 역경에도 동료를 계속 격려하는 릴리의 모습이 있었다.

무엇을 택하고 무엇을 버릴 것인가. 바라는 것을 전부 얻을 수 있을 만큼 세상은 만만하지 않다.

"알았어."

확실하게 말해야 했다.

아무리 어려운 길이라도 이상을 위해서는 나아가야 했다.

"—『화톳불』 클라우스는 내가 죽이겠어."

그리고 참극의 시간이 찾아왔다.

7장 다홍이무기④

맞은편 건물 옥상에 서 있던 모니카는 한동안 싸늘한 시선을 보내다가 이윽고 몸을 돌렸다. 이곳에 있을 이유가 없어진 것처럼 떠났다.

"모니카……."

폭발 때문에 밖에서 사람들이 소란을 피우기 시작했다. 지금 휴로의 시민은 폭발음이나 총성에 민감했다. 또 누가 죽은 것 아니냐며 비명을 질렀다.

여유롭게 있을 상황도 아닌 것 같았다.

"에르나, 이 남자한테서 정보를 알아내. 나는 모니카를 뒤쫓겠어."

야무지게 고개를 끄덕이는 에르나와 여전히 주저앉아 있는 레이먼드를 힐끔 보고서 클라우스는 폭파된 창문으로 뛰쳐나갔다.

뒤에서 「에, 에르나, 낯가림이 심하지만, 지금은 힘낼 수밖에 없어」「아니, 이런 아가씨만 남겨 둬도 내가 곤란한데……」 하고 당황한 목소리가 들렸지만 상대할 시간은 없었다.

아직 모니카는 멀리 가지 않았을 터다.

그녀가 건물 지붕을 따라 이동할 것은 예상이 갔다. 지금 그녀는 지명 수배범이나 마찬가지였다. 당당히 길로 다닐 수 없다.

클라우스도 지붕에서 지붕으로 도약하며 이동했다.

모니카의 모습은 금방 찾을 수 있었다. 100m 정도 거리가 있지만 못 쫓을 거리는 아니었다. 중심부에서 벗어나 사람과 건물이 줄어드는 방향으로 가고 있었다.

클라우스를 따돌리려는 움직임은 보이지 않았다.

'……명백히 유인하고 있어.'

그게 아니라면 저렇게까지 노골적으로 모습을 보일 이유가 없었다.

십중팔구 함정이리라.

'하지만 물러날 수는 없어……. 이런 내 생각까지 모니카는 계산했겠지만…….'

많은 임무를 함께 달성한 사이다. 클라우스의 성격 같은 건 훤히 알고 있을 터다.

이윽고 모니카는 한 건물 안으로 들어갔다.

큰 교회였다. 첨탑 두 개가 서 있고 양쪽 끝에서 금색 십자가가 빛나고 있었다. 이제 관리하는 사람이 없는지 벽과 지붕이 지저분했다.

클라우스도 모니카를 따라 정면으로 들어갔다.

내부는 훌륭했다.

중앙을 관통하는 신랑(身廊)과 그 좌우에 있는 측랑이 직선을 만들었다. 직선의 양옆에는 익랑이 튀어나와 건물 전체가 십자가 모양을 이루었다. 천장은 높았고, 그걸 떠받치는 기둥이 아름다운 아치를 만들고 있었다. 벽 쪽에는 예배당이 여섯 개 늘어서 있었다.

역시 이제 교회로 기능하지 않는지 황폐했다. 긴 의자뿐만 아니라 책상도 있는 것이 특징적이었다.

그리고 이 장소와 어울리지 않는— 화약 냄새. 상당히 많은 중화기를 들여놓은 것 같았다.

클라우스는 신랑을 똑바로 나아가며 물었다.

"이 교회는 뭐지?"

"학교였던 곳이야."

대답은 있었다.

반짝이는 스테인드글라스 밑에서 모니카가 의기양양한 얼굴로 웃고 있었다. 불손하게도 제단에 서 있었다.

금이 간 목제 제단 위에서 그녀는 막힘없이 이야기했다.

"휴로는 세계에서 손꼽히는 인구 과밀 지역이야. 한 세기 전, 농업 기술의 극적인 진보는 결과적으로 많은 농부를 실업자로 만들었어. 일자리를 잃은 사람은 도시로 이주하여 가혹한 공장 노동에 종사했지. 물론 아이들도 그랬고. 공장법이 제정되어 어린아이의 노동이 금지될 때까지 서민의 아이는 배울 여유조차 없었어."

모니카는 조용히 말했다.

"이곳의 신부님은 그런 아이들을 위해 교회에서 학교를 열었다고 해. 하류층 아이들은 이곳에 다니며 읽고 쓰는 법을 배웠어."

소위 말하는 주일학교였다. 자세히 보니 책상에 펜 자국이 남아 있었다. 이미 학교로서도 교회로서도 역할을 끝낸 것 같지만.

모니카는 도발적으로 말했다.

"—수업해 줘, 클라우스 씨."

계속 걸어간 클라우스는 이윽고 제단 앞에 도달했다.

모니카와의 거리는 10m도 되지 않았다. 순식간에 좁힐 수 있는 거리였다. 하지만 전에 없이 멀게 느껴졌다.

"단도직입적으로 묻지."

클라우스는 말했다.

"어째서 『등불』을 배신했지? 피치 못할 사정이 있었던 거지?"

교회는 목소리가 잘 울렸다. 희미하게 메아리쳤다.

모니카는 눈을 가늘게 떴다.

"음, 굳이 말하자면—."

그녀는 자조적으로 입매를 일그러뜨렸다.

"—클라우스 씨가 나를 봐 주지 않아서, 아닐까?"

슬프게 들린 것은 착각일까.

좀 더 설명을 듣고 싶었지만 모니카는 알려 줄 마음이 없는 것 같았다. 모니카가 풍기는 적의가 점점 커졌다. 조금씩 산소 농도가 떨어지는 느낌이었다.

모니카는 허리춤에 숨겨 둔 홀스터에서 권총을 꺼냈다.

"이 이상은 얘기 못 해. 왜냐하면 클라우스 씨는 스파이잖아?"

"그래, 알고 있어."

클라우스도 단검을 꺼냈다.

"정보는 뺏는 거지. 양도받는 게 아니야."

새삼 원만하게 대화로 해결될 거라는 생각은 안 들었다.

기대해 봤자 소용없을 것이다. 모니카는 굳게 각오하고 이곳에서 기다리고 있었다.

할 수 있는 일이라고는 그저 전력으로 응하여— 때려눕히는 것뿐.

클라우스는 작게 숨을 들이마셨다.

"모니카, 항복할 거면 빨리 해. 제자를 공격하고 싶진 않아."

"날 되게 깔보네. 질 거라는 생각은 조금도 안 하나 봐?"

"전혀."

"오만해라. 뭔가 클라우스 씨는 적 앞에서 성격이 거칠어지더라."

"굳이 따지자면 이게 본연의 성격이야."

"그래? 평소에는 온화한데 말이지."

"제자 앞이니까."

"흐응. 있지, 클라우스 씨. 좋은 기회 아니야? 이참에 줄곧 말하지 못했던 본심을 밝히는 건 어때? 그러는 편이 서로 기분 좋게 움직일 수 있을 것 같아."

"그렇군. 생각해 보면 너와 본심을 나눈 적은 별로 없었어."

모니카다운 제안이었다.

모니카와 클라우스는 동시에 말했다.

"망할 교사. 『화염』의 말단이었던 주제에 『세계 최강』이라고 말하지 마. 그리고 너보다 『봉황』의 지도가 2천 배는 더 알기 쉬웠어. 평범하게 무능하지 않아?"

"너는 일일이 입이 험해. 거만하고 건방진 태도를 보이지만 외로움을 완벽히 숨기지 못했어. 사춘기가 잘못 와서 배배 꼬인 녀석 같으니라고. 그 근성을 고쳐 주마."

그것이 싸움의 포문을 열었다.

모니카는 클라우스를 향해 총알을 한 방 쏘더니 거의 동시에 뒤로 뛰었다. 성당 상부의 아치에 와이어를 걸어서 클라우스와 크게 거리를 뒀다.

총알을 피한 클라우스는 단검을 든 채 상대가 공격하기를 기다렸다.

'역시 정면으로는 안 덤비나…….'

근접전이라면 클라우스는 비할 데 없이 강하다.

그걸 아는 모니카가 거리를 두는 건 필연이었다. 이후로도 쉽사리 접근을 허락하지 않을 터다. 총격전이 될 것이 틀림없다.

하지만 여기서 큰 문제가 발생한다.

—클라우스는 권총을 쓸 수 없다.

평소에 소녀들과 훈련할 때도 클라우스는 절대 권총을 쓰지 않았다.

단검과 달리 권총은 기본적으로 위력을 줄일 수 없다. 물건을 쏴 날아가게 해서 간접적으로 공격하더라도 만에 하나 총알을 맞을 수도 있었다.

모니카를 죽일지도 모르는 공격은 할 수 없었다.

물론 그러면 난이도는 상당해진다. 상대는 거리를 두고서 일방적으로 공격할 수 있지만 클라우스는 원거리 공격 수단을 가지고 있지 않았다.

압도적인 재능을 가진 모니카를 상대로 이 핸디캡은 너무 크다.

—하지만 그래도 다시 모니카의 교사가 되고 싶다면 총은 쓸 수 없다!

제자에게 총구를 겨누는 교사는 없다.

그건 누가 가르쳐 줄 필요도 없는 상식이었다.

'……그런 내 물러 터진 생각을 모니카가 가차 없이 이용할 거라는 게 문제지.'

비겁하다고는 생각하지 않았다.

타깃의 안일함을 이용하라는 것은 클라우스가 가르쳤다. 안 그러면 곤란하다. 스파이에게는 기사도 정신도 스포츠맨십도 적용되지 않는다.

모니카는 클라우스가 공격할 수 없는 높이에 도달하자 성당 기둥에 발을 걸쳤다.

기둥의 조각이 튀어나온 부분에 발을 걸치는 형태로 서서 클라우스 쪽으로 양손을 뻗었다. 검지와 엄지로 직각을 만들어 양손으로 사격형을 만들고 있었다.

어린아이가 카메라 놀이를 하는 듯한 제스처였다.

"……각도…… 거리…… 초점…… 반사…… 속도…… 시간……."

뭔가를 중얼거리며 모니카가 나직이 말했다.

"코드 네임 『다홍이무기』— 시간이 있는 한, 사랑하고 품어라."

달칵, 하고 클라우스의 우측 상단에서 소리가 났다.

거의 반사적으로 웅크려 앉았다.

직후에 발포음이 울리더니 총알이 클라우스의 머리 위를 통과했다. 옆에 있던 책상의 상판이 파괴되었다.

총알은 모니카 쪽이 아니라 다른 방향에서 날아왔다.

시선을 돌려 확인하니 교회의 두꺼운 기둥 상부에 뭔가가 묶여 있었다.

'—위장 총?'

아무래도 소총인 것 같았다. 브래킷으로 기둥에 고정되어 있었다.

'……그렇군. 역시 총을 설치해 뒀나.'

예상 못 한 것은 아니었다. 교회에 들어와 화약 냄새를 맡았을 때, 화기가 있다는 것은 눈치챘다.

그리고 소총을 자세히 관찰하니 톱니바퀴 같은 부품이 달려 있었다.

달칵 소리를 낸 것은 이 부품인 것 같았다.

'시간이 지나면 작동하는 건가……. 몇 분마다 한 발씩 쏘는 모양

이야.'

거기까지 분석을 끝내고 다시 모니카를 보았다.

"이게 너의 공격 방식인가? 의외군. 설마 나를 무력만으로 제압할 셈인가?"

"맞아."

모니카가 조용히 대답했을 때, 다시 달칵, 하고 불길한 소리가 났다.

정면에 있는 제단 쪽에서 난 소리였다. 금이 간 나무판 틈으로 총구가 보였다.

"——!"

발사된 총알은 단검으로 튕겨 뒤로 보냈다.

"용케 반응했네."

모니카가 웃었다.

"하지만 아직 안 끝났어."

이번에는 두 번 연속으로 달칵, 달칵, 두 방향에서 소리가 났다.

눈으로 확인하는 것은 포기했다. 직감만을 의지하여 오른쪽으로 뛰었다. 총알은 클라우스의 어깨를 아슬아슬하게 스치고 성당 내 기둥에 박혔다.

"—윽, 설마……."

기둥에 박힌 총알을 보고 소총의 위치를 추측했다. 잘 보이지 않지만, 성당 벽에 설치해 둔 것 같았다.

그 총구는 아까 클라우스가 있던 위치를 겨누고 있었다.

'……이상해. 모니카가 움직인 것도 아니야.'

모니카는 성당 기둥에서 움직이지 않았다.

'그런데 왜 미리 설치한 총이 나를 겨냥한 것처럼 날아오지?'

조용히 성당 안을 관찰한 클라우스는 그 이유를 깨달았다.

들어왔을 때는 몰랐다. 클라우스에게는 교묘히 안 보이도록 계산했을 것이다. 빛 때문에 그늘이 져 있었다.

하지만 서 있는 위치가 바뀌면서 드러났다.

성당 내에 설치된 소총은 서너 개가 아니었다.

"……각도…… 거리…… 초점…… 반사…… 속도…… 시간……."

주문처럼 계속 중얼거리는 모니카를 보았다.

"설마 너……."

클라우스가 묻자 그녀는 조용히 고개를 끄덕였다.

"284정— 교회 안에 있는 시한식 특제 소총의 개수야."

소총은 클라우스를 노린 게 아니었다.

우연이었다. 소총 284개는 저마다 무작위 방향을 노리고 있었다. 그중 한두 개의 사선상에 마침 클라우스가 있었을 뿐이다.

그리고 모니카의 말이 옳다면 이 소총 284개는—.

"이 성당에 사람이 살 수 있는 곳은 없어."

그 선언과 함께 총알 폭풍이 몰아치기 시작했다.

달칵달칵달칵, 다 파악할 수 없을 만큼 많은 소리가 울리며 총알이 발사되었다. 성당의 책상과 의자가 파괴되어 숨을 곳도 사라져

갔다. 노도와 같은 파괴였다. 전방위에서 날아오는 탄환이 공간을 살육의 장소로 바꾸었다.

끊임없이 울려 퍼지는 발포음이 교회를 가득 채웠다.

클라우스는 일단 살아남는 것에 주력해야 했다.

총알 대부분은 클라우스와 전혀 관계없는 방향으로 사라졌지만, 몇 초에 한두 번씩은 확실하게 몸으로 날아왔다. 유일하게 할 수 있는 일은 탄환을 확인하고 아슬아슬하게 피하는 것뿐이었다.

몸을 젖혀서 코앞을 통과하는 탄환을 피했다. 직후 허리를 틀어 발치로 날아오는 총알을 피했다.

최악에는 단검으로 튕길 수밖에 없었다.

총알이 왼쪽 어깨에 박힐 뻔했으나 단검으로 쳐서 사선을 바꿨다.

총알 튕기기— 초일류 스파이가 습득하는 기술이긴 하지만, 실제로는 긴급 회피 기술이었다. 가능하다면 쓰고 싶지 않았다. 한 발 튕길 때마다 손목에 대미지가 축적되기 때문이다.

한 손으로 연속해서 튕길 수 있는 횟수는 기껏해야 네 번— 양손 도합 여덟 번이 한계다.

폭풍 같은 발포가 한동안 전개되었다. 총알을 또 튕겼다.

모니카의 말에 거짓은 없었다. 이 성당에 사람이 살 수 있는 곳은 없었다.

"……너도 죽을 셈인가?"

총성이 일순 그쳤을 때 묻자 「그럴 리가 없잖아」라는 대답이 돌아왔다.

"걱정하지 마."

모니카는 픽 웃었다.

"나는 모든 총알이 보이니까."

클라우스도 눈을 의심할 만한 광경이 전개되었다.

모니카가 기둥에서 훌쩍 뛰어 지상으로 내려왔다.

줄곧 그녀가 대기했던 기둥 상부. 그곳이 유일하게 총알이 날아오지 않는 곳인 줄 알았지만, 그곳에도 총알이 날아와 기둥의 장식을 파괴했다.

모니카는 총알이 난무하는 지옥 같은 성당 안을 태연한 얼굴로 걸었다.

그녀에게는 단 한 발도 총알이 날아가지 않았다.

전부 파악하고 있는 것 같았다. 총의 위치, 각도, 발포 주기까지 전부.

'……모니카의 특기는 『도촬』이라고 파악하고 있었는데.'

그녀를 스카우트할 때, 양성 학교의 교원이 그렇게 알려 줬다.

거울의 반사 등을 이용하여 공간 내의 온갖 것을 훔쳐볼 수 있다고.

하지만 그건 그녀의 기술 중 하나일 뿐, 능력 자체는 아니었다.

모니카의 본질은— **공간 내의 모든 것을 내다보는 계산 능력**.

"덤벼, 클라우스 씨."

모니카가 도발적으로 웃었지만 달려들 수 있는 상황이 아니었다.

사각지대에서 총알이 날아왔으나 직감만으로 대응했다. 맞기 직전에 단검으로 튕겼다.

이로써 오른손은 네 발을 튕겼다. 저릿저릿한 오른손은 한동안 쓸 수 없다. 단검을 왼손으로 바꿔 잡았다.

클라우스는 조금씩 초조해지기 시작했다.

'……살기를 읽을 수 없어서 귀찮아.'

인간이 총을 쐈다면 그나마 편했을 것이다.

사격수의 버릇을 보고 얼마든지 타이밍과 궤도를 예상할 수 있다. 클라우스라면 적당히 현혹하며 거리를 좁혀서 일축할 수 있다.

하지만 기계적으로 발사하는 소총 상대로는 지금까지의 경험이 통하지 않았다.

클라우스와 싸우는 데 특화된 수법이었다.

물론 시간을 들이면 소총의 위치를 외울 수도 있겠지만—.

'성당 안을 자유롭게 움직일 수 있는 모니카는 총구의 방향을 바꿀 수 있어.'

클라우스와 거리를 둔 모니카는 설치된 소총으로 다가가 공구로 브래킷을 조정하여 조준을 계속 수정하고 있었다.

총구를 몇 밀리미터만 틀어도 사선은 크게 바뀐다.

계속 변화하는 소총 284개의 발포 빈도와 사선. 휘몰아치는 총알 속에서 그것들을 완전히 파악하는 것은 제아무리 클라우스여도 무리였다.

모니카와 거리를 좁히려다가 총알에 막힌 것만 열다섯 번째.

왼손에 든 단검으로 여덟 번째 총알을 튕기고 다시 오른손으로 바꿔 잡았다. 앞으로 손목이 얼마나 버틸 수 있을지는 클라우스도 알 수 없었다.

모니카가 정면 아치에 와이어를 걸고 그 위로 올라갔다.

"잠깐 휴식."

총알이 멈췄다. 교회가 정적에 휩싸였다.

이건 무슨 시간인가 싶었지만, 성당의 천장 부근에 있는 모니카를 보고 납득했다.

그녀는 아치 위에서 숨을 돌리고 있었다. 이마에서 땀이 줄줄 흘렀다. 숨을 고르고 자조적으로 웃고 있었다.

역시 체력이 소모된 듯했다.

아무리 모든 총알을 파악하고 있어도 긴장감은 엄청난 모양이었다.

하지만 이 틈을 노리고 달려드는 것도 망설여졌다. 클라우스도 체력과 기력을 잃은 상태였다. 언제 다시 총알이 쏟아질지도 알 수 없었다.

"역시 대단하군."

클라우스가 말했다.

"이 짧은 기간에 이렇게 많은 총을 모을 줄이야. 『봉화련천』이란 녀석들이 도와준 건가?"

"흐응, 벌써 거기까지 파악했구나."

"제법이야. 최근 싸웠던 어느 누구보다도 성가셔."

진실한 본심이었다. 『시체』나 『보라개미』, 『배리어스』와는 비교도 되지 않았다. 단순히 강함으로 맞서는 상대는 클라우스의 적수조차 되지 못한다.

모니카는 가장 효과적인 책략을 계속 쓰고 있었다.

이 정도 수준으로 싸울 수 있는 상대와 만난 것은 오랜만이었다.

"틀렸어."

모니카는 어이없다는 듯 웃었다.

"클라우스 씨가 스스로 난이도를 높이고 있는 거야. 왜 안 도망쳐?"

"뭐야, 도망치게 해 주는 건가?"

"그럴 리가. 하지만 클라우스 씨가 진심으로 도망치고자 한다면 교회 밖으로 나갈 수 있잖아?"

"……그렇지."

총탄 결계라고 해야 할 모니카의 전술에는 약점이 몇 가지 있었다.

첫째, 소총이 설치된 범위에서 도망치면 무효화할 수 있다. 이번 같은 경우에는 교회 건물에서 나가면 된다. 총알 폭풍 속에서 계속 움직이는 것과 비교하면 훨씬 편한 방법이다.

"어차피 공략법도 떠올렸겠지."

모니카는 계속 말했다.

"클라우스 씨도 설치된 소총의 방향을 바꾸면 돼. 언젠가 내가 계산하지 못한 총알이 내게 명중하겠지."

그것도 약점 중 하나였다.

모니카가 총구를 틀 수 있다면 클라우스도 할 수 있을 터다.

"왜 안 해?"

"그냥."

"……클라우스 씨답네."

"그냥 그런 느낌이 드니까 어쩔 수 없어. 지금 네게서 도망치고 싶지 않아. 소총의 방향을 바꾸는 위험한 행동은 논외야."

상대가 가르가드 제국의 스파이였다면 주저하지 않고 실행했다.

하지만 클라우스의 가치관은 그것을 인정하지 않았다.

"굳이 따지자면 나는 너의 교사라서가 아닐까?"

클라우스의 삶에 스승이라고 할 수 있는 존재는 여섯 명 있었다.

격투술을 전수해 준 으뜸 스승『거광』기드, 스파이 정신을 전수해 준『홍로』페로니카. 사격 기술은『포락』게르데, 공작술은『매연』루카스, 교섭술은『작골』빌레, 예술과 요리 등의 기능은『선혹』하이디.

그들이었다면 클라우스와 똑같은 선택을 했을 터다.

"확실히 나는 교사로서 미숙해. 너를 늘 지켜봤다고 하기는 어렵고, 지도도 전혀 능숙해지질 않아. 하지만 교사로서 긍지 정도는 있어."

모니카를 똑바로 응시했다.

"나는 한 번도 너희한테서 도망친 적 없어. 언제나 정면으로 부딪쳐 왔어."

모니카는 클라우스의 시선을 피하듯「그랬지」하고 중얼거리고서 뒤로 뛰었다.

"그럼 이대로 죽어 줄래?"

다시 총알 폭풍이 휘몰아치기 시작했다.

교회에 설치된 수많은 소총이 동시에 불을 뿜었다. 지척에서 무차별적으로 난무하는 총알을 전부 피하는 것은 매우 어려웠다.

한계까지 신경을 곤두세우고 맞기 직전에 몸을 틀었다.

총알의 양은 아까보다도 많다고 느껴졌다. 그렇게 조정한 것 같았다. 탄약이 다 떨어질 즈음에는 클라우스나 모니카, 둘 중 한 명의 시체가 나뒹굴고 있을 것이다.

모니카가 사력을 다해 짠 책략— 시한식 소총 결계.

이것을 타파하려면 클라우스도 각오해야 했다.

"모니카. 그래도 나는 죽을 수 없어."

그녀를 보고 확실하게 말했다.

"그런데— 이 놀이에 언제까지 장단을 맞춰 주면 되지?"

와이어로 이동하여 공중에 떠 있던 모니카가 숨을 삼켰다.

클라우스가 고른 선택지는 심플했다.

전속력 직선 질주. 모니카와의 거리 20m를, 그녀가 반응할 새도 없이 똑바로 달려갔다.

모니카는 전혀 예상하지 못한 듯했다. 반응이 늦었다.

'—예상할 수 있을 리 없지.'

그녀의 마음을 헤아렸다.

'너는 모든 총알을 파악하고 있어. 그렇다면 **그 총알에 맞으려는 것처럼 돌진해 오는 어리석은 자** 따위는 상정하지 않았을 터.'

공중에 있던 모니카는 빠르게 몸을 돌리지 못했다.

그 목을 정면에서 잡고 계속 달렸다. 정면에 있는 스테인드글라스를 모니카의 등으로 깨고 교회 밖으로 뛰쳐나갔다.

소총의 범위를 돌파하는 데 성공했다.

빨강, 파랑, 노랑, 초록. 4색 스테인드글라스가 햇빛을 받아 반짝였다.

"왜……?"

유리가 비처럼 내리는 가운데, 모니카가 아연한 모습으로 신음했다.

지상에 내려서서 모니카의 목을 놨다. 그녀는 땅에 쓰러져 괴롭게 기침했다. 목이 강하게 압박되어 고통스러울 것이다.

그러면서 클라우스를 강렬하게 노려보았다.

"……어떻게 총알을 안 맞고 똑바로?"

"아니—."

클라우스가 왼쪽 허벅지를 두드렸다.

"당연히 명중했어."

"뭐?"

모니카가 눈을 부릅떴다.

클라우스의 왼쪽 다리에서 빨간 피가 흘렀다. 은색 탄환이 넓적다리뼈에 박혀 관통하지 않고 살 속에 파묻혀 있었다.

"몇 발 맞는 건 예상했어. 물론 급소는 막았지만."

"――!!"

중요한 장기와 머리를 피하면 치명상은 입지 않겠다고 판단했다.

맞은 총알은 세 발. 오른쪽 어깨와 오른손은 스친 정도. 왼쪽 허벅지는 정통으로 맞았다.

허벅지에 박힌 총알을 손톱으로 적출했다. 셔츠 일부를 단검으로 잘라 붕대 대신 감았다. 다행히 뼈에는 이상이 없는 것 같았다. 근육으로 막는 기드의 기술이 도움이 됐다. 하지만 한동안은 전력으로 움직이지 못할 것이다.

이 정도로 다치는 건 오랜만이었다.

"바보 아니야……?"

모니카는 땅에 쓰러진 채 입술을 떨었다.

"그럼 도망치면 되잖아. 아니면 날 죽일 각오로—."

"그 질문에는 이미 답했어."

"……!"

모니카의 눈이 크게 뜨였다.

교회 바로 뒤편에 창고가 있었다. 제사 도구를 수납하는 데 썼을 것 같은 벽돌 건물이었다.

클라우스와 모니카는 창고와 교회 사이에 있었다. 인기척은 없었다.

마침내 제대로 이야기할 수 있는 환경이 갖춰졌다.

"모니카, 네가 왜 배신했는지 진상은 대충 알아차렸어."

클라우스는 아직 고통스러운 듯 웅크린 모니카 앞에 무릎을 꿇었다.

모니카는 입술을 깨물고서 올려다보았다.

"……그럼 맞혀 봐."

"릴리를 위해서지? 다린 황태자 암살 혐의를 릴리에게 뒤집어씌우겠다고 『뱀』의 누군가가 협박했어. 아니야?"

모니카는 웬만한 이유로는 배신하지 않는다. 그리고 단순히 릴리의 목숨이 위험한 정도라면 즉각 클라우스에게 상담했을 터다. 그렇다면 남은 가능성은 고도의 정치적 판단이 요구되는 문제뿐이다.

『봉황』 일을 고려하면 답은 추측할 수 있었다.

모니카는 한숨을 쉬었다. 정답인 듯했다.

"……그렇다면 클라우스 씨는 어쩔 건데."

"CIM을 없애야지."

클라우스는 즉각 고했다.

"설령 『뱀』에게 조종당한 결과라고 해도, 내 동료를 노린다면 봐주지 않아."

물론 어떤 의미인지는 알고 있었다.

그 선택은 자국에 위기가 닥칠 위험성을 포함한다. 하지만 방법은 얼마든지 있다. 릴리를 넘기면서까지 전투를 피할 생각은 조금도 없었다.

『등불』의 동료들도 이 선택에 찬동할 것이다.

"……."

모니카는 고개를 숙이고 침묵했다.

클라우스는 그 머리에 다정하게 손을 올렸다.

"그러니까 모니카. 다시 『등불』로 돌아와."
자세한 상담은 나중에 하면 된다.
그녀를 다시 데려오는 게 먼저다. 이대로 『뱀』에게 잡아먹히기 전에.

"클라우스 씨."
모니카가 고개를 들더니 클라우스의 손을 부드럽게 치웠다.
"—거절할게."

보기 드문 광경에 시선을 빼앗겨 사고가 멈췄다.
모니카는 온화하게 미소 짓고 있었다. 울 것 같은 얼굴로도 보였고 기뻐하는 것처럼도 보였다. 깨진 스테인드글라스가 이상하게 빛을 반사해 그녀의 얼굴을 비췄다.
클라우스는 알 수 있었다. 그 미소는 뭔가를 포기한 자가 보이는 표정이었다.
섬뜩한 발상이 고개를 쳐들었다.
모니카만이 할 수 있고, 모니카라면 실행할지도 모르는 궁극의 수법이.
"너, 혹시……."
"우리, 마침내 마주 보게 됐네. 하지만 이미 늦었어."
말려야 한다. 모니카의 두 다리를 부러뜨려서라도 그녀를 붙잡아야 했다.
하지만 모니카가 먼저 움직였다.

“성격을 파악하고 있는 건 서로 마찬가지야, 클라우스 씨.”

비웃듯 말하고서 교회 위를 가리켰다.

십자가에 사람이 묶여 있었다. 눈이 가려졌고 재갈을 물고 있었다. 교회에 들어갈 때는 눈치채지 못했었다. 교묘하게 숨겨져 있었다.

그레테가 십자가에 달려 있었다.

그리고 그 십자가가 천천히 기울기 시작했다. 기둥 부분이 부러져 있었다. 그레테의 몸과 함께 20m는 될 법한 높이에서 추락하려고 했다.

“얼른 도와줘. 감금됐었던 장소도 봤잖아? 그레테는 상당히 약해져 있어.”

모니카는 냉담한 어조로 말했다.

“—이대로 있으면 그레테가 죽을걸?”

이걸 위한 인질이었나, 납득할 새도 없었다.

모니카에게 등을 돌리고 전력으로 달려갔다. 모니카의 음성에서 예사롭지 않은 진실미가 느껴졌다. 정말로 그레테가 죽을지도 몰랐다.

뒤에서 모니카의 쓸쓸한 목소리가 들렸다.

“안녕, 클라우스 씨. 그레테와 건강히 잘 지내.”

클라우스는 왼쪽 다리의 상처가 깊어지는 아픔을 견디며 교회 벽을 박찼다. 공중으로 뛰어 그레테를 묶은 밧줄을 잘랐다. 그대로 그레테를 받아서 끌어안았다.

“……보스.”

착지하여 눈가리개와 재갈을 풀자 그레테의 가느다란 목소리가 들렸다. 그레테는 연약한 힘으로 클라우스의 팔을 잡고 가슴에 얼굴을 묻었다.

다행히 생명에 지장은 없어 보였다. 그 사실에 안도하고 뒤돌아보았다.

하지만 이미 모니카의 모습은 눈에 보이는 범위에서 사라진 상태였다.

◇◇◇

그레테는 상당히 야위어 있었다. 쇠약해진 모습으로 축 늘어져 있었다. 목숨이 위험한 상황에 처해 마음 편한 순간 따위 없었을 것이다. 겁먹은 것처럼 클라우스의 팔을 잡은 채 절대 떨어지려고 하지 않았다. 왠지 어리게 느껴졌다.

그레테를 이렇게까지 몰아붙이는 과격한 수단을 쓴 것에서 모니카의 각오가 얼마나 진지한지 보여서 말이 나오지 않았다.

"선생님!"

"보스!"

"선생님."

이윽고 다른 소녀들이 속속 교회에 왔다.

에르나가 연락한 모양이었다. 에르나와 함께 릴리와 지비아가 달려와 클라우스가 다친 것을 보고 놀란 후, 그레테를 발견하고는 가슴을 쓸어내렸다.

「티아는?」 하고 묻자 릴리가 「어딘가에 잠입 중인 것 같아요」 하고 대답해 줬다.

역시나, 하고 생각했다. 추측은 틀리지 않은 것 같았다.

"모니카 언니는……?"

에르나가 불안한 얼굴로 물었다.

"미안해. 놓쳤어."

클라우스는 짧게 대답했다.

소녀들은 얼굴을 굳혔다. 믿을 수 없다는 듯이.

"면목 없다."

"아, 아뇨."

릴리가 손을 내저었다.

"선생님이 못 하셨다면 그건 어쩔 수 없는 일인 거죠."

"아니, 그걸 말한 게 아니야. 이런 가능성을 간과했다는 사실을 부끄럽게 여기고 있는 거야."

체념한 듯 웃는 모니카를 봤을 때, 모든 진상을 알아차렸다.

"아니, 이것도 부하의 성장으로 보고 기뻐해야 하나. 너희는 항상 나를 놀라게 해."

"……? 대체 선생님은 뭘 알아차리신 거예요?"

"모니카 말고 배신자가 또 있었어."

예전에 소녀들이 가르쳐 줬었다. 클라우스를 속이고 싶다면 접촉을 피할 수밖에 없다고. 그것이 소녀들의 공통된 인식이었다.

한 소녀가 클라우스와 적극적으로 거리를 두고 싶어 했을 때 바로 의심했어야 했다. 한 명 있지 않았던가. 충분히 활동하면서 클라우스에게 보고하는 것은 다른 동료에게 맡기고 암흑가에서 암약 중인 소녀.

클라우스는 아연해하는 부하들에게 밝혔다.

"—티아도 『등불』을 배신했어."

8장 빙인④

눈앞에 카샤드 인형 공방이 있었다.

건물 안에 있는 사람은 고작 몇 명. 그레테, 에르나, 아네트, 티아, 아멜리, 『연화 인형』이 다였다. 다른 『배리어스』 멤버는 전부 구속되었고, 『등불』의 소녀들이 『배리어스』가 소지한 자료를 분석하고 있었다.

지금부터 모니카는 동료를 습격해야 했다.

초록나비는 들뜬 음성으로 말했다.

"그럼 바로 시작해 줄래? 다홍이무기."

말 자체는 즐겁게 들렸지만, 태도의 이면에는 반론을 허락하지 않는 위압이 있었다. 아까 지은 『다홍이무기』라는 이름을 유난히 강조했다.

모니카는 작게 한숨을 쉬고 권총을 움켜쥐었다.

"아, 죽일 필요는 없어."

초록나비가 작게 손을 내저었다.

모니카에게는 잘된 일이었다. 이상하게 여기고 있으니 초록나비가 쓴웃음을 지었다.

"네가 동료를 죽이면 화톳불은 널 죽이는 데 망설임이 없어지겠지. 그렇게 되면 역시 불리하잖아?"

그렇군, 하고 느꼈다. 역시 『뱀』은 클라우스의 성격을 파악하고 있었다.

"……어디까지나 클라우스 씨의 약점을 이용하는 건가."

"맞아. 망설이게 하고 싶어. 한계까지."

아마 배신이 발각되어도 클라우스는 모니카를 즉시 죽이지 않을 것이다. 물러 터진 남자다. 자신을 배신한 스승도 결국 직접 죽이지 못했다고 했다.

하지만 모니카가 다른 소녀를 죽인다면 클라우스는 냉철한 판단을 내릴 터다.

그 아슬아슬한 줄다리기를 계속해서 클라우스를 소모시켜 승률을 1%라도 올릴 심산인 듯했다.

초록나비는 「하지만 각오는 보여 줬으면 해」 하고 가학적으로 웃었다.

역시 어중간한 습격으로 끝낼 생각은 없는 것 같았다.

"—최소한 한 명은 초주검으로 만들어 줄래?"

말없이 고개를 끄덕였다.

당연히 각오한 일이었다.

"겸사겸사 한 명 정도는 인질로 납치했으면 좋겠어. 화톳불이 한층 더 초조해할 만한 공주님을."

"……정말로 클라우스 씨가 싫어하는 일을 잘 아네."

"그야 미는 그런 걸 아주 좋아하니까~."

초록나비는 모니카의 귓가에 속삭였다.

"거역하면 『화원』 릴리는 죽는 거야. 항상 감시하고 있다는 걸 잊지 마."

습격에는 초록나비도 따라오려는 것 같았다.

얼렁뚱땅 얼버무리는 것은 통하지 않는다. 옷에 붙인 도청기는 여전히 제거되지 않았다. 아마 뛰어난 관찰안을 가졌을 초록나비를 속이기는 어렵다.

이건 테스트였다.

각오를 보이라고 초록나비는 말했다. 모니카가 정말로 『등불』을 배신하는지 아닌지를 확인하기 위한 습격. 초록나비의 신뢰를 쟁취하려면 일말의 실수도 허락되지 않는다.

—궁극의 속임수 싸움이 시작된다.

"가라."

초록나비가 말했다.

"다홍이무기여, 순흑색 악몽을 우민에게 새겨 넣어라!"

그 짧은 호령을 듣고 모니카는 빌딩 옥상에서 몸을 날렸다.

카샤드 인형 공방 앞에 착지하여 정면 현관으로 뛰어 들어갔다. 초록나비도 모니카를 뒤쫓았다.

단도를 꺼내 손으로 돌리고 세게 움켜쥐었다.

정면 응접실에 그레테가 있었다. 자료를 안고 서 있던 그녀가 뒤돌아 의아한 듯 고개를 갸웃했다.

"모니카 씨……?"

그레테가 말했다.

"……대체 어디 있었던 건가요? 그리고 왜 무기를—."

말을 마칠 시간도 주지 않았다.

바닥을 박찬 모니카는 그레테의 가슴 부근을 단도 손잡이로 세게 때렸다. 그레테의 몸에서 힘이 빠지며 앞으로 고꾸라짐과 동시에 미리 준비해 둔 피가 든 병을 그녀의 등에 누르고 겨드랑이에 끼웠다.

병에서 나온 피가 단도에 묻었다.

'아니야……!'

속이 뒤집히는 기분이 들어서 모니카는 혀를 찼다.

그레테는 당황한 목소리조차 내지 못하고 정신을 잃었다.

수혈용 피가 든 병을 겨드랑이에 낀 채 그녀는 옆으로 쓰러졌다. 마치 등을 크게 베인 것처럼 피가 퍼져 나갔다.

모니카의 위장을 보고 초록나비는 불만스러운 듯 입꼬리를 올렸다.

"좀 약한데. 뭐, 나중에 유괴할 걸 생각하면 많이 안 다치는 쪽이 덜 귀찮지. 이만큼 피가 퍼져 있으면 화톳불도 충분히 당혹스러워하려나."

초록나비가 못을 박았다.

"하지만 다음 녀석은— 진심으로 습격해 줄래?"

모니카는 답하지 않았다. 어차피 대답은 행동으로 보일 수밖에 없었다.

그 직후, 응접실 입구에서 뭔가가 떨어지는 소리가 났다.

에르나였다. 서류를 떨어뜨린 그녀는 피 웅덩이에 쓰러진 그레테와 그 옆에서 피가 뚝뚝 떨어지는 단도를 들고 있는 모니카를 창백한 얼굴로 번갈아 보았다.

"모니카 언니……?"

당장이라도 울음을 터뜨릴 것 같은 표정이었다.

모니카는 바닥을 박차 단숨에 에르나와 거리를 좁혔다. 한 박자 늦게 에르나가 꺼낸 권총을 단도로 쳐 내고 무방비해진 그녀 앞에 섰다.

얼굴이 하얗게 질린 에르나가 절망한 표정으로 올려다보았다.

'아니야, 네가 아니야……!!'

그 복부를 차올렸다.

에르나의 입에서 침이 튀며 미지근한 액체가 발에 묻었다.

에르나의 몸은 가벼워서 간단히 뒤로 굴러갔다.

하지만 에르나는 반사적으로 뒤로 뛰어서 충격을 완화한 것 같았다. 곧장 일어나 복도로 도망쳤다. 떠날 때 보인 얼굴에는 정체 모를 악마를 본 것 같은 공포가 어려 있었다.

모니카는 단도를 쥐고 에르나를 쫓았다.

오른손에는 그레테를 때린 감촉이 남아 있었다.

왼발에는 에르나를 걷어찬 감촉이 남아 있었다.

머릿속에서 굉음이 울려 퍼졌다. 금속끼리 세차게 맞부딪치고 부서지는 것 같은 소리가 계속 울렸다. 치솟는 메스꺼움에 몸을 맡길 수 있다면 얼마나 편할까.

초록나비가 흥분한 얼굴로 「놓치면 안 돼. 얼른 추격해」 하고 부추겼다.

그 목소리를 따라 복도를 달렸다.

동료를 배신하는 것. 지금까지 쌓아 올린 추억을 자기 손으로 파괴하는 행위는 자기 자신을 파괴하는 것과 다름없었다. 그 무너짐이 격렬한 이명을 낳았고 시야에서 색이 사라져 갔다.

하지만 각오한 일이었다.

자신이 지키기로 한 신념을 관철하기 위해 수라의 길을 걸어야만 했다.

"모니카!!"

공기를 가르는 듯한 히스테릭한 목소리가 들렸다.

1층 복도 중앙에 티아가 서 있었다. 눈꼬리를 치켜올리고서 거칠게 외쳤다.

"에르나한테 무슨 짓을 한 거야! 그 단도에 묻은 피는―!"

초록나비가 싸늘한 목소리로 「입 다물게 해」라고 명령했다.

그 명령이 떨어지기 전에 모니카는 움직이고 있었다. 단도를 움켜쥐고 달려들었다.

티아는 도망치려다가 다리가 꼬인 것 같았다. 꼴사납게 넘어졌다.

모니카는 티아의 배를 세게 밟았다. 그대로 몸에 올라타 고통스러운 얼굴인 티아를 내려다보았다. 그 일그러진 얼굴의 목 쪽으로 단도를 찍었다.

칼끝이 목에 닿기 직전에 티아는 모니카의 양손을 잡았다.

"……어째서…… 모니카……?"

눈물을 흘리며 티아가 호소했다.

단도를 찍으려고 하는 모니카와 그것을 막는 티아의 힘겨루기가 되었다. 교착 상태가 되었지만 그것도 한순간이었다. 파워로는 모니카가 이긴다.

칼끝이 조금씩 티아의 목으로 향했다.

"왜 네가……?"

티아의 계속된 물음에 모니카는 대답할 수 없었다.

초록나비가 뒤에서 지켜보는 게 느껴졌다.

—모니카는 아무 말도 할 수 없다.

—도와달라는 말조차 할 수 없다.

수신호든 암호문이든, 그런 낌새를 보이면 초록나비는 모니카를 믿지 않게 된다. 모니카가 배신하게 만드는 것을 포기하고 릴리를 함정에 빠뜨리는 쪽으로 CIM을 움직이리라.

단 한 글자도 진심을 밝힐 수 없었다. 모니카는 명령하는 대로 움직인다.

그게 바로 초록나비가 만들어 내는 악몽.

『다홍이무기』라는 이름을 받은 소녀가 빠진 책략이었다.

하지만, 하고 모니카는 기도하듯 단도에 힘을 줬다.

'—『등불』에는 한 명 있어.'

모니카는 습격을 시작하고 나서 줄곧 찾고 있었다.

동료를 공격할 때마다 「아니야」 하고 속으로 외치면서.

티아의 몸에 올라타 시선을 맞췄다.

'말을 나누지 않아도 소망을 읽어 줄 존재가—!!'

딘 공화국의 스파이 정보를 망라하는 『뱀』을 공략할 유일한 방법. 정보가 누설되지 않은 양성 학교 낙오자들의 특기. 그것에 희망을 거는 것이 이 악몽을 돌파할 실마리였다.

『등불』의 소녀라면 당연히 아는 사실이다.

『몽어』 티아는— **상대와 마주 봄으로써 소망을 읽을 수 있다**!

티아는 망설이지 않고 그 힘을 쓴 것 같았다. 눈이 크게 뜨였다. 지금 상황에서는 당연한 행동이었다.

티아의 표정이 아주 조금 부드러워졌다.

【—아아, 그렇게 된 거구나.】

불현듯 뇌리에 말이 울렸다.

환청처럼 느껴졌다. 하지만 티아의 눈을 보고 있으니 자연스럽게 목소리가 흘러 들어왔다. 뛰어난 대화 능력을 가진 티아의 힘인지. 아니면 지금껏 함께한 훈련의 산물인지.

티아의 눈은 확실하게 말했다.

【……모니카. 내 힘은 마음을 전부 꿰뚫어 보진 못해. 네가 대체 뭐 때문에 괴로워하고 있는지 전부 아는 건 아니야. 그저 일부뿐이지.】

그녀의 손에 힘이 들어갔다.

【너는 그 사랑을 위해 홀로 강대한 적과 맞서려는 거구나.】

전해졌다. 모니카의 궁한 상황을 정확하게 읽어 냈다.

모니카와 티아는 여전히 힘겨루기를 하는 자세였다. 초록나비의 눈에는 모니카가 티아를 죽이려 드는 것처럼 보일 터다.

【예전에 너는 내 배신을 도와줬어.】

아네트의 모친과 얽힌 소동을 말하는 것이리라. 그때도 티아와 모니카는 싸웠고 시선을 마주쳤다. 지금 모니카와 티아가 하고 있는 것은 그 재현이었다.

【이번에는 내가 너와 함께 『등불』을 배신하겠어. 적조차 구하는 것이 『몽어』의 신념이야.】

물러 터진 생각을 지금은 비웃고 싶지 않았다.

남은 시간은 많지 않았다. 소리 내어 하는 커뮤니케이션보다 훨씬 빠르게 정보 전달이 이루어지고 있지만, 오랫동안 마주 보고 있으면 초록나비가 수상하게 여긴다.

그 초조함을 헤아렸는지 티아는 눈으로 호소했다.

【내 팔을 부러뜨려. 그런 연기가 필요하지?】

농담하는 것처럼 티아의 눈이 가늘어졌다.

【하지만 흉이 남지 않게 부탁해.】

모니카는 일단 물러나 단도를 거두어들이고 티아의 위팔을 부러뜨렸다. 그리고 그녀의 옆구리를 힘껏 걷어찼다.

티아는 꼴사납게 바닥을 굴렀다. 이윽고 고통스러운 듯 오른팔을 잡고서 웅크렸다.

"괜찮은데?"

기분 좋아 보이는 초록나비의 태도는 변함없었다. 모니카와 티아의 소리 없는 밀담은 눈치채지 못한 것 같았다.

"하지만 슬슬 한 명 정도는 초주검으로 만들어 줬으면 해."

그러나 협박은 확실하게 계속되었다.

모니카의 과제는— 한 명 이상 빈사로 만드는 것. 그걸 얼버무리는 것은 역시 무리다.

누구를 노릴지는 이미 정해 뒀다.

'……이것도 좋은 기회일지 몰라. 최대한 이용할 뿐이야.'

모니카는 복도를 나아갔다. 상대는 2층에 있는 것 같았다.

'—지금의 나만이 할 수 있는 일.'

2층으로 올라가는 계단 근처에서 아멜리와 『연화 인형』이 눈을 크게 뜨고 굳어 있었다.

"왜 당신이……."

넋이 나간 모습으로 아멜리가 중얼거렸다.

"방해돼."

모니카는 짧게 말하고 그녀들에게도 달려들었다.

아멜리는 습격할 대상이 아니었지만, 나중에 그레테를 유괴할 것을 생각하면 건물에서 쫓아내고 싶었다. 재빨리 두 사람의 뺨을 단도 손잡이로 때리고 2층으로 향했다.

초록나비는 아멜리와 마주치기 싫은지 다른 계단을 이용하여 2층에 와 있었다.

2층 안쪽에 있는 공방으로 향했다.

표적으로 삼은 소녀는 공구와 선반 기계가 즐비한 방에서 웃고 있었다. 겁먹은 에르나를 뒤에 숨기고 중앙에 있는 책상에 앉아 다리를 까딱거리고 있었다.

"에르나한테 들었어요."

아네트가 웃었다.

"—모니카 누님! 머리를 맞기라도 했나요?"

평소처럼 무구한 웃음에서 호전적인 감정이 얼핏 보였다. 눈앞에 있는 것은 어린 소녀일 텐데 무시무시하고 사악한 기운이 느껴졌다.

이것이 아네트의 본성인가, 하고 냉정하게 받아들였다.

"난 눈치챘어."

모니카는 고했다.

"응?"

"너, 마틸다 씨를 암살했지?"

"……."

『시체』 적발 임무 후에 만난, 아네트의 모친이라던 여성— 마틸다. 국외 도망을 방조하려고 움직였을 때, 아네트의 거동은 이상했다.

아네트는 눈을 살짝 동그랗게 떴다가 작게 혀를 내밀었다.

"아아, 그러고 보니 누님. 그런 기색을 보였던가요?"

"네 본성은 알아차렸어. 동료에게 귀찮은 일을 맡기고, 몰래 혼자 짜증 나는 녀석을 룰루랄라 죽이고 다니다니 아주 멋진 포지션이잖아."

다른 소녀들이 간파하지 못한 아네트의 본질을 눈치채고 있었다.

—순수악의 암살자.

클라우스가 『등불』에 넣은 조커였다.

그 존재에 모니카는 한 가지 의문을 느끼고 있었다. 자기 일을 하고는 있지만, 아네트의 정신은 너무 자유분방하다. 클라우스는 인정했으나 이대로 괜찮은 걸까.

아네트는 좌절을 모른다.

모니카처럼 쓴맛을 본 적이 없다. 그렇기에 잠재 능력은 계속 잠들어 있었다.

—아네트의 본래 재능은 이 정도 수준이 아니다.

그리고 지금의 모니카라면 아네트에게 좌절을 줘서 성장을 촉진할 수 있다. 아네트가 뛰어넘어야 할 장벽이 되어 줄 수 있다.

"덤벼. 내가 재교육해 줄게, **망할 꼬맹이.**"

그 말이 트리거가 되었다.

아네트의 몸이 갑자기 움직였다. 몸을 틀며 책상 위에서 내려왔다. 치마가 부드럽게 펄럭이며 지네처럼 생긴 수상한 기계가 여러 개 떨어졌다.

"코드 네임 『망아』— 짜 올리는 시간을 가지죠!"

"너무 느려."

도구를 사용할 틈 따위 주지 않는다. 아네트가 잘하는 것은 순진무구함을 가장한 암살. 격투는 오히려 못하는 편이었다. 정면 싸움에서 모니카가 뒤처질 리 없었다.

리모컨을 쥔 아네트의 손을 단도의 칼등으로 쳤다. 그리고 발치로 몰려드는 기계를 모조리 걷어차서 벽에 처박았다.

지네 기계에는 소형 폭탄이 설치되어 있었던 모양이다. 충격으로 폭발하여 주위 벽에 불이 붙었다. 폭탄의 파편이 아네트와 에르나의 머리를 때리면서 두 사람은 쓰러졌다.

"……윽."

기절하여 움직이지 않는 에르나를 아네트는 멍하니 바라보았다. 그러다 이내 이마에서 흐르는 피를 닦고 일어나 치마에서 쇠막대기 같은 기계를 꺼냈다. 까만 구멍 같은 무표정한 눈으로 모니카를 노려보았다.

하지만 새삼 아네트가 전력을 발휘해 봤자 모니카는 무섭지 않았다.

공방에 번지기 시작한 불을 관찰했다.

슬슬 철수해야 했다. 아직 이곳에는 없는 것 같지만 클라우스가 달려올 가능성이 있고, 기절시킨 그레테를 회수해야 했다.

초록나비는 작게 「해치워」라고 말했다.

우두커니 서 있는 아네트에게 「새겨 넣어라」 하고 차갑게 고했다.

"죽이고 싶은 상대가 눈앞에 있는데도 아무것도 할 수 없는— 한없는 무력감을."

모니카가 횡으로 휘두른 단도는 아네트의 갈비뼈를 파괴했다.

세게 날아간 아네트는 벽에 부딪쳤고 입에서 피를 토하며 기절했다.

'아네트가 깨어나면 옆에 동료가 있을 거야.'

잘 위로해 줄 것이다. 처음으로 좌절을 맛보고, 몸의 통증을 해

소할 방법도 없어서 고뇌하는 아네트를 상냥하게 이끌어 주리라.

—아네트의 성장은『등불』의 큰 힘이 될 터다.

모니카는 그것을 믿고 철저히 미움받는 역할이 되면 된다.

불이 점점 커졌다. 초록나비가 뭐라 뭐라 실없는 소리를 했다. 그걸 무시하고 있으니 뒤에서 인기척이 났다.

"" ——!""

공방 입구에서 릴리와 지비아가 창백한 얼굴로 모니카를 바라보고 있었다. 마침 아네트를 공격했을 때 온 것 같았다.

시선을 맞추고 싶지 않아서 초록나비 쪽으로 걸음을 옮겼다. 등유가 든 병을 바닥에 투척하여 릴리와의 사이를 불로 분단했다.

"—미안."

타오르는 불길 속에 그 중얼거림만을 남긴 채 모니카는 습격을 완수했다.

그 습격을 초록나비는「퍼펙트」라고 평가했다.

이리하여 초록나비에게 어느 정도 신뢰를 얻는 데 성공했다.

하지만 여전히 릴리가 인질로 잡혀 있는 상황이라는 것은 변함없었다. 게다가 클라우스가 진심으로 쫓아온다는 위험성도 더해졌다. 붙잡히면 릴리가 위험하다.

계획을 다음 단계로 진행해야 했다.

◇◇◇

초록나비는 내내 모니카 곁에 있지는 않았다.

모니카에게는 아직 밝힐 수 없는『뱀』의 일을 수행하고 있는 것 같았다. 그 일이 미아 고돌핀 살해라는 것을 나중에 알게 됐지만, 안타깝게도 막을 여유는 없었다.

곁에 없는 대신 감시는 붙어 있었다. 어디를 가도 늘 시선이 느껴졌다. 하지만 기척을 전혀 숨기지 못하는 걸 보면 감시원이 별로 우수하지는 않은 것 같았다.

습격 이튿날 밤, 모니카는 후드로 얼굴을 가리고서 휴로의 골목에 있는 작은 커피숍에 있었다. 씁쓸한 커피를 마시며 상대가 오기를 기다렸다.

다린 황태자 암살이 보도되어 난리가 난 거리는 몸을 숨기기에 좋았다.

가게가 북적이기 시작했을 때, 변장한 티아가 옆옆 자리에 앉았다.

완전히 타인으로 바뀔 수 있는 그레테만큼 뛰어난 변장은 아니었다. 하지만 머리를 묶고 짙게 화장한 탓에 충분히 다른 사람으로 보였다.

《모니카, 대답해.》

손가락으로 테이블을 두드려 그 진동만으로 대화했다.

『등불』의 여러 커뮤니케이션 방법 중 하나였다. 허접한 감시원 정도는 속일 수 있었다.

《왜 아네트를 습격했어? 그렇게까지 할 필요가 있었어?》

《그 녀석한테는 지도가 필요했어. 또 다른 이유는 너 때문이야.》

손끝만으로 풍부한 감정을 실어 말하는 티아를 달랬다.

《무슨 뜻이야?》

《클라우스 씨가 수상하게 여기지 않도록 네가 내 수색에 지원해야 했어. 결과적으로 너는 진심으로 날 만나고 싶어 하는 연기를 할 수 있었어.》

티아가 불만스럽다는 듯 얼굴을 찌푸렸다.

모니카가 걱정한 문제는 습격 직후에 티아가 클라우스를 속일 수 있느냐는 것이었다. 진심으로 모니카에게 화난 연기를 할 수 있도록 아네트를 습격할 필요가 있었다.

말싸움이 벌어질 듯한 기색을 눈치채고 먼저 고했다.

《모텐네 공원의 관목 울타리에 네가 해 줬으면 하는 목록을 놔뒀어. 부탁할게.》

모니카는 마스터를 불러 계산해 달라고 했다.

아직 할 말이 더 있는 것처럼 티아가 눈썹을 찡그렸다.

《……클라우스 선생님한테는 들키면 안 되는 거구나.》

《그래. **어떤 사정** 때문에 클라우스 씨한테는 밝힐 수 없어.》

《무슨 사정……?》

《너한테도 말 못 해.》

필요 이상으로 대화하면 감시인이 눈치챌지도 모른다.

단적으로 마무리 짓고서 모니카는 마지막으로 전했다.

《맡길게. 믿을 사람은 너뿐이야.》

티아의 표정을 보지 않고 가게를 떠났다.

◇◇◇

초록나비가 준비한 은신처로 돌아갔다.

휴로 중심부, 메인 스트리트에서 조금 안쪽으로 들어간 골목에 있는 빌딩이었다. 1층은 음식점, 2층은 법률 사무소, 4층은 극단의 연습실이었고, 모니카에게 할당된 곳은 3층이었다.

빌딩의 오너는 친제국파인 것 같았고 초록나비와도 내통하고 있는 듯했다. 자세한 건 가르쳐 주지 않았지만 마음대로 쓰라고 했다.

예전에는 부동산 사무소가 있었던 모양이지만 지금은 텅 비어 아무것도 없었다. 나무 바닥에 책상이 있었던 흔적이 남아 있을 뿐이었다. 4층에서 발성 연습을 하는 극단원의 목소리가 희미하게 들려왔다.

은신처 안쪽에는 한 소녀가 양손을 묶인 채 누워 있었다.

아무래도 깨어난 것 같았다. 멍한 눈으로 쳐다보았다.

"……모니카 씨."

"그레테, 미안."

밖에서 사 온 미네랄워터의 병을 입가에 대 줬다.

"알고 있겠지만 넌 경상이야. 옷에 묻은 피는 네 피가 아니야. 이곳으로 유괴했어."

그레테의 옷에 묻은 피가 바닥에 얼룩을 만들었다.

그레테는 물을 마시지 않고 많은 질문을 했다. 「왜 공격했는가」 「왜 『등불』을 배신했는가」 같은 질문을 냉정히 순차적으로. 모니카는 대부분 대답해 줄 수 없었지만.

그러나 그 문답에서 그레테는 대강 알아차린 것 같았다.

"이것만큼은 대답해 주시겠어요?"

그녀는 어디까지나 온화하게 물었다.

"뭘 하려고 저를 납치했나요……?"

"아마 변장용 마스크를 만들어 달라고 할 거야. 조만간 지시할게."

이것도 아직 자세한 내용은 밝힐 수 없었다.

어디서 초록나비가 훔쳐 듣고 있을지 모른다. 때를 봐서 전할 예정이었다.

"뭐, 역시 가장 큰 목적은 클라우스 씨 대책이지만."

모니카는 어깨를 으쓱이고서 그레테가 마시지 않은 물을 마셨다.

"이제부터 나는 클라우스 씨와 싸우게 될 거야. 확실하게 지겠지. 그래서 도망칠 수단이 필요해. 미안, 그레테. 한동안 너를 감금할 거고, 쇠약해지게 만들 거야. 그러면 클라우스 씨는 막판에 나를 확보하는 것보다 너를 구조하는 걸 우선하겠지."

그레테는 의아한 듯 고개를 갸웃했다.

"보스를 당혹스럽게 만드는 게 목적이라면 제가 아니어도 상관없었을 것 같은데요……."

"뭐야, 그게. 혹시 자각 없어?"

슬쩍 웃었다.

"클라우스 씨가 가장 사랑하는 멤버는 너야, 그레테."

그레테의 눈이 크게 뜨였다.

그 반응을 보고 정말로 자각이 없었구나 싶어서 어이가 없었다.

「의외로 가망이 전혀 없는 건 아니야, 너의 사랑도」 하고 놀렸다.

물론 클라우스가 대놓고 부하를 특별 취급하는 일은 없었다. 본인도 모두 평등하게 대하고자 하고 있을 터다.

그래도 모니카는 알 수 있었다.

클라우스가 다른 소녀들에게 보내는 감정과 그레테에게 보내는 감정은 미세하게 다르다. 연애 감정은 아니지만, 더 온화하고 따뜻한 색감을 띠고 있었다.

"……진짜 부러워."

모니카는 눈을 돌렸다.

"네?"

"전에도 말하지 않았나? 나는 연애에 한결같은 사람을 보면 질투하는 체질이야."

언제 봐도 눈부셨다.

자신도 저렇게 오롯이 사랑할 수 있었다면 얼마나 좋았을까.

"……!"

그레테는 일순 울 것 같은 표정을 지었다.

총명한 그녀는 모니카의 비밀을 알아차렸을지도 모른다. 그렇더라도 상관없었다. 그레테라면 이 비밀을 무덤까지 가져가 줄 것이다.

그레테는 입술을 깨물고서 똑바로 시선을 보냈다.

"모니카 씨."

열기를 품은 목소리였다.

"제 변장을 풀어 주시겠어요……?"

"변장? 그게 무슨 말이야?"

되물었지만 그레테는 아무 대답도 하지 않았다. 설명할 필요는 없다는 것처럼.

지금 그레테는 아무런 변장도 하지 않은 것처럼 보였다.

으스스한 느낌이 들었다.

설마, 하고 생각하며 그레테의 얼굴로 손을 뻗었다. 피부를 만진 것만으로는 알 수 없었다. 하지만 손톱을 세우니 강한 위화감이 들었다. 그레테의 얼굴을 덮은 것은 변장용 마스크였다.

숨을 멈추고 마스크를 벗겼다.

—동료에게도 보이지 않는 그레테의 비밀.

그녀의 얼굴 왼쪽 절반은 **추한 멍으로 덮여 있었다.**

"……읏."

지척에서 바라보고 저도 모르게 신음했다.

빈말로도 예쁘다고는 할 수 없는, 그레테의 얼굴에 어울리지 않는 멍이었다. 본능적으로 혐오감이 들 정도였다.

모니카의 그 반응을 보고 그레테가 타이르는 듯한 어조로 말했다.

"이래도 제가 부럽다고 할 수 있나요?"

할 수 있을 리가 없었다.

자신의 생각이 얼마나 얕았는지 깨닫고 입을 다물었다.

"보스는 이 민낯을 받아들여 줬습니다."

"……그래. 그 사람이라면 그러겠지."

"네. 그럼 모니카 씨의 정인은 어떨까요?"

그레테는 막힘없이 말했다.

"저는 그분이 누구인지 모릅니다……. 하지만 모니카 씨의 마음을 모질게 거절할 만큼 속이 좁은 분일까요……? 전해질 리 없다고 멋대로 단정 짓고서 포기한 건 아닌가요?"

한마디 한마디가 깊이 박혔다.

싫어도 상상하고 말았다.

자신의 본심을 릴리에게 털어놓는 미래— 그리고 그레테의 명을 받아들인 클라우스처럼 릴리가 모니카의 마음을 받아들여 주는 광경.

머릿속에 펼쳐진 덧없는 환상을 고개를 흔들어 쫓아냈다.

"……전한다고 뭐가 달라져?"

"적어도 이 사태는 피할 수 있었을지도 모르죠."

저도 모르게 웃음이 났다.

"입이 열 개라도 할 말이 없네."

"전부 혼자서 짊어지려고 하지 마세요…… 부디……."

"이미 늦었어."

모니카는 자조적으로 고개를 끄덕였다.

"하지만 고마워, 그레테."

그레테는 계속해서 매달리는 듯한 눈빛을 보냈다.

모니카는 벗긴 마스크를 다시 씌워 주려고 했다. 그 멍이 다시 남들 눈에 띄지 않도록 딱 맞게 손으로 눌렀다.

하지만 한번 떨어진 마스크는 원래대로 돌아가지 않았다. 「나중에 다른 걸 준비해 줄게」 하고 말하고서 마스크는 살며시 바닥에 뒀다.

"진심을 전하는 게 무서워."

그레테의 멍을 보며 속삭였다.

"하지만 어쩔 수 없잖아. 근심 가득한 이 세상에서 내 연애는 터부야. 범죄고 병이야. 내 마음은 누구에게나 민폐밖에 안 돼."

그레테가 하고 싶은 말이 있는 것처럼 얼굴을 찡그렸다.

그걸 받아 주지 않고 확실하게 고했다.

"—그래서 나는 이 세계를 부수기로 했어."

슬슬 다음 준비에 착수해야 했다.

초록나비가 지시하는 대로 클라우스와 싸우게 된다. 패배할 것이다. 그걸 알면서 도전한다.

모니카의 진짜 싸움은 그 너머에 있다.

이 시점에는 초록나비도, 티아도, 클라우스도 생각하지 못한 가혹한 결말로 나아간다.

"그레테."

떠나면서 모니카는 말했다.

"클라우스 씨와 행복하게 살아."

9장 『빙인』과 『다홍이무기』

휴로의 혼돈은 끝나지 않는다.

콘메리드 타임스 본사 앞에 몰렸던 사람들은, 내부에 돌입했다가 다시 정면 현관에 나타난 CIM의 모습이 이상함을 기민하게 알아차렸다. 그들이 무전기에 대고 호통치는 소리를 듣고 레이먼드 편집장이 사라졌다는 것을 알았다.

암살자의 모습을 보도한 신문사, 그리고 그 기사를 강권으로 보도한 편집장의 실종.

여러 수수께끼가 발생한 가운데, 이번에는 조금 떨어진 빌딩에서 폭파 사건이 일어났다고 했다. 그곳에 폭탄을 던진 사람은 기사로 보도된 청은발 암살자라는 목격 정보도 있었다.

다들 격동의 조짐을 느꼈다.

하지만 그 정체를 파악하지 못하고 당황할 수밖에 없었다.

역 앞에서는 CIM의 실책을 규탄하는 활동가가 연일 연설을 반복했다. 「전부 무자이아 합중국의 음모다」라는 전단을 나눠 주는 자도 있는가 하면, 그자에게 「너야말로 가르가드 제국의 스파이다」라며 달려드는 자도 있어서 혼란은 계속되고 있었다.

국회 의사당의 대시계탑 앞에서는 시위가 벌어지고 있었다.

모든 혼돈의 원흉은 스파이라고 판단하고 외국인 일제 적발을 호소하고 있었다. 다린 황태자의 영정 사진을 끌어안고서 「전원 붙잡아 신문해라」라고 외쳐 댔다. 3천 명 넘게 모인 대규모 시위를 진압하기 위해 경찰이 동원되었다.

그리고 그렇게 혼돈이 반복되는 거리를 기분 좋게 바라보는 소녀가 있었다.

퀸 클레트역 근처의 빌딩에 숨어 아래쪽에 펼쳐진 소동을 보고 흡족하게 웃었다.

이 혼란을 만들어 낸 장본인— 초록나비였다.

그녀의 손에는 무전기가 있었다. 그리로 《일개미》를 포함한 많은 부하가 보고를 올렸다.

그녀가 귀를 기울이고 있던 것은 모니카와 클라우스가 벌인 사투의 결과였다.

"퍼펙트."

다 듣고 나서 저도 모르게 히죽 웃었다.

"훌륭해. 화톳불에게 부상을 입히고 도망치는 데 성공할 줄이야."

특히 클라우스가 왼쪽 다리를 다친 것은 기대 이상의 성과였다. 만약 뼈에 금이 갔다면 전치 2~3개월이다. 나을 때까지 전력을 발휘할 수 없다.

그 남자를 끝장내기 위한 확실한 한 걸음이었다.

심지어 모니카라는 체스말을 잃지도 않았다.

'……한동안 화톳불은 모니카 때문에 다른 데 신경을 못 쓸 거야. 얼마나 체력을 깎을 수 있을까?'

초록나비가 상상한 것 이상으로 모니카는 활약해 줬다.

아직 완전히 믿을 수는 없지만, 앞으로도 기대할 만했다.

'……아니지, 화톳불에게 부상을 입힌 점을 감안하면 이제 미의 동료가 됐다고 믿어도 되려나? 이거 너무 쉬운데?'

이중 스파이일지도 모른다는 의심은 거둬도 될 것 같았다.

『화톳불』 클라우스는 딘 공화국 최강의 스파이다. 『뱀』의 환심을 사기 위해 그의 다리를 못 쓰게 하는 건 수지가 안 맞는다.

'아직 긴장은 늦출 수 없지만, 이제 『등불』에 돌아갈 마음은 없다고 봐도 좋겠지……. 경우에 따라서는 『뱀』의 목적도 알려 줘도 될 것 같아.'

초록나비는 숨을 내쉬고 무전기 옆에서 이동했다.

'『뱀』의 존재 이유를 알면 누구나 『뱀』에게 찬동할 테니까.'

적어도 초록나비는 그랬다.

예전에는 한결같이 자국의 번영을 바라는 펜드 연방의 스파이였다. 하지만 전 세계의 첩보 기관들도 아직 완벽하게 파악하지 못한 세계의 절망을 알았을 때, 그녀는 세상이 무너지는 기분을 맛보았다. 그러던 때에 권유해 온 것이 『뱀』이었다.

시계를 보니 벌써 저녁이었다.

『뱀』의 정시 연락을 하러 가야 했다.

중요한 정보 전달에 무전기는 쓸 수 없다. 거리에 숨긴 암호문으로 만날 장소를 전하고, 지정된 시각에 가서 메모를 남기는 것이 규칙이었다.

초록나비에게는 귀찮은 시간이었다.

—『초록나비, 너는 아직 안일하니까. 잊지 마.』

선심 쓰듯이 했던 말을 잊을 수 없었다.

귀찮다고 혀를 차고서 코트를 들었다.

소매에 팔을 넣으려고 오른쪽 어깨를 움직였을 때, 생각지 못한 통증이 일었다. 바로 왼손으로 어깨를 잡고, 휘청거린 다리에 힘을 줘서 버텼다.

"윽—."

벌써 열 달 넘게 지났는데도 여전히 아플 때가 있었다.

완치됐을 텐데도 마치 저주처럼 정기적으로 초록나비를 괴롭혔다.

—양쪽 어깨에 새겨진 번개 같은 흉터.

댄스를 즐기는 초록나비는 어깨에 난 상처가 불쾌하기 짝이 없었다. 다친 이후로는 댄스홀에 설 때 어깨와 위팔을 가리는 의상만 입을 수 있었다.

'……아아, 짜증 나.'

기억을 떠올리고 혀를 찼다.

'그 할망구…… 죽었어도 원망스러워…….'

증오가 치솟아 입술을 짓씹은 적이 몇 번이던가.

—『포락』 게르데.

초록나비가 임종을 지켜본 『화염』의 멤버였다.

◇◇◇

늙다리, 라는 것이 사전 정보였다.

『거광』이란 코드 네임을 쓰다가 『뱀』 편에 붙으면서 『청파리』가 된 기드가 가르쳐 줬다. 그는 조금 슬픈 눈빛을 보인 후, 자신의 무기인 칼을 손질하며 말했다.

"역시 일흔둘이라는 고령이니까. 이제 할머니야. 전성기는 한참 전에 지났지. 최근 10년 들어서 한층 실력이 떨어졌어."

그 말을 듣고 게르데를 암살하겠다고 나선 것이 『초록나비』였다.

기드의 인도로 이루어진— 『화염』 멤버 전체 암살.

『보라개미』가 무자이아 합중국에서 『홍로』를 해치운 것처럼 초록나비는 『포락』 살해를 맡았다. 펜드 연방은 초록나비의 홈이기도 했다.

지정된 장소로 유인하는 것도 기드의 정보를 이용하니 쉬웠다.

초록나비의 입김이 작용한 댄스홀로 불러냈다. 휴로 교외에 있는 곳으로, 평소에는 상류 귀족이 모이는 사교장이었다. 그곳이 무인 상태가 되는 심야를 지정했다.

날짜가 바뀔 즈음, 한 노파가 당당한 걸음걸이로 나타났다.

"음? 뭐지?"

노파는 중앙의 의자에 앉은 초록나비를 보았다.

"기드가 부른 줄 알았는데 이런 아가씨가 있을 줄이야. 그 바보가 암호라도 흘렸나?"

게르데는 나이가 느껴지지 않는 모습을 하고 있었다. 밀리터리 팬츠에 탱크톱을 입어 육체를 크게 노출하고 있었다. 양팔은 노파라는 생각이 들지 않을 만큼 단단한 근육에 덮여서 댄스홀에 쏟아지는 조명을 반사하고 있었다.

이런 차림으로 거리를 걸으면 자연스럽게 눈에 띌 것 같지만.

—반세기 이상 전장을 떠돈 불사신 저격수.

그녀의 전설을 아는 초록나비는 긴장이 되었다.

"……교섭하지 않을래? 할머님."

"응?"

"당신의 동료인 『거광』 기드는 동료를 배신하고 가르가드 제국에 붙었어."

게르데의 표정은 변함없었다.

허세라고 판단하고 초록나비는 정보가 진짜임을 보여 줬다.

"아지랑이 팰리스에는 규칙이 있지? 규칙 14, 다른 주민에게 술을 강요하지 말 것. 규칙 15, 알람 시계 대신 화약을 쓰지 말 것. 당신을 위한 규칙이야."

"아~ 맞아."

게르데는 표정을 풀고 쾌활하게 웃었다.

"화약은 클라를 교육하려고 썼던 거지만. 보스한테 된통 혼났어."

어째선지 게르데는 즐거워 보였다. 얼떨떨해하는 초록나비 앞에 놓인 의자에 「영차」 하며 앉았다.

"흐응, 기드가 배신했나. 뭐, 놀랍지는 않네."

게르데는 가벼운 어조로 말했다.

"……그랬군. 그래서 그 타이밍에 클라를 혼자 『화염』에서 떨어뜨려 놓은 건가. 역시 기드도 클라는 무서웠나 봐."

"동요하지 않네?"

"미안하지만 이 정도는 일상다반사니까."

게르데는 손가락을 꼽으며 헤아리기 시작했다.

"이거 보스는 죽겠어. 바보 루카스는 내버려 둬도 죽을 거고, 뭐, 빌레도 형을 따라 죽겠지. 하이디는 한 번쯤 죽는 편이 나아. 클라는…… 제 하기 나름이겠지."

다섯 손가락을 순서대로 꼽다가 마지막으로 하나만 남겼다.

게르데는 「응, 최소한 한 명은 남아. 충분해」 하고 납득한 듯 고개를 끄덕였다.

아무래도 그녀 자신은 처음부터 살아남을 거라고 계산하지 않은 것 같았다.

초록나비는 몸을 앞으로 살짝 내밀었다.

"미는 당신을 언제든 죽일 수 있어."

"……."

"정보를 넘겨줄래? 당신들은 알아냈지? 《효암(曉闇) 계획(노스탤지어 프로젝트)》에 관해. 정보를 넘기면 목숨 정도는―."

말을 마치기 전에 세계가 흔들렸다.

머리를 맞았다고 이해하는 데 시간이 걸렸다. 그 정도로 난데없이 충격이 찾아와서 낙법을 취하지도 못하고 뒤로 넘어졌다.

게르데는 오른손에 검은 막대기 같은 것을 쥐고 있었다.

쓰러지면서 주시하니 그건 소총의 총신이었다. 옷 속에 숨기고 있었을 것이다. 게르데는 숨겨 뒀던 소총을 재빨리 조립해 나갔다.

초록나비가 자세를 바로잡았을 때, 게르데는 이미 소총을 완성시켜 발포까지 끝낸 상태였다.

2연발. 양쪽 어깨에서 피가 뿜어져 나왔다. 총알이 초록나비의 살을 파냈다. 미칠 듯이 강렬한 아픔에 머리가 마비되었다.

“아주 날 우습게 봤어. 이 『포락』을 상대로 교섭인가?”

일부러 살려 줬을 것이다.

게르데는 마음만 먹으면 머리를 쏠 수도 있었다.

“최근 귀가 잘 안 들려서 말이야. 한 번 더 말해 줄래? 응? 날 어쩌겠다고?”

꼴사납게 엎어진 초록나비의 머리를 가차 없이 짓밟았다.

하지만 초록나비는 양쪽 어깨가 아파서 저항할 수도 없었다.

‘이게 어딜 봐서 늙다리야—!!’

정보를 준 기드를 원망할 수밖에 없었다.

‘이 할망구, 어떻게 생각해도 세계 최고봉의 실력이잖아—!!’

의도적으로 거짓말하진 않았을 터다.

『실력이 떨어졌다』는 것은 사실이리라. 전성기가 지났어도 여전히 강해서 그렇지. 그리고 그것을 『늙다리』라고 표현할 수 있을 만큼 『화염』이 이상자 집단인 거다.

뒤통수에 딱딱한 총구가 닿았다.

"—말해. 어디서 《효암 계획》(노스탤지어 프로젝트)이라는 단어를 알았지?"

살기를 머금은 게르데의 목소리가 머리 위에서 들렸다.

◇◇◇

초록나비는 무의식적으로 움켜쥐었던 주먹을 펴고 숨을 골랐다.

'아아, 몇 번을 떠올려도 욕지기가 치밀어……!'

이번 임무는 초록나비의 복수이기도 했다. 살려 달라고 구걸할 뻔한 굴욕을 준 게르데는 원수일 뿐이었다.

하지만 죽이고 싶어도 게르데는 이제 없다.

대신 『포락』 게르데가 살아남으리라고 판단했던 남자—『화톳불』 클라우스를 죽인다.

그걸 위한 포석을 계속 깔고 있었다.

체력과 정신력을 소모시키고, 여전히 그는 모니카를 쫓느라 분주했다. 다친 다리를 제대로 치료하지도 않고 첩보 활동을 계속할 것이다.

숨통을 끊는 것은 초록나비가 할 일이 아니다.

클라우스를 궁지로 몰아넣을 책략은 아직 많이 있다. 클라우스가 완전히 피폐해지면, 다른 임무 중인 『뱀』의 동료와 합류하여 단숨에 죽인다.

임무 완료까지 앞으로 얼마 남지 않았다.

'굳이 걱정거리를 꼽자면, 그래…….'

다시 코트를 입으며 초록나비는 생각했다.

'……콘메리드 타임스의 기사려나. 그 의도만큼은 모르겠어.'

오늘 아침 갑자기 보도된 기사였다.

―【다린 황태자를 암살한 사람은 청은발 소녀】.

초록나비가 보기에도 의미를 알 수 없는 보도였다. 왜 그 신문에 모니카의 모습이 찍혀 있는지. 누가 무슨 목적으로 보도했는지.

모니카에게도 물었지만 「글쎄? 나도 모르겠어」라고 대답했다.

그 진위를 확인할 방법은 없었다.

수상쩍은 느낌은 들었지만, 그 느낌만으로 모니카를 버릴 수는 없었다. 『등불』의 책략일 가능성은 있었다. 일단은 부하에게 조사시키기로 했다.

'슬슬 조사 결과가 나올 때가 됐는데…….'

그렇게 생각했을 때, 출입구 쪽에서 발소리가 들렸다. 사전에 전한 암호를 말하고 초록나비가 있는 방을 찾아왔다.

"초록나비 님……!"

부하 《일개미》 중 한 명이었다. 소심해 보이는 20대 남성으로, CIM의 공작원이기도 했다. 급하게 왔는지 숨을 헐떡이고 있었다.

완벽한 타이밍에 감탄하며 초록나비는 「어서 보고해」 하고 말했다.

"CIM은 실종된 레이먼드 애플턴 편집장의 정보를 입수했습니다. 그는 최근 『봉화련천』이라는 암흑가 조직과 내통하고 있었던 것 같습니다."

"……봉화련천? 처음 듣는데."

"새로운 반정부 세력입니다. 그들은 『구국』을 주장하며 급속도로 세력을 키우고 있습니다."

흐응, 하고 맞장구를 쳤다.

현재 휴로에 넘쳐 나는 수상쩍은 활동가 세력 중 하나인 것 같았다. 어떻게 모니카의 사진을 얻었는지는 역시 불명이었다.

부하는 거기까지 보고하고 나서 「그런데……」 하고 말하기 껄끄러운 듯 눈썹을 찌푸렸다.

「그런데 뭐」 하고 재촉했다.

"20분 전, 다른 신문사가 호외를 발행했습니다. 이것도 『봉화련천』의 짓인 것 같습니다."

그렇게 말하며 그는 신문지를 내밀었다.

등골이 오싹해졌다. 불길한 예감이 드는 것을 억누르며 보도를 자세히 보았다.

단적으로 말하자면 그건 콘메리드 타임스가 보도한 기사의 속보였다.

【우리 구국지사는 다린 황태자 전하를 쏜 암살자를 알린다.

·코드 네임 『다홍이무기』

·나이 16세

·가르가드 제국의 스파이팀 『뱀』 소속

·키: 150cm 머리색: 청은발

·휴로 근교에 잠복 중

목격 정보 제보 바람.】

“허?”

목소리가 흘러나왔다.

기사는 모니카의 얼굴 사진과 함께 게재되어 있었다.

다린 황태자를 암살한 범인이 **가르가드 제국의 스파이**라고 알리고 있었다.

“잠깐만, 잠깐만, 잠깐만, 잠깐만, 잠깐만, 잠깐만, 잠깐만, 잠깐만, 잠깐만, 잠깐만, 잠깐만, 잠깐만.”

낭패감을 감추지 못하고 뇌까렸다.

몇 번을 다시 봐도 잘못 읽은 것이 아니었다.

“미쳤어!!”

초록나비는 외쳤다.

“왜 이런 기사가 보도된 거야?! 너무 터무니없잖아!”

의도도 의미도 전혀 알 수 없었다.

발행한 곳은 펜드 연방에서 다섯 번째로 발행 부수가 많은 신문사였다. 충분히 대기업이라고 할 수 있었다. 이런 낭설을 대대적으로 확산하다니 말도 안 됐다.

정부의 발표를 기다리지 않고 멋대로 용의자를 보도하다니, 제정신으로 할 수 있는 일은 아니었다.

“국내 정치에 대한 불신감이 커지면서 암흑가 측 인간의 영향력이 커졌다고 CIM은 판단했습니다. 다린 황태자 전하가 암살된 영향이지 않을까 합니다."

"그렇다고 해도—!!"

"『봉화련천』의 수장이 벌인 짓입니다."

남자는 확실히 말했다.

"그 여자는 대립하는 반사회 세력을 아울러 마피아 사이를 교섭했다고 합니다. 정치 불신을 조장하고, 의협심을 부추기고, 욕구불만이 쌓인 사람들을 규합하여 지배하에 뒀습니다. 아마 신문사의 중진도 휘어잡아서 강제로 호외를 발행하도록 만든 거겠죠."

저도 모르게 신문을 움켜쥐었다.

신문사가 이렇게까지 나서는 건 원래 있을 수 없는 이상 사태다.

'……왕족의 죽음이 끼칠 영향을 얕봤어. 꼬리에 꼬리를 무는 혼돈…… 이제 무슨 일이 일어나도 이상하지 않아…….'

다린 황태자를 사살하면서 당연히 상응하는 위험성은 각오했다. 전쟁의 불씨가 될 수도 있는 행위였다. 그래도 실행할 수밖에 없는 사정이 있었지만.

이제 세계가 어떻게 움직일지 아무도 예측할 수 없게 되었다.

그리고 그 혼돈 속에서 구심력을 가지기 시작한 존재가 나타났다.

"……그 『봉화련천』의 수장은 누구야? 애초에 『뱀』의 정보를 어디에서—."

"자세한 사항은 불명입니다. 친밀하게 지내는 자일수록 입이 무거운 모양이라……."

남자는 불만스러운 얼굴로 밝혔다.

"다만 구국의 영웅은— 아름다운 소녀라고 합니다."

소녀, 하고 뜻밖의 정보를 초록나비가 되뇌었을 때였다.

고아한 색향을 머금은 목소리가 들렸다.

"어머, 혹시 내 얘기 중이야?"

출입구에서 흑발 소녀가 부드럽게 미소 짓고 있었다.

아는 사람이었다. 『등불』이 펜드 연방에서 활동할 때 몇 번 포착했다.

—『몽어』 티아.

굴곡이 확실한 고혹적인 자태와 듣기 좋은 목소리를 가진 스파이였다.

그 모습을 본 순간 「그렇구나」 하고 이해했다.

그녀가 『봉화련천』의 수장인 것 같았다. 뛰어난 교섭술을 가진 소녀가 『등불』에 있는 것은 파악하고 있었지만, 설마 이 정도로 수완을 발휘할 줄은 몰랐다.

"당신이 『초록나비』 씨지? 만나서 반가워."

또각또각, 하이힐 소리를 내며 티아가 다가왔다.

어떻게 이 장소를 알아냈을까. 『봉화련천』의 힘일까? 아니면—.

"……뭐 하러 왔어? 지금 미는 기분이 아주 안 좋은데."

초록나비는 입었던 코트를 벗어서 양쪽 어깨를 드러냈다.

눈앞에 있는 여자에게 묻고 싶은 것이 아주 많았다. 저쪽에서 먼저 찾아와 줘서 오히려 고마웠다.

부하를 노려보며 「뭘 멍청히 있어? 얼른 붙잡아. 보라개미 씨한테 또 고문받고 싶어?」 하고 협박했다.

남자는 창백해진 얼굴로 즉각 단검을 꺼냈다.

티아가 불쾌한 듯 눈을 찡그렸다.

보라개미에게 빌린 《일개미》는 열두 명 정도. 지금 곁에 있는 것은 한 명뿐이지만, 이 남자도 강력한 암살 기술을 가지고 있었다.

남자는 CIM에 소속된 일류 스파이였다. 이미 열네 명을 죽인 경험이 있었다.

아햐햐, 하고 웃고서 초록나비는 명령했다.

"저 여자를 초주검으로 만들어."

《일개미》 남자는 달려 나갔다. 표정은 소심해 보이지만 동작은 사납고 날렵했다. 단숨에 티아와 거리를 좁히고서 소리를 지르며 단검으로 찌르려고 했다.

티아는 반응하지 못하는 것 같았다.

무기를 들지도 않았고, 육박하는 단검을 쳐다보지도 않았다.

"—【지켜】."

티아가 말함과 동시에 뒤쪽에서 무수한 팔이 뻗어 나왔다. 열두 개.

중과부적이었다. 《일개미》 남자는 단검을 든 팔을 잡혔고, 머리, 목, 다리까지 차례대로 잡혀서 눈 깜짝할 사이에 제압당했다.

어느새 티아 앞에 험상궂은 남녀 여섯 명이 나타나 있었다. 남자 한 명을 제압하여 기절시키고 다음 타깃을 정하듯 초록나비를 노려보았다.

『봉화련천』의 마피아들일 것이다. 실력 있는 자들을 추려 온 모양이었다.

티아는 그들에게 고맙다고 인사하고서 우아한 동작으로 초록나비에게 다가왔다.

"완전 교주네~."

초록나비는 웃었다.

"아니면 영웅이라도 된 줄 아나 봐?"

"당신들은 그만한 짓을 했어."

티아는 손을 들어 척 가리켰다.

"저자가 바로 다린 황태자 전하를 쏜 자와 한패인 역적이야! 『다홍이무기』와 합심하여 세계를 혼돈에 빠뜨리고 있는 『뱀』의 일원!"

여섯 마피아의 눈빛이 바뀌었다.

티아는 날카로운 목소리로 말했다.

"—【붙잡아】."

그 호령을 듣고 마피아들이 일제히 달려들었다.

초록나비는 몸을 물리고 뒤쪽에 있는 창문으로 달렸다.

'윽! 일단 도망칠 수밖에 없겠어!'

초록나비가 소지한 총알의 수는 열네 개. 여유롭게 상대하다가는 순식간에 다 떨어질 양이었다.

창문을 깨고 해가 저물기 시작한 휴로의 거리로 나갔다.

초록나비가 뛰어내린 곳은 맞은편 빌딩의 지붕이었다. 14층 창문에서 8층 지붕으로. 발에 가해지는 충격을 흘리며 무난하게 착지했다.

"……아아~ 재미없어."

초록나비는 공중을 향해 총알을 두 발 쐈다. 주위에 있는《일개미》들에게 비상사태를 알리는 신호였다.

그 발포음을 듣고 건물 바로 아래쪽 큰길에 줄지어 있던 시위대가 비명을 질렀다.

그들이 뿔뿔이 흩어져 도망치기 시작하면서 일대는 아비규환이 되었다. 시위대와 싸우던 경찰도 그 대응에 쫓겼다.

티아가 바로 쫓아올 것 같지는 않았다.

'뭐, 결국 마피아니까.'

초록나비는 조금 전까지 자신이 있었던 빌딩을 올려다보았다.

'빌딩의 지붕에서 지붕으로 뛰는 훈련은 받지 않았겠지. 도망치긴 쉽겠어.'

스파이라면 당연히 익히는 기능도 없다.

티아가 모았다는 마피아는 창가에 서서 어쩌지도 못하고 초록나비를 바라보고 있었다.

이 틈에 도망치자고 낙관했을 때— 총알이 얼굴을 스쳤다.

"——!"

돌아보니 무수한 마피아들이 초록나비를 에워싸고서 총구를 겨누고 있었다.

초록나비가 있는 지붕과 옆 빌딩 옥상, 빌딩 고층의 창문.

그것들을 가득 채울 만큼 무수한 마피아가 대기하고 있었다.

—어림잡아 100여 명. 『봉화련천』의 구성원인 듯했다.

'단기간에 이렇게까지—!'

얕봤다고 말하지 않을 수 없었다.

역시 도망칠 수밖에 없었다.

그들은 주저하지 않고 발포하기 시작했다. 그나마 다행스럽게도 그들은 사격 훈련을 받은 군인이 아니라 마피아 구성원일 뿐이었다.

사격 실력은 이류. 그들이 쏜 첫 번째 총알은 전부 피하는 데 성공했다.

하지만 문제는 숫자였다.

포위망을 돌파하려면 초록나비가 소지한 연막탄을 전부 소비할 수밖에 없었다.

연기에 몸을 숨기며 수류탄 두 개를 마구잡이로 던졌다. 시민이 휘말리든 말든 신경 쓰지 않는 무차별 테러리즘이었다.

지상에서 잇달아 터져 나오는 비명은 마피아들의 지휘 계통을 어지럽혔다.

초록나비는 연막 속에서 당황한 마피아들 사이를 누벼 지상으로 뛰어내렸다. 옆을 지나가던 일반인 남성을 때려 기절시키고 코트를 뺏었다.

'……도주용 도구를 대부분 소비했어. 지금은 몸을 숨길 수밖에 없어.'

코트를 걸치고서 인근 빌딩 중에 숨을 만한 곳이 없는지 찾았다.

다행히 폐허로 보이는 빌딩을 바로 찾을 수 있었다.

비상계단을 이용하여 2층으로 올라가 권총으로 자물쇠를 파괴했다.

코트는 문 앞 난간에 걸고 특별한 매듭으로 묶었다. 이곳으로 오라고 부하《일개미》에게 보내는 신호였다.

'준비를 갖춘 다음 도망치기로 할까. 시간만 잘 벌면—.'

사고는 중단되었다.

아무도 없는 줄 알고 들어온 빌딩 안에서 인기척이 났기 때문이다.

"어머? 빨리 왔네."

티아였다.

아까와 다름없이 자랑스럽게 웃으며 초록나비를 기다리고 있었다.

"현지 협력자가 이렇게나 많은걸. 앞지르는 것 정도는 가능하지."

전부 계획된 일이었던 모양이다.

한 방 먹은 느낌에 얼굴이 홧홧해졌지만, 금방 냉정함을 되찾을 수 있었다.

인정할 수밖에 없었다. 눈앞의 소녀는 얕볼 수 없다. 자신을 끝장내기 위해 상당한 준비를 했다.

"너무 터무니없잖아."

초록나비는 도발하듯 혀를 내밀었다.

"저 신도들은 뭐야? 너도 이 나라를 좀먹는 스파이 중 한 명이잖아? 거짓말해서 수족으로 삼았구나? 엄청난 악녀네."

마피아들의 충성심을 보건대 그들은 정말로 티아를 『구국의 영웅』이라고 믿고 있었다. 잘 속인 듯했다.

티아는 살짝 시선을 내렸다. 초록나비의 말을 의외로 무겁게 받아들이고 있는 것 같았다. 시름 어린 한숨을 쉬고서 작게 고개를 저었다.

"맞아, 나는 저들에게 거짓말했어. 내가 스파이라는 건 말하지 않았어."

티아는 고개를 들었다.

"하지만 이 나라를 구하겠다는 건 진심이야. 『뱀』에게 침식당한 이 나라를 구제할 거야. 그 종착점에 거짓은 없어."

"……뭐? 펜드 연방은 타국이잖아?"

"그렇지."

"이해가 안 가. 딘 공화국의 스파이가 타국을 구해서 어쩌려고?"

"상관없어."

티아가 자랑스레 웃었다.

"내 목표는 적조차 구하는 영웅이니까."

초록나비는 전혀 이해할 수 없었다.

자신감 넘치는 그 표정이 기분 나빠서 「바보 아니야?」 하고 내씹듯 말했다.

—초록나비가 알 리 없었다.

『홍로』 페로니카에게 구출되어 티아가 품은 영웅 소망.

티아는 그 강한 동기를 새로운 힘으로 승화시켰다.

『봉황』의 멤버들에게 배운 스파이의 싸움법— 『사기술』.

본인이 갖춘 특기와 속임수를 합쳐서 난적을 타파하는 방법. 티아는 『우금』 팔마에게 지도받아 사기술을 습득하기에 이르렀다.

마음을 읽는 교섭술. 그리고 단체를 통째로 속여서 자신을 영웅으로 숭배하게 만든다.

『교섭』×『우상』— 우신(愚神) 예찬.

펜드 연방에서 꽃핀 티아의 강력한 사기술이었다.

티아의 힘은 몰랐지만, 초록나비는 눈앞의 존재를 적으로 인지하고 냉정하게 관찰했다.

앞질러 대기한 것치고 티아는 무기다운 무기를 들고 있지 않았다. 심지어 오른팔은 부상을 입은 상태였다. 빌딩 안은 휑하여 아무것도 없었다.

'그렇게 많은 부하를 선동하고서 왜 이 녀석뿐이지……?'

티아에게서는 여유로운 분위기가 느껴졌다.

이미 이겼다는 듯이 서 있었다. 그게 초록나비의 신경을 건드렸다.

'……혹시 날 얕보고 있나?'

그렇다면 아주 건방진 일이었다.

초록나비는 품에서 아이스픽을 꺼냈다. 주저 없이 심장이나 경동맥을 찌를 수 있는 기술이 있다면, 뼈에 부딪치기 쉬운 날붙이보다 훨씬 쓰기 좋은 무기였다.

아이스픽의 뾰족한 끝부분을 티아에게 겨눴다.

"딱히 미가 못 싸우는 건 아니란 말이지."

"……그런 것 같네."

"그리고 벌써 미의 부하도 왔어."

초록나비가 들어온 문 쪽에서 발소리가 들리더니 《일개미》가 속속 들어왔다.

보라개미에게 세뇌당해 매일 계속 단련하는 그들은 마피아보다 우수했다. 금세 초록나비 곁으로 달려와 줬다. 휴로에 숨겨 둔 《일개미》 중 절반이 모였다.

수는 여섯 명. 공교롭게도 아까 초록나비를 에워쌌던 마피아의 수와 똑같았다.

그리고 입장은 역전됐다.

"얼른 밖에 있는 마피아들에게 도움을 요청해. 그 녀석들이랑 같이 죽여 줄 테니까. 아하하! 이 《일개미》들에게 폭탄을 들려서 돌격시켜 줄게!"

초록나비는 아이스픽을 휘두르며 웃었다.

그 말에 《일개미》들도 숨을 삼켰지만, 그녀가 진심으로 명령하면 망설이지 않고 실행에 옮길 것이다. 저항하기 위한 이성은 이미 빼앗겼다.

티아는 분노에 떨며 주먹을 움켜쥐었다.

"……그렇게는 못 해."

"응?"

"딱히 마피아 사람들을 진심으로 싸우게 만들고 싶은 건 아니야. 당신을 이곳으로 유도하기 위해 도움을 받았을 뿐이지."

"……물러 터졌네."

"상관없어. 『봉화련천』을 만든 가장 큰 목적은— 미디어 전략이니까."

초록나비는 오한을 느꼈다.

공간을 채우듯 강한 살기가 퍼지고 있었다. 굶주린 맹수가 목을 물어뜯으려는 것 같은 느낌조차 들었다.

점차 사태를 파악했다. 그 신문 기사의 진의를—.

"당신은 황태자 암살 혐의를 릴리에게 뒤집어씌우겠다고 협박했지?"

티아는 해설을 계속했다.

"하지만 이제 무리 아닐까? 세간은 암살 사건의 범인을 모니카라고 인식했고, 모니카 자신도 모습을 드러내 폭파 사건까지 일으켰어. 이 상황에서 『릴리가 진범』이라고 주장해 봤자 누가 믿을까? 이미 진실은 확정됐어."

단, 그것은 초록나비의 상정과는 전혀 다른 인물이 용의자가 된 진실이었고—.

게다가 용의자는 가르가드 제국의 스파이라는 거짓까지 섞여서—.

"이제 릴리를 암살자로 만드는 건 불가능하잖아? 릴리의 안전은 지켜졌어."

미소 짓는 티아 옆에서 기둥에 숨어 있던 소녀가 튀어나왔다.

"—모니카는 당신의 지배에서 해방됐어."

리볼버 권총을 든 모니카가 나타났다.

무시무시한 살기의 정체는 모니카였던 모양이다.

초록나비는 뒤로 물러나며 《일개미》의 등을 걷어찼다.

그것을 신호로 여섯 《일개미》가 움직이기 시작했다. 네 명이 권총으로 공격하고, 다른 두 명은 모니카를 기다렸다. 스파이 한 명을 죽이기에는 넘치도록 충분한 연계였다.

날아간 총알 네 개는 똑바로 달려드는 모니카에게 명중할 터였다.

하지만 맞았다고 생각한 순간— 모니카가 옆으로 사라졌다.

총알 네 개는 전부 그녀의 왼쪽으로 빗나갔다.

《일개미》들이 두 번째 총알을 쏘기 전에 모니카는 접근해 있었다. 그 이후의 움직임은 전부 물 흐르듯 군더더기 없이 이루어졌다.

저격수의 어깨를 저격했다. —한 명.

단검을 휘두르는 여자의 공격을 허리를 숙여 피했다. 첫 번째 저격수가 떨어뜨린 권총을 줍고 양손에 든 권총을 동시에 발포해서 좌우 남녀의 다리를 부쉈다. —두 명, 세 명.

진형이 무너진 《일개미》들이 재정비할 틈 따위 주지 않고 남자의 턱에 날카로운 하이킥을 날려 기절시켰다. —네 명.

두 남자가 좌우에서 단검을 들고 달려들었다. 그 공격을, 아까 총알을 피했을 때처럼 사라지는 듯한 발놀림으로 피했다. 직후, 양손에 든 권총으로 두 사람의 어깨를 쏴서 넘어뜨렸다. —다섯 명, 여섯 명.

모니카는 시시하다는 듯 빼앗은 권총을 버렸다.

초록나비는 떨어진 곳에서 전율했다.

'순식간에―?!'

믿을 수 없는 광경에 숨이 멎었다.

물론 모니카의 실력을 우습게 본 적은 없었다. 그 잠재 능력을 높이 산 사람은 초록나비다.

하지만 지금 모니카는― 예상을 훨씬 뛰어넘는 엄청난 박력을 보이고 있었다.

그리고 무엇보다도 초록나비를 놀라게 한 것은―.

'―『포락』의 발놀림……!!'

그 신속한 동작은 초록나비도 봤었다. 순간 이동이라고 착각할 듯한 속도.

정지 상태에서 순식간에 최고 속도로 움직이고, 총알을 전부 피하고 일방적으로 유린하는― 불사신이라고 칭송받던 『포락』의 핵심 기술.

모니카의 움직임은 어떻게 생각해도 그녀의 기술이었다.

티아가 감탄한 듯 웃었다.

"훌륭한 움직임이네. 빈드 씨한테 배웠어?"

"배웠다기보다 주입당한 거지. 아직 불안전해. 그 녀석이나 클라우스 씨만큼 능수능란하진 않아."

"나는 이제 누가 얼마나 빠른지 판별이 안 가."

대화를 나누는 두 사람을 보고 초록나비는 땀을 줄줄 흘렸다. 눈앞에서 펼쳐지는 광경에 한기가 가시지 않았다.

'말도 안 돼, 이 느낌은……!'

—대중을 마음대로 선동하여 세계를 변혁시켜 나가는 여자.

—그 여성을 수행하며, 대적하는 자를 파괴해 나가는 무쌍의 여자.

이건 잘못됐다고 이성이 호소했다. 눈앞의 소녀들은 확실히 재능의 편린을 보였지만 절대 세계 최고봉의 수준은 아니었다. 그럴 리가 없었다.

하지만 초록나비의 머리는 어째선지 연결시켰다.

티아와 모니카의 뒤에 있는 거대한 무언가에 겁을 먹고 말았다.

—『홍로』 페로니카. 그리고 『포락』 게르데.

일찍이 그림자 전쟁으로 세계를 지배한 2인조의 모습을 겹쳐 보게 되었다!

'……이 녀석들은 뭐야!!'

애초에 이들의 계획부터가 미친 계획이었다.

모니카가 자진하여 왕족을 죽인 대죄인을 연기하고, 동료인 티아가 신문사를 움직여 그것을 퍼뜨린다— 어떻게 생각해도 제정신으로 할 수 있는 일은 아니었다.

두 사람은 초록나비가 모르는 수단으로 줄곧 연락을 주고받은 걸까.

그 기사에 실린 사진은— 모니카가 미아 고돌핀 국장을 죽이는 현장을 찍은 사진은 그녀들이 위조한 것이리라. 시신은 위장. 『등불』에는 변장의 달인이 있는 모양이다. 아마 그레테일 것이다. 그레테에게 마스크를 만들라고 하고 다른 여성이 시체인 척 연기한 걸까.

거기까지 추측했을 때, 티아가 한 걸음 앞으로 나왔다.

"들었어. 당신, 모니카의 파트너가 되고 싶어 했다며? 웃기는 소리야."

티아는 초록나비에게 강하게 단언했다.

"분수를 알아야지. —모니카의 파트너는 나야."

초록나비를 업신여기는 눈으로 깔보았다.

모니카는 뭔가 하고 싶은 말이 있는 것처럼 일순 눈썹을 찌푸렸지만 티아의 말을 부정하지 않았다. 권총을 움켜쥔 채 초록나비의 거동을 관찰했다.

초록나비는 다시금 《일개미》들을 보았다.

그들은 권총으로 관절을 파괴당하여 일어나지 못하는 것 같았다. 죽지는 않겠지만, 모니카를 상대로 싸우는 것은 무리이리라.

크게 한숨을 내쉬었다.

"있지, 모니카."

"왜? 이제 다홍이무기라고 안 불러?"

"응, 정말 아쉬워. 모니카와 함께 암약하는 걸 기대했는데 말이야. 절망을 함께 나누고 싶었어. 하지만 이게 모니카의 선택이구나."

"너의 소망 따위 알 바 아니야."

"응, 좋아. 1라운드는 미가 이겼어. 2라운드는 모니카의 승리려나? 이제 알았어. 진짜 알았어. 100% 알아 버렸어~."

들고 있던 아이스픽을 움켜쥐고 아하햐 웃었다.

"—3라운드를 시작하자. 초록나비로서 진심을 보여 줄게."

초록나비가 톱니 같은 치아를 보인 순간, 빌딩의 창문이 깨졌다.

무수한 총알이 날아듦과 동시에 권총을 든 무리가 돌입해 왔다.

모니카와 티아는 즉각 창문에서 멀어졌다.

"CIM?! 왜 지금?!"

습격해 온 것은 펜드 연방의 첩보 기관 부대였다.

초록나비도 뒤로 물러나며 공작원 한 명과 눈을 마주쳤다. 초록나비가 아니라 티아와 모니카를 습격하도록 유도했다.

티아가 비명을 질렀다.

"모니카, 도망치자! 지금 네가 CIM과 맞닥뜨리면 위험해!"

그 말에 이어 모니카가 물러나기 시작했다. 궁여지책으로 초록나비에게 총을 한 발 쐈지만, 목을 살짝 기울이니 피할 수 있었다.

"완·명·불·령!"

초록나비는 떠나는 모니카에게 삿대질했다.

"—잘못된 선택을 한 무능한 녀석들 같으니라고. 맞이할 파멸에 벌벌 떨다가 순흑색 악몽에 괴로워하며 죽어라!!"

이제부터가 진짜 싸움이라고 선언하듯이.

◇◇◇

상처를 치료한 클라우스는 그레테를 병원에 맡긴 후 에르나, 지비아, 릴리를 데리고서 퀸 클레트역으로 돌아왔다. 아마 티아는 이곳에 있을 거라고 생각하여 수색을 시작한 직후에 역의 서쪽에서 폭파음이 울렸다.

달려가니 일대는 패닉 상태였다.

빌딩 지붕에서 마피아가 마구 발포하고 있었다. 양쪽 어깨에 상처가 난 초록나비인 것 같은 소녀가 일순 보였지만 금세 연막 속으로 사라졌다. 쫓아가려고 했으나 망설여졌다. 그녀가 던진 수류탄이 큰길에 있는 시민에게 떨어지려고 했다.

타국 사람이어도 목숨이 위험한 일반 시민을 내버려 둘 수는 없었다.

클라우스가 「지비아!」 하고 자신과 연계할 수 있는 소녀를 부르자 지비아는 「말 안 해도 알아!」 하고 힘차게 말하고서 동시에 달려 나갔다.

지비아는 바야흐로 떨어지려고 하는 폭탄을 잡아 클라우스에게 던졌다.

클라우스는 맨홀 뚜껑을 엶과 동시에 폭탄을 하수도에 던졌다.

맨홀에서 화염이 뿜어져 나왔다. 울려 퍼지는 굉음에 사람들이 한층 더 비명을 질렀다. 혼란이 가속되었다. 유탄을 맞고 쓰러져 있는 사람도 있었다. 클라우스와 소녀들은 한참 전에 모습을 감춘 초록나비보다도 시민들을 돕는 것을 우선할 수밖에 없었다.

한동안 발이 묶여 있으니 클라우스 앞에 생각지 못한 소녀가 나타났다.

"선생님?!"

티아였다.

아무래도 이렇게까지 가까이 있을 줄은 몰랐던 모양이다.

"티아."

클라우스는 낮은 목소리로 말했다.

"아주 제멋대로 굴었구나. 『봉화련천』이라는 조직까지 만들고."

"아, 아니, 그건—."

티아는 일순 둘러대려는 기색을 보였으나 금방 포기한 듯 고개를 젓고서 깊이 머리를 숙였다.

"—죄송합니다. 나중에 어떤 처분이든 받을게. 하지만 모니카의 지시였어. 특히 선생님한테는 절대로 밝히지 말라고 해서."

해 줄 잔소리는 아주 많았지만, 나중에 해도 될 것이다.

예전에 티아는 타국 스파이인 아네트의 모친의 도주를 도와주려고 했었고, 그때 모니카에게 지원받았었다. 이번 일은 그 은혜를 갚는다는 측면도 있었을 터다.

무엇보다 확인하고 싶은 사항이 있었다.

"그래서? 지금 모니카는 어디 있지?"

"어……?"

티아는 아연한 얼굴로 돌아보았다.

하지만 그녀의 뒤에 모니카는 없었다.

"어라……? 왜?"

티아의 얼굴에서 점차 핏기가 가셨다.

"……이상하네. 아까까지 같이 있었는데…… 어디 갔지……?"

모니카는 이미 티아를 떠난 듯했다.

아연해하는 티아 곁으로 다른 소녀들도 차례차례 모여들었다. 비통한 눈물을 흘리면서.

클라우스는 담담히 질문을 계속했다.

"모니카는 이후에 어떻게 움직일 거라고 설명했지?"

"……드, 『등불』에 돌아오겠다고 했어……. 이대로 있으면 모니카가 다린 황태자 암살범이 되어 버리니까 선생님의 도움을 받아 숨고……."

티아의 목소리는 뒤로 갈수록 점차 작아졌다.

뭔가 안 좋은 사태를 알아차린 듯 손끝이 떨리고 있었다.

"……그런 다음 다 같이 CIM과 싸워서 무고함을 증명하고……."

"그런가, 너도 모니카한테 속았구나."

꾸짖을 기력을 잃어버렸다.

모니카가 진심으로 티아를 속였다면 간파하기는 어렵다. 클라우스도 티아처럼 오해하고 있었다. 조금 전에 진상에 도달했다.

"……나도 똑같은 상정을 하고 있었어. 모니카는 이중 스파이로서 『뱀』을 따르는 척하는 것일 뿐, 언젠가 『등불』에 돌아올 거라고. 나는 다린 황태자 암살 용의자가 된 모니카를 지키기 위해 CIM에게 저항할 생각이었어."

체념한 듯한 모니카의 미소가 뇌리를 스쳤다.

클라우스는 한숨을 쉬며 말했다.

"하지만 모니카의 각오는 그걸 웃돌고 있었어."

두 사람 사이에 있었던 그 어긋남 때문에 모니카를 막지 못했다.

이미 다른 소녀들에게는 추측한 바를 알려 줬다. 다들 아연해했고, 개중에는 울음을 터뜨리는 소녀도 있었다. 믿고 싶지 않은 가능성이었다.

"모니카는 처음부터 누명을 벗을 마음 따위 없었어. 『등불』에 돌아올 마음도 없어. 다린 황태자를 암살한 가르가드 제국의 스파이로 계속 행동하여 CIM의 표적이 되고—."

무겁게 고했다.

"—그대로 죽을 작정이야."

10장 배신자

휴로 동부에 「독로드」라는 항구 군집이 있었다.

도시 중앙을 흐르는 테레코강을 따라 거대한 항구가 여러 개 줄지어 있었다. 한 세기 전까지만 해도 세계 최대의 항구로서 각국에서 수입품이 대량으로 모이는 거점이었다. 일대에는 벽돌로 지은 거대한 창고와 원유를 모아 두는 둥근 탱크가 비좁게 늘어서 있었다.

이미 해가 저물고 있지만, 이 지역이 어둠에 잠기는 일은 없었다. 끊임없이 도착하는 화물을 하역해야 해서 강한 조명이 일대를 밝히고 있기 때문이다.

특히 부두 부근은 대낮처럼 밝은 빛에 휩싸여 있었다.

모니카는 독로드의 창고 위에 서 있었다. 멀리서 부두를 바라보며 느긋하게 쉬고 있었다.

그녀의 손에는 무전기가 쥐어져 있었다. 티아에게서 훔친 것이었다.

하지만 무전기는 아무런 반응을 보이지 않았다.

'메시지 정도는 남겨도 좋을 것 같았는데, 소용없겠어.'

스피커에서는 빗소리 같은 불명료한 소리가 날 뿐이었다.

무선 전파가 섞여서 혼선이 일어난 것 같았다.

'……CIM 녀석들이 모여서 그런가. 상당한 인원을 할애한 모양이야.'

그 사실을 받아들이고 노을로 시선을 돌렸다. 가라앉는 태양에 겹쳐 보는 것은 지금부터 맞이할 자신의 말로였다.

—다른 선택지는 없었을까.

그렇게 수없이 생각했다. 하지만 좋은 답은 떠오르지 않았다.

'CIM은 완전히 『뱀』에게 장악당했어. 말 따위 안 통해. 딘 공화국의 스파이가 왕족을 죽였다고 어째선지 단단히 믿고 있어.'

그들은 다린 황태자를 암살한 자를 찾으려고 혈안이 되어 있었다. 이제 체면의 문제일 것이다. 암살자를 놓친다는 실책을 저지르면 국가의 위신이 위태로워진다.

『등불』에 주어진 선택지는 두 개였다.

—딘 공화국의 스파이를 한 명 희생한다.

—힘껏 저항하여 흑막이 가르가드 제국의 스파이임을 증명한다.

택하고 싶은 것은 물론 후자였다.

'하지만 딘 공화국의 스파이로 이름을 날리고 있는 클라우스 씨가 공공연하게 저항하면 커다란 외교 문제가 돼. 『등불』의 안전도 위태로워지겠지.'

애초에 CIM은 『뱀』에게 조종당하고 있다. 아무리 억울하다고 호소해도 들어 주지 않을 가능성이 크다.

부질없는 소모전이 계속되다 보면 언젠가 『등불』의 누군가가 목숨을 잃을지도 모른다.

『봉황』에 이어 누가 희생될까? 그레테? 지비아? 티아? 사라? 아네트? 에르나? 아니면 릴리? 혹은 전원?

비극을 상상했을 때, 식은땀이 흘렀다.

'스스로도 믿기 어렵지만.'

그녀는 조용히 생각했다.

'나는 양쪽 다 지키고 싶은 거야. 릴리도, 그리고—『**등불**』도.'

몇 번을 생각해도 결단은 바뀌지 않았다.

모니카 한 명이 희생되면 전부 해결된다.

펜드 연방의 국민은 암살자의 죽음에 안도한다. CIM의 체면은 지켜진다. 암살자는 가르가드 제국의 스파이로 보도되었기에 딘 공화국은 펜드 연방과의 외교 문제를 피할 수 있다. 『등불』은 최소한의 희생으로 『뱀』과의 다음 전투에 대비할 수 있다.

모두가 해피 엔딩이다.

유일하게 마음에 걸리는 것은 릴리와 한 약속이었다.

—『약속이에요. 아무도 죽지 말아 주세요. 이 이상 누구도 죽지 않고 다 같이 아지랑이 팰리스로 돌아가는 거예요. 그것만큼은 맹세해 주세요.』

동료 앞에서 선서하듯 꺼냈던 그녀의 말.

떠올릴 때마다 미소가 지어졌다.

"미안, 약속은 못 지킬지도 몰라."

자조적으로 웃고서 앞을 응시했다.

"왜냐하면 나는 어리석고 비열한— 배신자니까."

모니카는 이중 스파이가 되지도 못했다. 『등불』도 『뱀』도 버렸다.

클라우스의 도움조차 뿌리치고 홀로 이곳에 서 있었다.
그렇기에 청산할 때가 온다.
모니카를 기다리는 최종 결전— 그건 바로 CIM과의 승산 없는 총력전이었다.

◇◇◇

혼란 속에서 아멜리는 CIM의 본부로 돌아왔다.
『등불』의 거점에서 탈주한 것이다. 도망치면서 클라우스가 설치한 교묘한 트랩을 전부 간파하지는 못했다. 뭔가 스위치를 누른 느낌은 들었다.
아마 클라우스에게 무전이 가서 아멜리의 탈주를 눈치챘을 것이다. 만약 그가 작정한다면 『배리어스』의 부하는 모두 죽는다.
하지만 그걸 알아도 아멜리는 가야 했다.
'타임 오버예요, 화톳불. 이렇게까지 혼란이 퍼졌다면 부하 전원의 목숨을 버리더라도 상층부에 보고할 수밖에 없어요.'
마음 아프지만 스파이로서 올바른 판단을 내려야 했다.
CIM 본부에 도착한 아멜리는 최고 기관인 『하이드』의 방으로 갔다. 칸막이 너머에 있는 다섯 명에게 사실대로 말했다. 『뜬구름』 란을 쫓으며 『등불』과 협력했으나 함정에 빠져서 구속당했다는 것. 부하를 인질로 잡혀서 따를 수밖에 없었다는 것.
『하이드』는 묵묵히 보고를 들었다.

피부가 얼얼해짐을 느끼고 아멜리는 공간을 채우는 긴장을 알아차렸다.

"『배리어스』의 실책은 나중에 따져도 되겠지. 조만간 처분을 내리겠지만 그게 지금은 아니야."

한 명이 위엄 있는 목소리로 말했다.

다른 네 사람도 동의했다.

"아멜리, 네가 본 것을 그대로 말해라."

낮은 남성의 목소리가 들렸다.

"……말씀 받들겠습니다."

"다린 전하를 사살한 것은 『뜬구름』 란인가?"

"아뇨, 틀린 것 같습니다. 다린 전하가 암살당한 밤, 『뜬구름』의 상처를 확인했습니다. 그녀는 암살할 수 있는 상태가 아닙니다. 적어도 실행범은 아니라고 생각합니다."

"어떤 신문사는 『다홍이무기』라는 스파이가 범인이라고 보도했다. 이에 관해서는 어떻게 생각하지?"

"판단하기 어렵습니다."

솔직한 대답이었다.

이 문제의 답을 가지고 있는 사람은 아마 범인뿐일 것이다.

"으음, 이상해…… 우아함, 과는 거리가 멀어……."

칸막이 너머에서 그늘진 남성의 목소리가 들렸다. 우아함, 이라는 말을 유독 강조했다.

"『딘 공화국의 스파이가 다린 전하를 노리고 있다』라는 건 『마술사』가 가져온 정보일 터. **우리에게 절대 있어서는 안 되는 실수가 있었다는 건가?**"

방의 기온이 미미하게 내려간 것 같았다. 『하이드』 내에서 대립이 일어난 듯했다. 『마술사』라는 자가 표적이 되었다.

그러자 여자의 잠긴 목소리가 들렸다. 그녀가 『마술사』일까.

"……틀린 건 아니야."

"흐응?"

"즉, 신문 기사가 사실이란 거지. —암살자의 정체는 딘 공화국의 스파이로 위장한 가르가드 제국의 스파이. 사소한 오해가 있었을 뿐이야."

『마술사』의 변명 같은 중얼거림이 들린 후, 긴 정적이 찾아왔다.

낮은 남성의 목소리가 재차 물었다.

"아멜리, 네게 묻겠다."

위압적인 목소리였다.

"『다홍이무기』는 어느 쪽 스파이지? —딘 공화국인가? 가르가드 제국인가?"

잠시 망설였다.

하지만 이에 관해서는 대답할 수 있었다. 사실을 말하면 됐다.

"『다홍이무기』 모니카는 **제 눈앞에서 『등불』의 동료를 습격했습니다.**"

모니카가 주저 없이 동료에게 단도를 휘두르는 현장을 목격했다.

"—가르가드 제국의 내통자인 것 같습니다."

칸막이 너머에서 한숨 소리가 들렸다.

한동안 침묵이 흐른 후, 『하이드』 다섯 명이 뭔가를 합의하는 낌새가 있었다.
“지금 움직일 수 있는 CIM의 모든 부대에게 통달한다. 적은 가르가드 제국 소속의 역적이다.”
이윽고 명령이 떨어졌다.

“―즉시 『다홍이무기』를 죽여라. CIM의 위신을 걸고 절대 놓치지 마라.”

아멜리는 치마를 살짝 들며 「명 받들겠습니다」 하고 고개를 숙였다.
이렇게 되리라고 예상은 했다. 반제국파에게도 친제국파에게도 모니카는 말살해야 할 대상이다. 이 결단은 필연이었다.
‘……전부 그 아이의 계획대로인 걸지도 모르지만.’
모니카의 눈에서는 그런 쓸쓸함도 엿보였었다. 클라우스에게는 말하지 않은 정보였다.
어쨌든 아멜리가 모니카를 감쌀 이유는 없었다.
망설임은 없다. 『다홍이무기』를 처형하는 것은 지금 펜드 연방의 전 국민이 바라는 일이었다.

◇◇◇

모든 진상을 알게 된 티아는 아연실색했다. 배신당했다는 사실이 충격인지 눈물을 글썽거리며 어깨를 떨었다.

「거짓말이야……」하고 속삭였지만, 긍정하는 동료는 아무도 없었다.

맨 처음 클라우스가 밝혔을 때도 소녀들은 똑같은 반응을 보였다. 받아들이기 어려운 사실에 아연해하며 치솟는 불안에 허덕였었다.

"그 배신자……!!"

티아가 분한 듯 주먹을 움켜쥐었다.

"저지하자! 모니카 혼자 희생된다니—."

말은 무수한 발소리에 차단되었다.

검은 코트를 입은 사람들이 클라우스와 소녀들을 포위하듯 모이기 시작했다. 패닉에 빠진 군중 속에 섞여 접근한 것 같았다.

수는 대략 스무 명 정도.

"CIM이군."

클라우스가 조용히 물었다. 만약 상대에게 공격 의사가 있다면 얼마든지 해치울 수 있다.

집단에서 한 사람이 앞으로 나왔다.

검은 피부에 금발을 지닌 남성으로, 강자 특유의 차분한 분위기를 풍겼다. 콘메리드 타임스 앞에서도 봤었다. 칠흑색 코트의 허리춤에 시대착오적인 세이버를 차고 있었다. 「네가 화톳불인가?」 하고 말했다.

마치 쓰레기를 보듯 경멸하는 시선을 보내고 있었다.

"나는 CIM의 방첩 부대 『바나딘』의 대장— 『갑주사』 메레디스.

네가 싸운『배리어스』의 동료 같은 거다."
"그런가. 무슨 일로 왔지?"
"그렇게 적의를 보이지 마. 우리한테는 인질이 있어."
그가 힐끔 시선을 보낸 곳에서 다른 남자들이 갈색 머리 소녀와 연지색 머리 소녀를 구속하고 총구를 대고 있었다.
"사라?! 란?!"
지비아가 외쳤다.
이름을 불린 소녀들은 분한 듯 입술을 깨물었다.
"죄, 죄송해요. 갑자기 쳐들어와서—."
"미안하오. 역시 수적 열세를 뒤집을 수는 없었소."
클라우스는 동요하지 않았다.
"아멜리가 알려 줬나."
그녀가 도망친 것은 알았지만 사라에게 지시할 여유가 없었다. 마침 모니카와 싸우던 타이밍이었다.
메레디스라는 남자는 흥 콧방귀를 뀌고서 계속 말했다.
"지금부터 CIM은『다홍이무기』를 말살하기 위해 움직일 거다. 녀석의 정보를 내놔. 딘 공화국에게도 녀석은 배신자일 테지."
"……."
"감싼다면 너희도 왕의 적으로 간주하겠다."
생각했다. 왼쪽 다리를 다친 클라우스가 인질을 포함하여 모든 소녀를 지키면서 여기 있는『바나딘』스무 명을 몰살해 입을 막을 수 있을까.

가능은 하다. 하지만 위험성이 크고, 성공해도 밝은 미래는 보이지 않는다.

메레디스는 여유로운 목소리로 말을 이었다.

"얌전히 따라. 우리도 딘 공화국과 괜한 외교 문제를 만들고 싶진 않아. 『다홍이무기』가 딘 공화국 출신이라고 공표되는 것보다는 나을 텐데? ―전쟁을 벌이고 싶나?"

결단할 수밖에 없었다.

클라우스는 품에서 권총을 꺼내 땅에 버렸다.

소녀들은 괴로운 얼굴로 숨을 삼켰다.

"끝났어."

지비아가 내씹듯이 말했다.

"당신네들 나라는 끝났어."

포위한 『바나딘』들의 표정이 일순 험악해지며 지비아에게 강렬한 시선을 보냈다. 메레디스는 시시하다는 듯 「건방진 애송이군」 하고 말했다.

클라우스는 그 찰나의 틈에 손가락을 움직였다.

이윽고 클라우스와 소녀들은 『바나딘』에게 연행되었다. 수갑을 차고, 차에 태워지고, 눈이 가려지고, 움직임을 봉쇄당했다.

그때 클라우스와 가장 떨어져 있었던 소녀는 클라우스의 수신호에 따랐다. 『바나딘』들의 시선이 지비아에게 모인 순간을 놓치지 않고 은근슬쩍 뒤로 물러난 소녀는 그대로 휴로의 인파 속에 섞여들었다.

◇◇◇

해가 저물고 잔광이 하늘을 주황빛으로 물들였다.

모니카는 창고 위에서 기다리고 있었다.

살기등등한 사람들이 독로드 일대에 조금씩 모여들었다. 아까부터 찌르는 듯한 시선이 느껴졌다.

모니카가 추측한 대로 CIM은 이미 그녀를 포착한 상태였다. 도망치지도 않고 숨지도 않는 소녀를 의아하게 여기면서 지금은 시민들을 피난시키고 있었다. 그게 끝나면 말살이 이루어질 예정이었다. 포위는 완성됐다.

그 의도를 이해하면서도 「얼른 시작해 주면 안 되나」 하고 모니카는 투덜거렸다.

그러자 모니카가 서 있는 창고 옆에서 「찾았~다~」 하고 늘어진 목소리가 울렸다.

초록나비였다.

"아햐햐햐햐햐햐햐햐."

천박한 웃음소리를 내며 톱니 같은 이를 보였다.

"어때~? 모니카. 지금 이곳에 CIM의 실력자가 속속 모이고 있어~ 모니카를 말살하려고 말이야~."

"오히려 너는 CIM한테 들켜도 괜찮은 거야?"

"괜찮아~ CIM이 미를 공격하는 일은 절대 없으니까."

초록나비는 자랑스레 대답했다.

그녀는 CIM을 자유롭게 움직이는 힘을 가졌다. 그리고 모니카는 그게 어떻게 가능한지 파악한 상태였다. 그렇기에 물어봐야 하는 것은 전혀 다른 관심사였다.

"하나 가르쳐 줘."

"뭘?"

"만약 신문사가 내가 아니라 널 용의자로 보도했으면 어떻게 됐어?"

"뭐? 그야 CIM을 통해 즉각 기사를 없앴겠지. 그리고 『등불』 중 누군가를 용의자로 공표시켜서 덮었을 거야."

"응, 그 말을 듣게 돼서 다행이야."

희미하게 미소 지으며 고개를 끄덕였다.

"역시 내 선택은 틀리지 않았어."

"뭘 납득하는 건지 모르겠지만— 이제 시간이 됐나 봐."

주위를 에워싼 살기가 한층 짙어졌다.

이윽고 모든 준비가 끝났다.

"잘 가, 다홍이무기. 너의 임종은 확실하게 지켜봐 줄게."

속삭이듯 말하고서 초록나비는 창고 너머로 사라졌다.

그리고 무장한 정장 차림의 집단이 마치 교대하는 것처럼 나타났다. CIM의 팀이었다. 저마다 권총을 움켜쥐고서 모니카에게 날카로운 시선을 보냈다.

수는 열네 명.

중앙에는 예리하게 눈을 빛내는 남자가 서 있었다. 팀의 보스일 것이다. 육식 동물을 본뜬 검은색 마스크를 입에 쓰고 있었다. 풍기는 살기를 보건대 상당한 강자인 것 같았다.

그들은 이름을 밝히지 않았다. 필요 이상의 말을 하지 않았다.

아무것도 밝히지 않았다. 그들의 정체가 CIM 소속의 정예 부대 『카발』이란 것도. 국외에서 임무 중이었지만 다린 황태자가 죽어 급히 귀국 명령이 떨어졌다는 것도. 원래는 가르가드 제국에서 암살 임무를 수행하는 뛰어난 전투 집단이라는 것도.

—그들이 죽이지 못한 자는 『홍로』를 제외하면 존재하지 않는다.

즉, 그런 차원의 인간들이었다.

그들의 뒤에는 최고 기관 『하이드』의 일원인 『저주술사』 네이선, CIM 최대 방첩 부대 『바나딘』 75명, 최고 기관 직속 방첩 부대 『배리어스』 16명도 대기하고 있었다.

CIM이 준비한, 스파이를 죽이는 데 특화된 100명 이상의 멤버였다.

"절대정의—."

『카발』의 보스, 『그림자』 루크가 입을 열었다. 마스크에 막힌 불명료한 목소리가 들렸다.

"—우리는 늘 올바르며 틀리지 않는다."

모니카는 어깨를 으쓱였다.

"아, 그러셔."

"왕의 적이여, 깔끔하게 죽어라."

그들은 임무에 착수했다.

소녀 한 명을 말살하기에는 과한, 학살이라고 해야 할 무력을 가지고서.

◇◇◇

클라우스 일행의 눈가리개는 실내에 끌려오고 나서야 벗겨졌다.

CIM이 소유한 거점 중 하나인 것 같았다. 이동 시간을 보면 휴로에서 그리 멀지 않을 듯했다. 창문이 없어서 정확한 장소는 알 수 없었다. 감옥이었다. 의자 하나 놓여 있지 않았고, 출입구는 철문뿐이었다.

『바나딘』 사람은 한동안 얌전히 있으라고 말하고서 감옥을 나갔다. 그들도 모니카 말살에 참여할 것이다.

권총은 압수당했다. 문을 부수기는 어려웠다.

붙잡힌 사람은 클라우스, 릴리, 지비아, 티아, 사라, 란까지 여섯 명. 아마 아네트와 그레테도 병원에서 구속당했을 것이다.

클라우스는 벽에 기대 한숨을 쉬었다. 이제 시간의 흐름에 몸을 맡길 수밖에 없었다. 이동 중에 『바나딘』에게 알려 줘도 되는 표층적인 부분만 골라서 모니카의 정보를 밝혔다. 다음 호출은 일이 전부 끝난 다음에야 있을 것이다.

"보스!"

견딜 수 없다는 듯 지비아가 외쳤다.

"어떻게 안 돼?! 당신이라면 어떻게든……!"

"지금은 기다릴 수밖에 없어."

눈을 감고 담담히 말했다. 실제로 클라우스가 할 수 있는 일은 없었다.

이를 가는 둔탁한 소리가 들렸다.

"당신, 이번에 뭐 하고 있는 거야……!"

눈을 뜨니 지비아가 눈물을 흘리며 서 있었다.

양손을 꽉 움켜쥐고서 클라우스를 물어뜯을 것 같은 눈으로 노려보고 있었다. 얼굴은 시뻘겠다.

"이번에 완전 글러 먹었잖아! 모니카의 배신을 용납하고, 수색에도 시간이 걸렸고, 만났는데도 놓치고! 당신답지 않아! 어떻게 된 거야!!"

"지비아……!"

릴리가 달래듯 지비아의 팔을 잡았다.

지비아는 그런 릴리를 뿌리치고서 괴롭게 손으로 얼굴을 덮었다.

"화풀이라는 건 알아……. 하지만! 하지만!"

어깨를 들썩이며 슬프게 말했다.

"보스라면 반드시 어떻게든 해 줄 거라고…… 마음 한편으로 생각하게 된단 말이야……."

힘없이 고개를 숙였다.

클라우스는 의기소침해진 부하를 조용히 바라보았다.

다른 소녀들도 위로하는 시선을 지비아에게 보내고 있었다. 지비아의 호소는 여기 있는 소녀 전체의 공통된 뜻이었으리라.

그 말이 맞았다. 이번에 클라우스는 많은 실책을 범했다. 실망할 만도 했다.

"……선생님도 여유가 없는 상황이었어요."

릴리가 옹호하듯 말했다.

"그리고 선생님만의 책임은 아니에요. 저희가 좀 더 분발했다면—."

"아니, 그렇지 않아."

클라우스는 대답했다.

"이번에 내가 뒤처진 원인은 따로 있어. 드디어 깨달았어."

의아해하는 소녀들의 시선이 일제히 모였다.

생각해 보면 줄곧 위화감은 있었다. 가장 큰 위화감은 역시 『배리어스』를 습격하기 직전에 모니카의 이변을 놓친 것이었다.

그 의문은 모니카와 직접 맞부딪치면서 해소됐다.

힘이 쭉 빠질 만큼 단순한 이유였다.

"—모니카가 급성장했어."

""허?""

"모니카는 내 예상을 뛰어넘는 성장을 이루고 자신의 계획을 숨기는 데 성공했어. 단순히 모니카가 날 이긴 거야."

조금 분한 마음이 들었다. 아니면 제자의 성장을 기뻐해야 할까.

릴리가 아연한 표정으로 중얼거렸다.

"……네? 아니아니, 아무리 한 번뿐이었다지만 선생님을 이기다니—."

"지금 그 녀석은 아직 열여섯 살이었지?"

슬슬 열일곱 살이 되겠지만, 그래도 아주 젊은 나이다. 장래가 두려웠다.

자신이 열여섯 살이었을 때를 떠올리고 솔직한 감상을 말했다.

"—지금 모니카는 내가 열여섯 살이었을 때보다 강하지 않을까?"

""""""네?""""""

소녀들의 눈이 동시에 휘둥그레졌다.

하지만 거짓 없는 감상이었다. 물론 클라우스도 열여섯 살 때보다 성장했다. 세계 최강의 자리를 양보할 마음은 없지만, 여유를 부릴 수도 없게 됐다.

릴리가 굳은 채로 말했다.

"그, 그건 아니겠죠……."

믿지 못할 만도 했다.

하지만 직접 싸운 클라우스는 알 수 있었다. 이 궁지에 모니카가 각성시킨 재능을.

세상은 가끔가다 괴물을 낳는다.

클라우스라는 희대의 스파이를 만든 것처럼, 또 한 명을 이 땅에—.

"확실히 모니카는 죽을 작정으로 CIM에게 덤비고 있어. 나도 가능하면 막고 싶어. 하지만 모니카는 강한 의지를 내보였어. 존중할 수밖에 없어. 저항하지 않고 얌전히 죽어 주려는 것도 아니겠지."

소녀들을 타이르듯 말했다.

"그렇다면 나는 믿을 뿐이야. 그 천재가 살아남아서 다시 『등불』로 돌아올 것을."

비약적으로 성장한 모니카는 끝까지 싸우겠다고 결단했다.

그렇다면 찬물을 끼얹는 짓은 삼가야 할 것이다.

할 수 있는 일은 눈을 감고서 그녀의 생환을 기도하는 것뿐이었다.

◇◇◇

독로드에서 이상한 광경이 펼쳐지고 있었다.

그곳에 있던 CIM의 스파이들은 말도 안 되는 사태를 한동안 받아들이지 못했다.

『저주술사』라는 이름으로 세계를 공포에 빠뜨린 네이선은 테레코강 옆에서 그 광경을 올려다보고 있었다. 역전의 남자였다. 세계 대전 중에는 『화염』과 손을 잡고 가르가드 제국의 첩보망을 혼란에 빠뜨렸었다. 최고 기관 『하이드』에 소속된 뒤로도 유일하게 여전히 최전선에 서고 있었다.

네이선은 오랫동안 맛보지 못했던 두려움을 느끼고 「우아해……!」 하며 입꼬리를 올렸다.

최대 방첩 부대 『바나딘』의 보스—『갑주사』 메레디스는 『카발』의

후방에서 대기하고 있었다. 만에 하나 『카발』이 모니카를 놓쳤을 때를 대비한 백업이었지만, 나설 일은 없을 거라고 냉정하게 판단했다. 과하다고도 할 수 있는 방비에 의문을 느꼈다.

메레디스는 그 추측이 완전히 틀렸음을 인정하고 세이버를 들었다.

『배리어스』의 보스, 『조종자』 아멜리는 메레디스 옆에서 지휘봉을 들고 언제든 부하에게 지시를 내릴 수 있도록 대기하고 있었다. 오랜 감금으로 부하들은 피폐해져 있었지만, 아멜리는 불길한 예감을 믿고서 아직 움직일 수 있는 자를 질타하고 격려하여 참전시켰다.

역시 『등불』의 소녀는 나라를 위협할지도 모른다고 아멜리는 재인식했다.

그리고 전장에서 거리를 벌리고 문득 돌아본 초록나비는 「어……?」 하는 소리를 냈다.

CIM의 정예 부대 『카발』 14명이 전멸해 있었다.

펜드 연방에서도 1, 2위를 다투는 암살 특화 팀이 소녀 한 명에게 참패한 상태였다. 열네 명이 창고 위에 쓰러져 있었다. 어떤 이는 무릎에 총을 맞았고, 어떤 이는 눈을 까뒤집고서 기절하여, 온전히 서 있는 사람은 한 명도 없었다.

전부 모니카가 혼자 실행한 것이었다.

『카발』과 교전한 그녀는 자신에게 날아온 총알을 피하고 근접전으로 끌고 갔다.

—유린.

소도에서 권총으로 바꿔 들고 초근거리에서 발포하여 『카발』 멤버들의 어깨와 무릎을 부숴 나갔다. 때로는 적의 몸을 방패 삼아 총알을 막고, 때로는 빼앗은 단검을 정확하게 투척했다.

모니카의 사격은 정밀했다.

쓰러진 적의 몸으로 손을 숨겨 총을 쏘고 정확하게 다음 적을 파괴했다. 재빠른 모니카를 따라잡지 못하고 일순 행동을 멈춘 자는 확실하게 총격의 먹이가 되었다.

『카발』이 전멸하기까지 2분도 걸리지 않았다.

모니카는 적에게서 뺏은 자동 권총의 감촉을 확인했다.

'아아, 뭔가 몸이 뜨거워…….'

크게 숨을 내쉬고서 그녀는 남의 일처럼 생각했다.

'이 감각은 뭐지……. 눈에 보이는 모든 게 현실이 아닌 것 같아…….'

연전에 의한 피로는 정점에 달했을 터다.

그럼에도 불구하고 몸이 이상하게 가벼웠다. 뇌가 수상한 성분을 분비하고 있는 것처럼.

'유난히 적이 느린데……? 아니, 내가 너무 빨라…….'

스스로도 지금 자신의 상태를 어떻게 표현하면 좋을지 알 수 없었다.

'—마치, 몸 안에서 불이 활활 타고 있는 것 같아.'

그것이 가장 잘 와닿는 말이었다.

뜨겁다. 뜨거워서 견딜 수가 없다. 몸 안쪽— 마음에 지펴진 불이 몸을 태우고 있었다.

이날 이후로 모니카는 새로운 코드 네임을 얻는다.

독로드의 광경을 본 네이선이 명명했다.

첩보 기관이 타국의 스파이에게 이름을 짓는 것은 자국 스파이의 이름을 짓는 것과는 다른 의미를 가진다. 임무에서 중요한 의미를 가진 자, 경계해야만 하는 자, 혹은 반드시 제거해야 하는 자, 셋 중 하나다.

—『소진(燒盡)』.

펜드 연방의 입장에서 확실하게 죽어야 하는 위협 그 자체였다.

"왜……."

모니카와 적대하는 메레디스는 무심코 말했다. 부하에게 지시는 내리지 않고, 눈을 크게 뜨고서 눈앞의 상황을 파악했다. 부하 74명을 섣불리 움직여 봤자 개죽음만 늘릴 뿐이다. 그렇게 느낄 정도의 기백이 모니카에게 있었다.

"왜 못 죽이지……? 『카발』은 CIM의 탑팀이야……."

그저 신음할 수밖에 없었다.

"……지금껏 초일류 스파이도 몇 명이나 도륙—."

모니카가 메레디스 쪽으로 왔다.

창고 아래에서 올려다보고 있는 그에게 깔보는 시선을 보냈다.

"—헉!!"

반사적으로 숨을 삼켰다.

그녀는 이곳에 있는 대부분의 사람을 지휘하는 자가 그임을 바로 간파했다.

"CIM의 쓰레기들, 내 말 들려?"

모니카의 목소리가 울렸다.

"한 번만 말할 거야. 나한테 덤빈다면 목숨은 보장 못 해. 너희가 꼭두각시든 노예든, 덤빈다면 죽이겠어."

다린 황태자를 쏜 암살자가 할 말은 아니었다.

하지만 『카발』 멤버는 다들 아직 숨이 붙어 있는 것처럼 보였다. 응급 처치만 하면 목숨은 건질 수 있다.

모니카는 봐주고 있다— 그 사실을 깨닫고 메레디스는 다시금 전율했다.

"나는 어찌 되든 좋았어."

그녀의 말 한마디 한마디가 독로드에 강렬하게 울렸다.

"세계니 스파이니, 그딴 건 관심 없었어. 내가 나답게 있을 수 있고, 함께하고 싶은 사람과 지낼 수 있다면 그걸로 좋았어. 정말로, 그거면 만족할 수 있었어……!"

목소리에 점차 열기가 담겼다.

"그런데 네놈들은 같잖은 녀석들한테 속아서 애먼 사람을 죽이고 내 소중한 것을 뺏으려 하고 있어. 열받아. 역겹다고!"

갑자기 토로하는 호소를 이해할 수 없어서 메레디스는 침묵했다.

—애먼 사람?

대체 무슨 말을 하는 걸까. 펜드 연방에 대적하는 악인이 뭐 그리 잘났다고 설교하는 걸까.

모니카는 포기한 듯 고개를 저었다.

"이해 못 한다면 됐어. 어쨌든 내가 할 일은 하나야."

『카발』 멤버에게서 뺏은 권총을 양손으로 들었다.

"—내가 이 나라를 철저히 파괴해 주겠어."

모니카가 움직이기 시작했다.

창고 위를 달려 그대로 뛰어내렸다. 공중에서 총을 연사하여 정확한 사격 기술로 주위 스파이를 정리하고 메레디스의 정면에 착지했다.

"재미있군!!"

그녀의 날렵한 움직임에 가장 먼저 대응한 사람은 메레디스였다. 근접전은 그의 특기다. 용맹함과 도량이야말로 74명의 부하가 따르는 매력이었다.

"왕에게 대적하는 역적 따위! 이 『갑주사』가 직접 매달아 주겠다!"

같이 죽더라도 죽이겠다고 각오하고 손에 익은 세이버를 뽑았다.

양자가 교차하기 직전에 모니카가 구르듯이 피했다.

서로의 공격은 빗나간 채 엇갈렸다.

바로 근처에서 대기하던 아멜리가 끼어들었기 때문이다. 그녀의 부하가 쏜 총알을 피하기 위해 모니카는 메레디스와 교전하길 포기했다.

"이 나라에서 마음대로 굴게 두진 않겠어요."

아멜리는 지휘봉으로 모니카를 가리키고 도발하는 표정을 지었다.

"윽! 아멜리……."

"오랜만이네요."

혀를 차는 모니카를 보며 아멜리는 웃었다.

"—【목록 187번】."

4인 1조의 완벽한 연계를 보이는 『배리어스』의 부하들이 모니카를 강습했다. 네 사람은 서브머신건을 들고 있었다.

은밀히 행동하길 좋아하는 스파이가 통상적으로 들고 다니지 않는 강력한 화기였다.

서브머신건 네 개가 동시에 사격하자 모니카도 물러날 수밖에 없었다.

몸을 옆으로 **미끄러뜨렸다**.

순식간에 3m 옆으로 이동하여 서브머신건의 사선에서 벗어나 저격수의 어깨를 쐈다. 빈드에게 전수받은 『포락』의 기술. 초고속 히트 & 어웨이.

하지만 연발할 수 있을 만큼 능숙하진 않았다.

모니카는 도망치듯 등을 돌리고 창고 사이로 달려갔다.

'거리에서 갑자기 발발한 싸움이 아니니까. 기관총 정도는 준비하겠지.'

스파이 간의 싸움과도 달랐다.

흡사 전쟁 같았다. 정면으로 싸우는 건 불리하다.

'도망쳤다가 기습하며 **그걸** 완성할 수밖에 없어!'

그렇게 결심했을 때였다.

창고와 창고 사이를 달리는 모니카의 위쪽에서 이상한 남자가 내려왔다.

1m가 넘는 긴 머리를 나부끼며 모니카의 정면에 착지했다. 잘그락, 기묘한 소리가 났다. 그가 온몸에 장식한 대량의 장식품이 낸 소리였다. 양손에 겹겹이 낀 팔찌와 목걸이가 맞부딪쳤다.

"……자네의 그 움직임은 『포락』의 움직임이지? 우아해."

『저주술사』 네이선. CIM의 최고 기관 『하이드』의 일원.

그는 자신의 긴 머리를 총으로 쓸어 올리더니 그늘진 목소리로 말했다.

"……기뻐. ……자네처럼 가르가드 제국 소속이라고 밝힌 스파이가 날뛰어 주면 우리 쪽의 추한 친제국파 녀석들도 아름답게 눈이 뜨이겠지……. 훌륭하고 우아한 전개야……."

"신기한 우연도 다 있네."

모니카는 웃었다.

"나도 동감이야."

"역시 재미있는 아이야……. 혹시 그게 목적인가……?"

"그렇다면?"

"자네는 완전한 상태로 싸웠어야 했어."

네이선은 목소리를 낮추고 팔찌를 잘그락거렸다.

"—CIM을 너무 얕봤어."

직후, 그가 날린 예리한 날아차기를 모니카는 양손으로 막는 게 고작이었다.

충격 자체는 가벼웠지만 어째선지 몸이 크게 흔들렸다. 버티지도 못하고 뒤로 넘어졌다. 모니카가 모르는 기술이었다.

다시 도망치는 데 전력을 다하며 네이선에게 등을 돌렸다.

한순간이었지만, 그와 정면으로 싸우는 건 위험하다고 이해했다.

네이선은 무리해서 쫓지 않고 모니카를 보내 줬다. 시간을 들여야 한다고 판단했다. 적당히 그녀가 날뛰게 뒀다가 알맞은 순간에 죽여야 한다고.

그리고 그 계산은 모니카에게도 전해졌다.

조금씩 소모되는 몸이 다가오는 죽음을 느꼈다.

'역시 내 체력이 못 버티나…….'

그녀의 체력은『카발』을 쓰러뜨린 시점에 대부분 소모된 상태였다.

달려간 곳에서 다시『갑주사』메레디스와 맞닥뜨렸다.

깊은 집념이야말로 그의 특장점이었다. 악착같이 타깃을 뒤쫓아 확실하게 끝장낸다. 그 체력은 무한하다. 지금의 모니카와는 가장 상성이 안 좋았다.

메레디스는「벌써 녹초가 됐나? 역적년!」하고 도발적으로 다가왔다.

고무공을 투척해 창고 벽에 반사시켜 사각지대에서 메레디스를 노렸다. 특기인 기습 공격으로 틈을 만들어 거리를 벌리고 모습을 감췄다.

무기를 소비하며 다시 도망쳤다.

국소적인 승리와 후퇴를 반복해 봤자 머지않아 숫자에 밀릴 것은 명백했다. 물론 잘 알고 있었다. 이 싸움에 승산 따위 없음을. 실낱같은 희망도 없음을.

—모니카는 여기서 죽을 각오로 싸우고 있었다.

'하지만 아직 아니야……. 조금만 더…… 아주 조금이면 돼—.'

체력을 최대한 끌어모아 독로드를 계속 달렸다. 원유 탱크를 발견하면 그 아래쪽에 장치를 설치해 나갔다.

거울을 투척해 원하는 곳에 꽂으며 주위를 경계했다.

휴식이 필요했지만, 전방위에 적의 모습밖에 안 보였다. 총으로 해치우면 발포음이 또 새로운 적을 불러들였다. 잠시 발을 멈추면 사냥개 같은 메레디스에게 따라잡혔다.

젠장, 하고 한심한 소리를 냈을 때였다.

"모니카 언니!!"

생각지 못한 소녀가 그늘에서 튀어나왔다.

"에르나?!"

외치고 말았다.

왜 에르나가 전장에 들어와 있을까. CIM의 포위를 통과한 걸까.

하지만 최악의 타이밍이기도 했다.

『바나딘』 한 명이 목소리에 반응했다. 창고 위에서 모니카를 쫓던 남자가 에르나를 향해 발포했다. 『다홍이무기』에게 증원이 왔다고 판단한 것이다.

총알은 에르나의 옆구리 부근에 착탄했다.

"——!!"

주위에 피가 튀었다.

모니카는 즉각 남자를 사격하고 에르나에게 달려갔다.

에르나의 복부에서 피가 많이 흘렀다. 에르나는 고통스러워하며 배를 누르고 있었다. 의식은 있는 것 같지만 틀림없이 중상이었다.

에르나는 고통 어린 목소리로 말했다.

"선생님이 부탁했어……. 모니카 언니를 서포트하라고……."

이해할 수 없었다. 이게 어딜 봐서 지원이란 말인가.

곤혹스러워하고 있으니 에르나는 떨리는 입술로 미소 지었다.

"에르나가 아주 조금 시간을 벌게. 죽지 않을 정도의 불행을 겪는 것도, 순진무구한 소녀를 연기하는 것도 특기야."

"……! 혹시 일부러……?"

에르나는 일반인 같은 가련한 원피스 차림이었다. 딘 공화국의 스파이로는 보이지 않았다.

물론 클라우스가 이런 방법을 지시하지는 않았을 것이다.

"에르나는 모니카 언니가 살아 돌아올 거라고 믿어."

올곧은 눈으로 고했다.

그리고 다음 순간, 에르나의 몸에서 힘이 빠졌다. 의식을 잃은 것이다. 배를 누르던 손이 떨어지며 지면에 피가 퍼져 나갔다.

"읏!"

모니카는 공중을 향해 발포하고 그대로 자리를 벗어났다.

이윽고 뒤에서 메레디스가 고함치는 소리가 들렸다.

"멈춰! 대피하지 못한 민간인이 있다!"

기백 넘치는 음성이었다.

"총에 맞았다! 당장 병원으로 옮겨! 왕의 백성을 절대 죽이지 마라!"

민간인이 목숨을 잃는 사태는 CIM도 피하고 싶을 터다.

CIM의 진형이 흐트러졌다. 공격이 살짝 느슨해져서 거칠어진 숨을 고를 여유가 생겼다.

"—큭."

에르나가 번 시간은 아주 조금이었다.

하지만 다시금 투지를 불태우기에는 충분했다.

각오를 다지고서 정해 둔 장소로 갔다. 환하게 조명이 켜져 있는 부두로.

하지만 도착하기 직전에 최후의 장벽처럼 원수가 막아섰다.

"이제 끝이야, 모니카아아아아!"

초록나비였다.

모니카의 체력이 소모되길 기다렸다는 듯 아햐햐 하고 톱니 같은 치아를 내보였다.

"……설마 네가 이렇게까지 나설 줄은 몰랐는데."

모니카는 혀를 차고서 발을 멈췄다.

에르나를 구조한 CIM 사람들이 모여드는 기척이 느껴졌다. 머지 않아 완전히 포위를 끝낼 터다.

초록나비는 도망치려고 하지 않았다. 마치 그 상황을 바라는 것처럼.

"눈치챘어, 너의 정체."

모니카는 말했다.

"네 입으로 『예전에 어떤 조직을 배신했다』고 했잖아? 원래 CIM의 공작원이었지? 심지어 평범한 일개 공작원이 아니라. 많은 사람을 마음대로 움직일 수 있는 임원이었어."

거기까지 추측하면 예상할 수 있다.

"최고 기관 『하이드』에 숨은 배신자— 그게 너의 정체야."

"정답~!"

초록나비는 즐겁게 손뼉 쳤다.

"조금씩 힌트를 주긴 했지만, 역시 들켰나~."

상당한 권력을 가지고 있었을 터다. 모니카와 친근하게 이야기하는 모습도 다른 사람들에게는 거짓말로 둘러댄 것 같았다. 『신분을 감추고 암살 용의자에게 접근하여 자백을 유도하려고 했다』라고.

모니카는 한숨을 쉬며 고개를 저었다.

"그러니 약하지."

"뭐?"

"너는 『하이드』에서 뭔가를 알았을 거야. 『무자비한 암부』라고 했던가? 견디기 힘든 진실에 도달했어. 괴로웠겠지. 하지만 결국 도망쳤어. 조국을 팔고, 왕족을 죽이게 하고, 지켜야 할 백성을 『우민』

이라며 멸시하고, 『뱀』으로 전락하여 싸구려 악몽을 뿌려 댔어. 비참한 잔챙이야."

모멸하듯 웃었다.

"나는 너 따위와 닮지 않았어."

초록나비의 얼굴이 벌게졌다.

슬쩍 떠본 것이었지만 틀리진 않은 것 같았다.

"그게 뭐 어쨌는데."

초록나비는 눈썹을 찌푸리고 불쾌함을 드러냈다.

"모니카는 여기서 죽을 거야. 화톳불에게 버려진 거야!!"

그 말대로였다.

이미 일대는 포위되었다. 서브머신건을 든 『배리어스』 부대도 모였고, 네이선도 그들 곁에 서서 모니카로부터 시선을 떼지 않았다. 돌파할 만한 틈은 메레디스가 이끄는 『바나딘』 부대가 메꾸고 있었다.

모니카와 초록나비는 동시에 움직였다.

초록나비는 권총을 발포하여 모니카의 목을 뚫으려고 했다.

그 총알을 피한 모니카는 초록나비의 어깨를 노리고 권총을 쐈다. 총알은 상대의 오른팔에 명중했다.

"윽, 어디까지!"

모니카는 신음하는 초록나비를 걷어차고서 모여 있는 CIM 앞으로 뛰쳐나갔다.

남들 눈에는 자살 행위로만 보이는 어리석은 행동이었다. 아니나 다를까, CIM 사람들은 모니카를 벌집으로 만들기 위해 사격을 개

시했다.

하지만 모니카의 두뇌는 영리한 계산을 반복하고 있었다.

'확실히 클라우스 씨는 나를 돕지 않았어. —하지만 그거면 돼.'

계산은 최종 단계에 들어갔다.

에르나가 아주 조금 시간을 벌어 준 덕분에 완성할 수 있었다.

'그 사람은 언제나 나를 때려눕혀 줬어.'

초록나비는 완전히 간과하고 있었다.

—왜 모니카는 굳이 목숨을 내놓으면서까지 클라우스와 사투를 벌였는가.

원래 같으면 불필요한 행위다. CIM과의 전투를 예견하고 있었다면 체력을 온존해야 했다. 모니카의 행동은 비합리적이었다.

그 이유를 초록나비는 전혀 간파하지 못했다.

그럴 만도 했다. 보통은 절대 생각하지 못할 동기였다. 하지만 『등불』의 소녀라면 지극히 당연하다고 인식할 것이다.

'**선생님**과의 싸움이야말로— 우리를 높은 경지로 이끄는 교실이야.'

필요했다. 교회에서 했던 『수업해 줘』라는 말은 빈말이 아니었다.

세계 최강의 스파이가 보여 주는, 총알 폭풍 속에서 살아남는 기술을 습득하고 싶었다.

모니카는 CIM이 쏜 총알을 전부 피할 수는 없다고 단념하고 급소만을 양팔로 막아 치명상을 피했다. 살이 떨어져 나가는 느낌을 견디며 모여 있는 CIM 사람들을 유인했다.

클라우스에게 전수받은 기술로 찰나의 시간을 만들어 나갔다.

"……각도…… 거리…… 초점…… 반사…… 속도…… 시간……."

발동시키는 것은 모니카가 손에 넣은 새로운 힘. 클라우스와 빈드에게 수없이 깨지며 성장을 추구했다. 릴리를, 그리고 『등불』을 지키기 위한 방책을 계속 생각했다.

그러면서 『도촬』을 넘어선 힘이 보였다.

모니카는 CIM 사람들에게 오른손을 내밀고 분명하게 소리 내어 말했다.

"코드 네임 『빙인』— **화려하게 불탈 시간이다**!"

힌트를 준 사람은 에르나였다.

롱청에서 벌였던 『봉황』과의 싸움. 에르나가 근처에 있는 것으로 연출했던 사고.

수렴 화재.

—독로드 일대에 맹렬한 불길이 치솟았다.

항구를 구석구석 밝히는 강한 조명. 그것들이 모니카가 뿌린 렌즈와 거울에 의해 집약되었다. 놓아둔 섬유에 불이 붙었다. 그 불이 원유 탱크 밑에 설치한 폭탄을 작동시켜 탱크를 파괴하고 원유가 발화했다. 한번 거세게 타오른 불은 모니카가 계산한 대로 항만에 많이 존재하는 창고와 배로 번져서 독로드 전체를 맹화로 뒤덮었다.

타오르는 불길이 차례차례 CIM 사람들을 삼키자 그들에게는 도망친다는 선택지만이 남았다. 긴급히 테레코강으로 뛰어들어 하나 둘씩 대피했다.

순식간에 지옥으로 바뀐 항구에서 초록나비만큼은 부두에 남아 있었다. 머리카락이 타고 있는데도 아연하게 눈을 부릅뜨고 있었다.

“바보 아니야?! 이런 건— 이런 엉망진창 파괴는—.”

그녀는 필사적으로 외쳤다.

“스파이뿐만 아니라…… 전 세계 사람들을 적으로 돌리는—.”

“처음부터 그럴 작정이었어.”

유일하게 화마를 피한 사람은 모니카와 초록나비뿐이었다. 불길 속에서 두 사람만이 마주 보았다.

모니카의 오른손에는 단도가 쥐어져 있었다.

“너희가 사람의 약점을 이용하여 배신하게 만들고 아무리 동료를 만들어도, 내가 그 이상의 공포로 지워 주겠어. 왕족 시해범이든 뭐든 돼 주겠어.”

자비를 베풀 생각은 없었다.

“날 방해하지 마.”

강하게 한 걸음 내디뎌 초록나비의 쇄골을 향해 빠르게 단도를 내리쳤다.

초록나비는 절규하며 그 자리에 쓰러졌다.

‘자, 그럼—.’

초록나비를 처리하고 숨을 골랐다.

상황이 극적으로 개선된 것은 아니었다. 후방에서는 불길이 다가오

고, 강에서는 대피한 CIM 사람들이 몇십 명이나 기다리고 있었다.

—싸움은 계속된다. 모니카의 목숨이 다할 때까지.

이 세계는 모니카에게 상냥하지 않았다.

살면서 손에 넣었다고 느낀 것은 늘 저항할 수 없을 만큼 강한 힘에 부서졌다. 사는 장소를 바꾸고 좌절을 되풀이했다. 마침내 찾게 된 소중한 감정은 사회에서 병으로 진단되었다. 가슴속에 고이 간직하여 키운 것은 악랄한 스파이에 의해 폭로되고, 이용당하고, 파멸에 이르게 되었다.

그래서 모니카는 저항했다. 반역이야말로 자신의 삶이라며 고고하게 행동했다.

『방화』×『악당 역』— 위악 취미.

누구와도 나누지 못해도 좋다. 전 인류가 원망하더라도 상관없다.

내게 걸맞은 사기술이네, 하고 배배 꼬인 소녀는 자조하고서 저도 모르게 미소 지었다.

에필로그 『소녀』와 『세계』

어느 날의 아지랑이 팰리스. 릴리의 침실.

"그런데요, 모니카!"

"갑자기 소리 지르지 마. 조용히 마사지나 계속해 줄래?"

"그러고 보니 모니카의 특기는 뭐예요? 여전히 듣지 못했는데."

"아아, 말 안 했지."

"그레테는 알아차린 것 같지만 전혀 가르쳐 주질 않아요."

"사라한테도 알려 줬어."

"뭐라고요?!"

"릴리, 이쪽 봐 봐."

"응? —윽. 뭔가 빛났어요!"

"끝. 딱히 나는 특기를 안 써도 충분히 강하니까. 정보가 누설될 것도 고려해서 별로 떠벌리고 싶진 않아."

"네~? 비밀주의네요……. 아무튼 결국 아까 그 빛은 뭐예요?"

"절대 안 가르쳐 줘. 특히 너한테는."

이때 찍은 사진을 모니카는 버리지 못하고 있다.

◇◇◇

독로드에 난 불은 심야가 되어도 꺼지지 않았다.

날짜가 바뀌려는 시각, 정부가 이례적인 긴급 회견을 열었다. 「화재는 펜드 연방에 잠복한 스파이가 일으킨 것」이라고 공표하고 구체적인 국명은 숨겼다.

—다린 황태자 전하를 사살한 스파이와 동일 인물로 여겨진다.

—이 악랄한 스파이는 CIM에게 포위되자 권총으로 자살했다.

담담히 고한 정부 대변인은 항간에 유포된 낭설을 맹신하지 말라고 언급하고서 회견을 끝냈다. 기자들의 매서운 추궁은 무시되었다.

이 보도로 인한 국민의 반응은 아직 불명이지만, 일단 결판은 났다고 할 수 있을 것이다.

CIM 본부에 있는 텔레비전으로 회견을 지켜본 네이선은 한숨을 쉬었다.

옆에서 대기 중인 부하 아멜리에게 말했다.

"이걸로 혼란은 진정되겠지……. 피의자가 자살하게 둔 건 규탄받겠지만 최소한의 체면은 지켜졌어……. 잘했어, 아멜리. 다른 『하이드』 녀석들에게도 너희의 활약을 말해 두지……."

아멜리가 처음으로 보는 CIM의 최고 간부 『하이드』의 일원—『저주술사』 네이선.

그는 만족스럽게 화면을 바라보며 고개를 끄덕였다.

"마침내 다린 전하의 장례식도 열 수 있을 거야……. 우아한 애도를 올려야지…….”

그에게 칭찬받았으니 예전의 아멜리였다면 눈물 나게 기뻐했을 것이다. 하지만 그런 마음은 들지 않았다.

“괜찮은 걸까요?”

아멜리는 물었다.

“음?”

“결국 모니카의 시신은 찾지 못했어요.”

업화 속에서 CIM과 총격전을 벌인 모니카는 이윽고 화마에 잡아먹혀 모습을 감췄다.

아멜리가 보기에는 죽었을 것 같았지만, 가장 중요한 시신은 찾지 못했다. 메레디스가 왕의 적은 시체라도 매달겠다면서 씩씩대며 부하와 수색 중이지만 헛수고로 끝날 것이다.

네이선은 어깨를 으쓱였다.

“이렇게 큰 재해를 일으켜 놓고 암살자를 놓쳤다니, 국민에게는 알려 줄 수 없지……. 폭동이 일어날지도 몰라.”

“……우리는 늘 올바르며 틀리지 않는다.”

“맞아. 왕을 섬기는 우리는 완벽하게 우아해야 해.”

그가 말하는 걸 보면 모니카를 놓친 것을 그리 심각하게 여기지 않는 것 같았다. 분노도 느껴지지 않았다. 대체 무슨 뜻으로 우아하다고 말하는 건지는 역시 불명이지만.

네이선은 눈치챈 것일지도 모른다. 모니카가 다린 황태자를 죽인 진범이 아니라는 것을.

“그나저나 『소진』은 선물을 남기고 갔어.”

“……아아, 그 부두에 방치되어 있던—.”

모니카는 한 소녀를 빈사 상태로 만들어 방치했다. 의미심장하게.

아멜리는 모르는 스파이였다. 어딘가에서 본 것 같기도 하지만.

“그 아이는 『하이드』의 일원이야. —『마술사』 밀레나.”

“네……?”

“3왕녀 하토페 님의 둘째 딸이지. 존재 자체가 은폐되어 있었으니 모를 만도 해……. 옛날부터 왕족을 한 명 이상 『하이드』로 선출하는 관습이 있거든.”

믿을 수 없는 정보에 눈을 홉떴다.

하지만 왕권이 강한 펜드 연방에서 왕족 관계자가 한 식구로 있으면 이래저래 편리했다. 이번 소동이 벌어졌을 때도 그녀가 CIM과 왕족 사이를 중재했다고 한다.

그런 소녀가 칸막이 너머에 있었다는 것에 아멜리는 아연해했다.

네이선은 냉철한 목소리로 말했다.

“아멜리, 그 아이를 신문해……. 『소진』은 우리에게 뭔가를 전하고 싶은 것 같아…….”

◇◇◇

아멜리가 사후 처리를 진행하는 동안 『등불』은 감금실에서 낭보를 기다리고 있었다.

CIM은 여전히 아무런 정보도 주지 않았다.

믿을 것은 방 중앙에 놓인 『등불』 특제 무전기뿐이었다. 클라우스가 몰래 가져왔다. 상당히 먼 거리에서도 무전이 되도록 만들어진 물건이었다.

모니카는 티아에게서 무전기를 훔쳤다고 했다. 지금도 절대 버리지 않았을 터다.

모니카에게서 연락이 오진 않을까 하염없이 바라보았다.

이따금 동료가 번갈아 가며 무전기에 대고 모니카의 이름을 불렀다.

"모니카는 반드시 살아 있을 거야."

클라우스는 조용히 말했다.

"그러니 지금은 연락이 오기를 기다리자."

모두가 지그시 무전기를 바라보았다.

◇◇◇

밤, 모니카는 계속 걷고 있었다.

몸에서 탄내가 났다. 타오르는 불길 속에서 CIM과 총격전을 벌인 그녀는 도주를 택했다. 가르가드 제국의 스파이로 충분히 날뛰었다고 판단하고 생존을 우선했다.

스스로 불길 속에 몸을 던지고, 도 아니면 모라는 생각으로 업화를 돌파했다.

CIM의 눈에 모니카는 죽은 것처럼 보였을 것이다.

이대로 말살에 성공했다고 판단해 주길 바라며 도망쳤다.

총알을 맞은 상처에 응급 처치를 하면서 지나가던 트럭의 짐칸에 운전자 몰래 올라탔다. 휴로 남동쪽에 도착했을 때쯤 뛰어내리고, 지금은 편히 쉴 수 있는 장소를 찾아 걷고 있었다.

'큰일이야…… 기절할 것 같아…….'

체력이 한계를 맞이했다.

전부 다 꺼내 썼다. 총알도 폭탄도 거울도 렌즈도 남아 있지 않았다. 있는 것은 부러지기 직전인 단도뿐이었다. 피도 많이 흘려서, 체내의 혈액조차 인간이 활동할 수 있는 최소한의 한계치에 가까워져 있었다.

조금만 긴장을 늦추면 그대로 쓰러져 잠들 것이다.

목적지는 란이 가르쳐 준—『포락』 게르데의 은신처였다.

입주민이 별로 없는 한산한 목조 맨션. 그곳에는 물도 식량도 남아 있었다. CIM도 파악하지 못한 거점이었다. 도착하면 한동안 안온하게 지낼 수 있다.

그렇기에 체력의 한계를 느끼면서도 집이 띄엄띄엄 놓인 조용한 마을을 한 걸음씩 비틀거리며 걸어갔다.

"……있지, 언니. 괜찮아?"

도중에 뒤에서 앳된 목소리가 들렸다.

돌아보니 잠옷을 입은 여섯 살배기 여자아이가 서 있었다. 분홍색 곰인형을 끌어안고 있었다. 방금 침대에서 뛰쳐나온 모습이었다.

"지금 밖을 돌아다니면 위험해. 휴로에서 나쁜 사람이 날뛰고 있어. 엄마랑 아빠도 무서워해. 그러니까 돌아다니지 않는 게 좋아."

창문으로 모니카를 보고 황급히 뛰어나온 듯했다. 밤이라서 모니카의 상처는 보이지 않을 것이다.

저도 모르게 미소 지었다.

"괜찮아. 나쁜 사람은 이제 떠났어."

"정말?"

"물론이지. 나라의 대단한 사람들이 다 같이 해치웠어. 가차 없이 패 버렸지. 나쁜 사람은 꼴사납게 져서 정의의 불꽃에 타 버렸어. 그러니까 안심하고 자도록 해."

여자아이는 진심으로 안도한 듯 「다행이다~」 하고 천진난만하게 웃더니 자기 집으로 돌아갔다.

그걸 지켜본 후, 다시 게르데의 은신처를 향해 걸었다.

아침이 되면 분명 많은 국민이 갈채할 것이다. 다린 황태자를 암살한 악인은 CIM이 훌륭하게 죽였다. 그 사실에 박수를 보내고 다시 찾아올 평온을 기대하리라. 혼란은 점차 수습되고 사람들은 웃음을 되찾을 것이다.

방금 만난 여자아이도 분명 이를 보이며 환히 웃게 될 것이다.

—모니카 한 명이 없는 세계를 사람들은 두 손 들고 환영하리라.

그거면 됐다고 한숨을 쉬었다.

이 세계에서 또 하나 근심이 사라진다면야.

"진짜 소름 돋네, 괴물."

앞쪽에서 소리가 들렸다.

품위 없는 남자의 목소리였다. 촌스럽고 추잡하여 그자의 작은 그릇이 보이는 것 같은.

"진짜 뭐야? 괴물의 제자도 괴물인 거야? 기운 빠지네."

머시룸 헤어의 남자가 서 있었다.

키는 작았고, 세상 전체를 비웃는 듯한 음울한 눈을 하고서 본인의 이마를 치고 있었다. 보란 듯이 한숨을 쉬더니 저격총을 어깨에 걸치고서 다가왔다.

알고 있는 특징이었다. 예전에 클라우스가 그려 준 얼굴과도 일치했다.

—『흰거미』.

흰거미는 입매를 비틀고서 「뭐, 도망치는 널 찾아낸 행운으로 상쇄 가능한가」 하고 말했다.

그렇군, 하고 납득했다. 펜드 연방에 초록나비 말고 다른 『뱀』 멤버가 있다는 것은 알고 있었다.

"이봐."

모니카는 날카롭게 노려보았다.

"혹시 네가 초록나비의 두목이야?"

"뭐, 그런 거지."

"그랬구나. 다린 황태자를 쏜 것도 너인가."

"상상에 맡길게."

그는 저격총을 어깨에서 내리고 겨눴다.

"그런 고로— 죽어."

발사된 총알을 단도의 칼등으로 막는 것이 고작이었다.

권총과는 수준이 다른 위력의 탄환은 충격만으로 모니카의 손목 관절을 부쉈다.

뒤로 넘어지며 오른손을 못 쓰게 됐음을 알았다.

"음, 나보다 빨리 찾았는가. 네 이놈, 용서할 수 없다. 천하무적인 나를 제치다니."

흰거미 반대쪽에서 다른 남자의 목소리가 들렸다.

먼저 눈에 보인 것은 **세 개나 달린 오른팔**이었다. 두 개는 의수일 것이다. 표면이 달빛을 굴곡지게 반사하며 금속 질감으로 반짝이고 있었다. 그 팔의 주인은 키와 몸집이 컸으나 코트에 달린 후드를 쓰고 있어서 얼굴은 파악할 수 없었다.

"하지만 졌으니 인정할 수밖에 없군. 천하무적은 양보하지. —좋아, 은퇴다."

"아니아니, 『흑사마귀』. 이 정도로 일일이 은퇴 표명하지 마."

"……《거철지부(車轍之斧)》가 고장 났어. 내키지 않아."

"투덜대지 말고 진지하게 싸워 줘. 이렇게까지 일이 귀찮아질 줄은 몰랐다고."

“뭐, 부탁하니 어쩔 수 없지. 이것도 재능 넘치는 자의 숙명인가. 제국민 수천만 명의 기대가 나의 두 어깨를 짓누르는군……. 아아, 은퇴가 멀어져 가.”

“일일이 나르시시즘에 빠져야 제 실력을 낼 수 있는 거, 어떻게 좀 안 돼?”

한동안 실없는 대화를 나눈 후, 두 사람은 모니카에게 시선을 보냈다.

“그럼— 냉큼 끝장낼까.”

망설임은 없었다.

남은 에너지를 전부 도주에 썼다. 재빨리 일어난 모니카는 앞뒤로 다가오는 그들을 피해 길을 벗어나 주거 쪽으로 달아났다.

“오~ 아직도 뛸 수 있어?”

즐거워하는 흰거미의 목소리가 들렸다.

말하는 걸 보면 『흑사마귀』라는 남자도 『뱀』의 일원일 것이다. 그들의 체스말일 뿐이었던 초록나비와는 수준이 다를 터다.

총알도 체력도 다 떨어졌다. 자주 쓰는 오른손은 파괴됐다. 그리고 2 대 1.

—이길 수 있을 리가 없다.

정신력으로 어떻게 될 만한 수준이 아니라 확정적인 사실이었다.

그들의 시야에서 벗어나 다시 『포락』 게르데의 은신처로 향했다. 『뱀』은 모니카의 도주 경로를 예상하여 앞질러 왔을 뿐인 것 같았다. 은신처의 정보는 모를 터다.

목적지인 목조 맨션에 가면 이 상황을 모면할 수 있을지도 모른다. 힘이 안 들어가는 다리를 필사적으로 계속 움직였다.

《모니카!》

품에 넣어 둔 무전기에서 소리가 났다.

《들린다면 대답해 주세요!》

눈을 크게 뜨고 멈춰 섰다.

"릴리……?"

CIM과 싸우기 직전에 전원을 켰던 무전기.

흘러나온 것은 틀림없이 릴리의 목소리였다.

마침내 연결됐다. 지금까지 불통이었던 것은 CIM이 사용하는 대량의 무전기로 인한 혼선 때문이었던 모양이다. 모니카 수색을 일단 중단한 걸지도 모른다.

《지금 어디 있어요?! 무사한가요?!》

"단적으로 전할게."

무전기를 귀에 대고 모니카는 다시 달렸다. 릴리가 숨을 삼키는 소리가 들렸다.

"초록나비는『하이드』사람이야. 지금 이미란에서 흰거미와 조우했어. 초록나비에게 지시를 내린 사람도, 다린 황태자를 죽인 사람도 이 녀석이야. 옆에는 팔이 여러 개 달린 흑사마귀라는 남자도 있어."

"무슨 얘기해?"

목조 맨션 앞에 다다랐을 때, 다시 흰거미와 흑사마귀를 맞닥뜨렸다. 먼저 와 있었다. 우왕좌왕 도망치는 사냥감을 보고 즐거워하는 사냥꾼처럼 밉살스럽게 웃고 있었다.

빠르게 머리를 굴렸다.

지금 여기서 말해야만 하는 정보—.

"—코드 네임 『형안』. 그 사람을 의지해. 『뱀』을 타파할 수 있는 존재는 그 사람 말고 없어."

흰거미와 흑사마귀의 눈이 살짝 가늘어졌다.

그들 앞에서 자세한 내용을 말할 수는 없었다.

펜드 연방으로 출발하기 직전에 클라우스가 준비한 기책. 『등불』의 여덟 소녀와는 별개로 준비된, 지금 그가 가장 신뢰하는 딘 공화국의 스파이.

"그리고—."

말이 이어지지 않았다. 말해야 할 정보는 전부 전했다.

"유언은 끝났어?"

흰거미가 저격총을 들었다.

"마지막으로 재미있는 정보를 가르쳐 줘서 고마워. 이제 충분해."

목조 맨션에 도착했어도 눈앞에 적이 있으면 들어갈 수 없다.

그리고 그들이 도주를 허락해 줄 리도 없었다.

《모니카……?》

릴리의 목소리가 들렸다.

지금 그녀는 어떤 표정을 짓고 있을까.

"그리고—."

이어서 건네는 말이 최후가 된다.

그냥 조용히 통신기를 놓자고 몇 번이나 생각했다. 그 손을 붙든 것은 그레테가 했던 말. 그리고 가슴속에서 치밀어오르는 욕구였다.

—자신은 누구와도 마음을 공유하지 못한 채 죽는다.

수없이 두려워했다. 모니카의 인생은 그 체념의 연속이었다.

"있지, 릴리."

입술이 움직였다.

"이런 말을 해 봤자 민폐일지도 모르지만—."

도중에 눈물이 날 뻔했다.

"너는 똑똑하니까 어쩌면 내 마음 같은 건 진즉에 눈치챘을지도 모르지만—."

그 눈물을 참고 천천히, 진심으로 웃으며 확실하게 말할 수 있었다.

"나는, 너를 좋아해."

발포음과 충격은 거의 동시였다.

흰거미가 지척에서 쏜 총알은 무전기를 관통하고 산산이 부쉈다.

무전기를 쥐고 있었던 모니카의 왼손과 무전기를 대고 있었던 왼쪽 귀도 함께 파괴했다. 측두부에서 주르륵 흐른 피가 뺨을 타고 흘러내렸지만, 상처를 누르는 양손에는 이제 힘이 들어가지 않았다.

"궁금해서 그런데 물어봐도 돼?"

유쾌하다는 듯 흰거미가 물었다.

"진짜로 계산 못 한 일이었어. 네가 진심으로 『뱀』에 붙었다면 나는 『화원』의 목숨을 보장했을 거야. 『등불』에서도 스파이 세계에서도 벗어나 『화원』과 평화롭게 사는 것— 그걸로는 안 됐던 거야?"

몇 번이나 생각했다.

『등불』을 희생하고 릴리와 함께 어디 먼 시골에서 평온하게 산다. 스파이와는 연을 끊고 안전한 일상을 보낸다.

선택에 따라 맞이할 수 있는 미래였다. 하지만 도저히 택할 수 없었다.

"당연히, 무리지."

모니카는 쉰 목소리로 중얼거렸다.

"나는 릴리를 좋아하지만, 릴리는 날 좋아하지 않으니까."

그 대답을 듣고 흰거미는 가엾다는 시선을 보냈다. 「……후학으로 삼을게」 하고 말하고서 다시 저격총을 들었다. 옆에 있는 흑사마귀라는 남자가 오른팔 세 개를 치켜들었다.

슬슬 끝이 찾아왔다.

모니카는 크게 숨을 들이마시고 그들에게 물었다.

"——까?"

"뭐?"

내뱉은 말은 밤바람에 지워졌다.

모니카는 「두 번 말하게 하지 마」 하고 나무라고서 이제 움직이지 않는 오른팔을 들었다. 힘껏 입꼬리를 올려 의기양양한 표정을 만들었다.

"「적당히 봐줄까?」라고 물었어, 잔챙이들아."

직후, 흑사마귀의 오른팔 세 개가 동시에 움직였다.

모니카가 볼 수 있었던 것은 그게 한계였다. 이후에는 강한 충격에 휩싸여 아무것도 알 수 없었다.

옷이 잘리며 몸이 날아갔다. 목조 맨션의 벽에 부딪쳤다. 벽을 뚫고 1층에 사는 누군가의 집에 다다랐다.

목적지에 도착했어도 의미는 없었다. 게르데의 집은 3층. 한참 위쪽이다. 그리고 맨션에는 이미 불이 나 있었다. 『뱀』이 지른 걸까. 안온을 바라는 모니카를 비웃듯 불길은 거세졌다.

누워 있는 모니카의 눈앞에 줄곧 가지고 있었던 사진이 떨어졌다.

몰래 찍은 뒤로 줄곧 간직하고 있었던 릴리의 사진이었다.

의식이 아득해지는 가운데, 모니카는 그 사진 속 웃는 얼굴을 마지막까지 계속 바라보고 있었다.

NEXT MISSION

코드 네임『형안』.

그 이름을 받은 스파이는 조용히 거리를 내려다보고 있었다.

휴로의 거리는 축복에 휩싸여 있었다.

독로드에 난 불은 이튿날 아침부터 호우가 내리기 시작하며 진화되었다. 거리는 차분함을 되찾았다. 역 앞의 혼란은 해소되고 있었고, 시위 참가자는 줄어들고 있었다. 급속히 늘어났던 반정부 조직도 CIM의 단속으로 기세를 잃었다.

다린 황태자를 저격한 스파이는 무사히 죽었다. —그 뉴스는 휴로의 시민에게 평안을 안겼다.

암살자의 모습을 멋대로 보도했던 콘메리드 타임스와 그 외 기자들은 나라의 명예를 위해 진실을 보도한 영웅이라고 평가되었다. 그 이면에 있었던『봉화련천』이란 조직은 절대적인 수장과 갑자기 연락이 끊기면서 급속도로 와해되었다.

암살자가 가르가드 제국 소속이라는 소문에 관해서 가르가드 제국의 고관은 회견을 열어 확실하게 부정했다.「사실무근이다」「정부도 다린 전하의 불행에 애도를 표한다」「펜드 연방과의 협조 체제 유지를 강렬히 희망한다」그런 말들이 반복되었다.

펜드 연방의 국민 사이에서 반제국 사상이 강해졌다.

하지만 세계 대전의 비극을 절대 되풀이하지 않도록 CIM이 전력으로 여론을 유도하고 있었다. 수중에 넣은 미디어를 이용하여 반제국이라는 축을 유지한 채 반전(反戰)을 호소했다.

악몽에서 깨어나듯 거리는 일상을 되찾아 갔다.

—가장 큰 악은 사라졌다.

이제 고민할 필요는 없다. 그렇게 말하는 것처럼 다들 웃고 있었다.

휴로 시민은 청은발 소녀의 사진을 멸시하고 불태우며 그녀의 불쌍한 자살을 조소했다. 그리고 친구나 가족과 함께 소중한 휴일에 밖으로 나갔다.

그런 거리를 『형안』은 허무하게 바라보고 있었다.

—모니카가 만들어 낸, 그녀만이 없는 세계.

모니카의 각오를 생각하면 『형안』의 가슴에도 슬픔이 생겨났다.

한숨을 쉬었다. 어깨 부근이 살짝 아팠다. 이제 다 나은 상처인데도 생각났다는 것처럼 둔통이 일었다.

—『형안』은 『등불』의 비책이다.

펜드 연방으로 떠나기 직전에 클라우스가 계획한 책략. 온갖 적을 속이고 타파하기 위한 비장의 패로서 강한 신뢰를 받았다.

그러나 중대한 책임을 짊어진 『형안』은 완전한 상태가 아니었다. 혼자 힘으로는 움직일 방도가 없다.

그렇기에 기다릴 수밖에 없었다. —이 상황에서 『등불』이 어떻게 움직일지.

◇◇◇

클라우스 일행의 구속은 사흘간 계속되었다.

그동안 있었던 일이라고는 여전히 정식 치료를 받지 못했던 란이 병원으로 이송된 것과 복부에 큰 상처를 입은 에르나를 아멜리가 비밀리에 보호했다는 소식이 들린 것뿐이었다.

아네트와 그레테는 변함없이 병원에서 치료받고 있었다.

클라우스, 릴리, 지비아, 티아, 사라는 계속해서 때를 기다렸다.

사흘 후 아침, 아멜리가 찾아왔다.

"화톳불."

청결한 차림새를 갖춘 그녀는 담담히 설명했다.

"『초록나비』에게 협력하던 CIM의 배신자가 판명됐어요. 또한 많은 첩보원은 『소진』 모니카를 가르가드 제국의 스파이로 인식하고 있어요. 친제국파와 반제국파로 분단됐던 우리 CIM도 앞으로는 반제국으로 일치단결하겠죠."

아멜리는 작게 고개를 숙였다.

"도와줘서 고마워요. 『하이드』를 대신하여 인사드릴게요."

그녀에게는 큰 성과였던 모양이다. 목소리가 성취감에 차 있었다.

하지만 클라우스는 그다지 기뻐할 수 없었다. 펜드 연방을 구하고 싶었던 것은 아니다.

"나는 딱히 상관없었어."

분명하게 고했다.

"너희를 모두 죽이고 CIM을 강탈해도 좋았어."

"저희가 진심으로 싸웠다면 CIM에서도 『등불』에서도 많은 사망자가 나왔을 거예요. 저희가 싸우는 건 무의미해요. —그게 모니카의 의지 아니었나요?"

모니카의 이름이 나오자 마음에 잔물결이 일었다.

여전히 그녀의 생존 소식은 들려오지 않았다. 지금도 생환을 믿고 있지만, 과연—.

동요를 들키기 전에 바로 평정을 되찾았다.

아멜리가 말했다.

"펜드 연방에 악몽을 보여 준 흑막—『흰거미』를 함께 구속해요."

태도에서 희미한 안도가 보였다.

CIM의 최고 간부였던 『초록나비』가 유언비어를 퍼뜨려서 공화국의 스파이가 다린 황태자를 암살했다는 누명을 씌웠기에 펜드 연방과 딘 공화국은 적대했었다.

하지만 그 대죄는 모니카가 가르가드 제국의 스파이로서 짊어졌다. 그리고 직접 『초록나비』를 행동 불능으로 만들었다.

마침내 제대로 협력 관계를 맺을 수 있다. 전부 모니카 덕분이었다.

하지만 그러려면 아직 과제가 있는 것 같았다.

"그렇다면—."

클라우스는 말했다.

"—이 살벌한 적의는 뭐지?"

아멜리 뒤에서 열 명이 넘는 부하가 대기하고 있었다. 클라우스를 포함한 『등불』의 멤버에게 엄격한 시선을 보내고 있었다.

"『하이드』의 의향이에요."

아멜리는 의연한 태도로 말했다.

"왜 그러는지 아실 텐데요? 『뱀』을 잘 아는 여러분과 협력하고 싶지만, 당신들은 너무 위험해요. 무조건 믿을 순 없어요."

고요한 위압이 표정에 서려 있었다.

"—『화톳불』과 『몽어』의 신병은 CIM이 구속하겠어요."

각오는 하고 있었다.

—부하 중에서 『소진』 모니카를 배출한 클라우스.

—반정부 조직 『봉화련천』의 지도자였던 티아.

CIM 입장에서 이 두 사람을 구속하는 것은 당연한 선택이었다. 배신이 일상인 스파이 세계에서 전폭적으로 신뢰할 리도 없다.

저항은 할 수 없었다. 거부한다면 또 CIM과 무익한 싸움을 벌이게 된다.

아멜리의 부하가 험악한 얼굴로 클라우스의 양손에 수갑을 채웠다. 간단히 빼낼 수 없도록 상당히 튼튼하게 만들어져 있었다. 티아도 똑같이 구속구를 찼다.

일이 끝날 때까지 한동안 감금 생활이 계속될 듯했다.

"선생님……."

"보스……!"

릴리와 지비아의 울먹이는 목소리가 뒤에서 들렸다.

◇◇◇

『뱀』이 만들어 낸 악몽은 계속되고 있었다.

—『망아』 아네트는 갈비뼈가 부러져 여전히 입원 중이다.

—『애랑』 그레테는 장기간 감금당해 요양이 필요하다.

—『우인』 에르나는 CIM이 복부를 쏴서 입원.

—『빙인』 모니카는 생사 불명.

—『화톳불』 클라우스와 『몽어』 티아는 CIM에게 구속당했다.

멤버 대부분이 움직이지 못하여 『등불』은 반파를 넘어 정지 기능 상태.

그들이 당장 확인해야 하는 것은 모니카의 안부다. 하지만 움직일 수 있는 인원이 너무나도 부족했다.

—그래서 **그녀**의 이야기가 시작된다.

그 소녀는 지금까지 줄곧 보호받았다.

임무에서는 철저히 보조를 맡았다.

첫 불가능 임무, 생물 병기 『나락인형』 탈환 때도 눈에 띄는 활약은 없었다. 암살자『시체』 적발 임무 때도 그녀의 활약은 매우 근소했다. 미타리오에서『보라개미』와 싸울 때도, 룽청에서『봉황』과 싸울 때도, 펜드 연방에서『배리어스』와 싸울 때도 마찬가지였다.

열심히 하고는 있었다. 하지만 다른 소녀들보다 성과는 적다고 말하지 않을 수 없었다.

—『등불』에서 가장 약한 멤버.

그녀 자신의 그러한 자기 평가가 아주 틀린 것은 아니었다.

◇◇◇

클라우스와 티아가 끌려가는 방 한편에서 사라는 떨고 있었다.

보고 싶지 않은 현실을 외면하듯 모자를 깊이 눌러쓰고 무릎을 끌어안고 있었다. 그녀의 자세는 사흘간 줄곧 변함없었다. 이곳에 끌려온 뒤로 사라는 줄곧 눈물을 흘리며 속에서 북받치는 슬픔을 참고 있었다.

'모니카 선배……!'

모니카의 생존은 절망적이다. 모두가 그렇게 판단했다.『뱀』에게도 모니카는 방해되는 존재였을 터다. 살려 둘 이유가 없다.

모니카는 목숨을 잃었을지도 모른다— 그런 생각이 들 때마다 눈물이 났다.

사라에게 모니카는 제2의 스승이었다. 클라우스는 해 주지 못하는 자세한 지도는 전부 모니카가 맡았다.

그래서 물어봤었다. 어째서 자신을 챙겨 주냐고.

『줄곧 신경은 썼었어.』

모니카는 민망해하는 얼굴로 밝혔다.

『기억나? 「화염」의 묘비 앞에서 「등불」의 재결성을 보고한 날. 다들 한 마디씩 「등불」에 남는 이유를 말했잖아.』

기억하고 있었다. 다들 막힘없이 말했다. 지비아는 급료, 티아는 동경, 에르나는 꿈, 아네트는 유쾌함, 그레테는 사랑하는 사람, 릴리는 자신의 이상.

『나랑 너만 아무 말도 못 했어.』

그 말대로였다. 사라는 멋쩍음을 느끼며 침묵했다.

모니카는 미소 지었다.

『우리 둘 다 찾게 되면 좋겠다. 이 스파이 세계에서 살아갈 이유를.』

이제는 안다. 모니카는 찾은 것이다. 자신이 싸울 이유를. 세계를 뒤엎어야만 하는 강한 동기를.

좀 더 얘기하고 싶었다. 모니카의 입으로 확실하게 듣고 싶었다.

그리고 그렇게 바랐을 때, 사라는 눈물을 닦았다.

'내가 스파이 세계에서 살아갈 이유…….'

다리에 힘을 줬다.

'……『등불』의 모두를 위해서— 라는 이유로는 안 될까요?'

타인 본위라며 혼날지도 모른다. 그런 동기로 권총을 쥐지 말라고 나무랄지도 모른다. 하지만 그래도 좋았다. 얼마든지 꾸짖어도 좋다.

어이없음과 다정함이 섞인 그 음성으로 모니카가 꾸짖어 준다면 상관없다.

사라는 일어났다.

—분명 모니카라면 살아 있다.

신뢰였다. 모니카라면 어떤 궁지에 빠져도 벗어날 수 있다. 반드시 살아남아서 어딘가에 몸을 숨기고 있을 터다. 클라우스도 모니카는 살아남을 거라고 믿지 않았던가.

하지만 모니카를 구하려면 확실하게 접촉해야만 하는 인물이 있었다.

—모니카의 행방은 『흰거미』가 알고 있다.

유괴했는지. 아니면 놓쳤는지.

정보를 쥐고 있는 사람은 그다. 펜드 연방을 악몽에 빠뜨린 원흉이자, 동포를 죽인 『등불』의 숙적.

이 남자에게서 정보를 알아내는 것이 모니카를 구출할 유일무이한 방법이다.

사라는 주먹을 세게 움켜쥐며 방의 출입구로 향했다. 클라우스가 『배리어스』에게 연행되는 순간이었다. 릴리와 지비아는 어쩌지도 못하고 지켜보고 있었다.

클라우스의 등에 대고 「보스!!」 하고 불렀다.

"사라……?"

클라우스는 의아한 얼굴로 돌아보았다.

지금부터 할 말이 얼마나 황당무계한지는 알고 있다.

"아……."

떨리는 입술을 몇 번이고 세게 깨물었다.

"제가……."

너무 무모해서 다시 눈물이 차올랐다.

"제, 제가……."

눈물도 닦지 않은 채 한심한 목소리로 말했다.

그래도 마지막에는 확실하게 강한 어조로 말할 수 있었다.

"흰거미는, 제가 쓰러뜨리겠어요……!!"

해내겠다고 굳게 결심했다.

자신들끼리 『뱀』의 일원을 잡겠다. 모니카의 정보를 알아내서 반드시 찾아내겠다. 다린 황태자를 암살한 이유도, 『봉황』을 괴멸시킨 목적도 전부 알아내 펜드 연방에서의 임무를 완수하겠다.

이 이상 누구도 다치게 하지 않고 아지랑이 팰리스로 귀환하겠다.

그것 말고 지금 사라가 바라는 것은 없으니까.

■작가 후기

7권 후기에서 말할 내용은 아니지만, 6권을 집필할 때 있었던 일을 이야기하고 싶습니다.

이번 권이 발매될 때는 이미 발표했을 것 같은데, 『스파이 교실』의 애니화가 결정되었습니다. 대단해요! 독자님들이 응원해 주신 덕분입니다. 감사합니다.

아마 많은 독자님이 의문으로 여기실 「1권의 그걸 어떻게 하려고?」에 관해서는 애니 제작자분들께 최고의 아이디어를 받았습니다. 원작과 아예 똑같지는 않겠지만 상당히 존중해 주셨습니다. 감사한 일이에요.

많은 관계자가 힘내 주셔서 이것 외에도 「어? 이렇게까지 해 준다고……?」 싶은 것들이 잔뜩 있으니 속보를 기다려 주세요. 공식 twitter에서 확인하시면 됩니다.

또한 각본 회의에는 저도 매번 참가했습니다.

코로나 시국이라서 후반은 거의 화상 회의였지만, 한때 감염자 수가 줄어들었던 시기에는 회의실에 모여 많은 분과 『스파이 교실』에 관해 이야기했습니다.

마침 6권을 집필하던 때였습니다. 그리고 알아차렸습니다.

'어라……? 모니카를 좋아하는 사람이 많네……?'

모두에게 설문 조사를 하지는 않았지만, 모니카를 좋아한다고 말씀해 주신 분이 몇 명 있어서 놀랐습니다. 메인권은 아직 안 나왔는데도. 그러고 보니 팬레터나 twitter로도 모니카를 좋아한다는 글을 꽤 봅니다.

물론 감사한 일입니다. 하지만 동시에 기대라는 중압이 어깨를 짓눌렀습니다.

'……모니카권, 잘 써야겠다.'

그런 심리적 압박을 받은 모니카권이었습니다. 어떠셨나요? 평소보다 두꺼워요.

이하 감사 인사입니다. 계속해서 멋진 일러스트를 그려 주시는 토마리 선생님, 감사합니다. 애니 제작으로 향후 일정 등을 전달받을 때마다 「토마리 선생님이 바쁘시겠어……!!」 하고 떨고 있습니다. 건강 잘 챙겨 주세요.

또한 이번 권의 제작을 도와준 M 씨에게도 특별한 감사를 드립니다. 드디어 쓰게 됐네요.

끝으로 차회 예고입니다. 다음은 세컨드 시즌 마지막권. 서브 타이틀은 자명하죠. 흑막과 대치하는 것은 이전에 『시체』 임무의 중심에서 제외됐던— 비선발조. 릴리, 지비아, 그리고 사라의 역습이 시작됩니다. 그리고 이번 권에서 활약이 없었던 그 아이도. 그럼 이만.

타케마치

스파이 교실 7
《빙인》의 모니카

초판 1쇄 발행 2023년 3월 20일

지은이_ Takemachi
일러스트_ Tomari
옮긴이_ 송재희

발행인_ 신현호
편집장_ 김승신
편집진행_ 권세라 · 최혁수 · 김경민 · 최정민
편집디자인_ 양우연
관리 · 영업_ 김민원

펴낸곳_ (주)디앤씨미디어
등록_ 2002년 4월 25일 제20-260호
주소_ 서울시 구로구 디지털로 26길 111 JnK디지털타워 503호
전화_ 02-333-2513(대표)
팩시밀리_ 02-333-2514
이메일_ lnovellove@naver.com
L노벨 공식 카페_ http://cafe.naver.com/lnovel11

ISBN 979-11-278-6783-6 04830
ISBN 979-11-278-5816-2 (세트)

값 11,000원